불량소년과 그리스도

사카구치 안고 지음 — 이한정 옮김

그린비

차례

청년에게 호소한다 9

청춘론 17

연애론 81

남녀 교제에 대하여 92

이해할 수 없는 실연에 대하여 101

불량소년과 그리스도 106

욕망에 대하여 133

나의 장례식 142

부모가 버려지는 세상 146

부모가 되어서 161

문학의 고향 166

육체 자체가 사고한다 176

분열적 감상 179

고담의 풍격을 배격한다 183

'가쇼'의 문화 197

나란 누구? 205

익살극을 생각한다 217

에고이즘에 대하여 223

옮긴이 후기 233

| 일러두기 |

1. 이 책에 수록된 작품들은 『坂口安吾評論全集』(전7권), 冬樹社, 1971~1972을 주대본으로 삼았다. 단 「청년에게 호소한다—어른은 교활하다」는 문고본 『堕落論·特攻隊に捧ぐ—無頼派作家の夜』(実業之日本社, 2013), 「이해할 수 없는 실연에 대하여」는 전자도서관 '아오조라문고'(青空文庫, aozora.gr.jp)를 참고했다.
2. 주석은 모두 옮긴이주이다.
3. 단행본·정기간행물의 제목에는 겹낫표(『 』)를, 논문·단편 등의 제목에는 낫표(「 」)를 사용했다.
4. 외국어 고유명사는 2002년에 국립국어원에서 펴낸 외래어표기법을 따라 표기했다.

불량소년과 그리스도

청년에게 호소한다

—어른은 교활하다—

얼마 전 신문 기사에 의하면 아사쿠사 혼간지(浅草本願寺)[1]에서 부랑자 구호에 발 벗고 헌신하여 가난한 사람들의 경애를 한몸에 받아 구호소 소장으로 추대된 모 의과대 학생이 발진티푸스에 걸려 순직했다고 합니다. 또 패전 후 외지에서 귀환한 동포 구호에 누구보다 먼저 나선 대학생 단체도 있다고 하니 청년들은 정말 순결합니다. 세상의 칭송이나 보상 등을 계산하지 않고 그저 순진함의 발로로 이상을 추구하고 행동하는 일을 어른들은 성인군자가 아니면 할 수 없습니다. 하지만 청년들은 그 천성에 의해 이러한 무상(無償)의 위업을 이룰 수 있습니다. 성인군자는 손에 꼽을 정도이나 청년들은 항상 무한합니다.

1 7세기에 건립된 도쿄 아사쿠사에 자리한 오래된 사찰. 매해 약 3000만 명이 찾는 관광지로 널리 알려져 있다.

어른은 교활한 자들입니다. 앞과 뒤가 다르고 입으로는 정의를 설파하면서 뒤에서는 사리사욕을 꾀하고 스스로 할 수 없는 일을 다른 사람에게 요구하며 계략이나 음모 술수를 인생의 과정이라 하고, 이를 가리켜 인간이 되었느니 난 인물이니라고 말합니다. 청년의 순결함과 솔직한 정열을 어른들은 미숙하고 어리석은 상태로 생각하며 이걸 상식으로 받아들이니 역시 슬프기 짝이 없는 현실이기도 하지요.

1868년 메이지유신은 청년들의 손에 의한 일본 개혁이었다고 합니다. 하지만 나는 그리 생각하지 않습니다. 맞아요, 메이지유신을 이룩한 사람들은 주로 각 번(藩)[2]의 청년들이었지요. 그러나 그들의 마음은 청년이 아니었습니다. 나이만 젊지 뼛속의 사고방식은 앞서 말한 어른, 즉 인간이 되었느니 난 인물이니 하며 계략과 술책에 능한 어른들과 다를 바 없었던 자들이었지요. 그들은 일본 개혁의 명분을 두고 도쿠가와 씨를 무너뜨려 각자 자기 번의 강대함을 도모하고, 도당(徒黨) 정신을 가장 우선시하여 일본의 미래를 독으로 물들인 번벌(藩閥)[3]의 씨앗을 만들었습니다.

2 메이지유신 이전인 에도시대에 영주에 해당하는 다이묘들이 지배했던 지역과 통치 기구를 말한다.

3 메이지시대(1868~1912)에 일본 정부와 군부의 요직을 거의 독점했던 유력한 특정 번(사쓰마번과 조슈번 등) 출신자들로 형성된 정치적 파벌.

청년들의 순진한 행동도 도당을 만들면 소위 벌(閥, 파벌)을 만들게 되며 배타적이 되고 그만 비판력을 상실하기 쉽습니다.

청년의 존귀함은 진리와 정의를 향한 사랑으로 타산을 거부하는 정신에 있습니다. 나는 메이지유신의 지사와 같은 사람들보다도 얼마 전 발진티푸스로 죽었다는 의대생의 삶과 그 정열이 보여 준 청년의 모습을 더 높게 평가합니다.

이 청년과 같은 삶의 자세가 백, 천, 만 갈래로 소소하게나마, 진실로 이어질 때 세상은 저절로 도의가 훌륭한 화원처럼 될 테지요. 무익한 도당을 결성할 필요도 없습니다. 앞서 말했듯이 도당은 배타적이 되며 자아의 자각과 내성(內省)을 죽여 청년의 순진함도 비판력도 쉽게 잃기 때문입니다. 다른 것에 의지하거나 자기편을 늘리는 일을 생각할 필요도 없습니다. 다른 사람의 조소를 두려워할 필요도 없고, 나는 바르게 행동하는데 다른 사람들이 나쁜 짓을 한다고 화를 내서는 안 됩니다.

그리고 올바른 삶의 태도라 해도, 일본의 개혁이라든가 뭔가 곧 손이 닿지 않는 장래를 생각할 필요는 없습니다. 집배원은 배달하는 일에서, 직공은 자기 직분에 최선의 책임을 다하는 것이 가장 좋습니다. 그걸 하지 않고는 이상도 진리도 모두 사기입니다. 자기 일에서 최선의 책임을 다하고, 그럼에도 현재 일본의 상황을 차마 볼 수 없다면, 가령 쉬는 날에 나가 물건을 사서 그 물건을 제값에 팔아 사람들을 기쁘게 해주면 그만입니다.[4] 추상적인 관념론과 이상론보다도 그러한 실제 행위가 중요합니다.

지금은 특히 그러한 실질적인 구조(救助)가 절실하고 필요한 때로, 앞서 말한 어른 정치가 등이 쓸데없이 정책을 과시하는 것만으로는 아무것도 해결되지 않습니다. 그리고 앞서 말한 계략과 술책이 가장 불필요한 시기입니다. 여성 의원이 서른 몇 명이나 당선된 것은 잘된 일이지요. 여성들은 아무래도 남성들보다 순수하며 뒤에서 계략을 부리는 일이 적고, 당장 필요한 올바른 일을 목표로 하며 그 실현을 꾀하는 실질적인 점을 많이 가지고 있습니다. 일본의 현재 상황은 오히려 그러한 실제적인 시설이 필요한 시기입니다. 청년들의 힘이 더욱 필요합니다.

도쿄대학 입시에서 황족이 낙방했다고 합니다. 황족이기 때문에 낙방시키지 않는 것도, 황족이라서 낙방시키는 것도 안 될 일이지만 낙방해야만 하는 자가 낙방하는 것은 당연한 일입니다. 이러한 당연함, 가장 최소한의 당연함이 어른들의 세계에서는 이상할 정도로 희소합니다. 어른들의 세계에서는 사사로운 정이나 관계에 이끌리는 일만 널려 있습니다. 여하튼 청년들의 자치 학교가 되어야만 비로소 이 작은 당연함을 행할 수 있는 모양이고, 일본 재건에 청년들의 정의, 진리에 대한 순결한 사

4 이 에세이가 발표된 1946년 6월의 일본은 전쟁에 패한 직후로 물자가 부족해 물가가 치솟고 암거래가 성행했으며 많은 사람들이 궁핍한 생활을 보내고 있었다.

랑과 용기가 필요하다는 점은 대략 앞서 드린 말씀이지요.

회보 『도리』(東籬) 창간호 인사말에서 모 장군은 "국민은 군부에게 속았다고 말하지만 군은 속일 생각이 없었기 때문에 이길 생각으로 수행한 전쟁이 예상을 빗나갔을 뿐 속았다는 말 따위는 자존심도 없는 이야기로, 국민의 협력이 부족했다"는 식으로 말하고 있습니다. 이는 억지입니다. 도조 대장[5]도 자살을 시도하며 남긴 유언에서 "책임은 모두에게 있다"는 취지로 말했습니다. 총리나 청소년단장과 같은 최고 지도자 지위에 있는 군인들까지도 책임을 스스로 지려 하지 않고 다른 사람의 책임만 운운하고 있습니다. 청소년단장인 이 장군도 자기는 군벌이 아니라고 하며 전쟁 개시와 함께 일본의 패배를 간파하고 있었다는 속 편한 소리를 하고 있습니다. 패배를 알면서 국민을 억지로 집단 죽음에 몰아넣은 그들 영혼의 저열함. 청년 여러분은 일본의 필승을 믿고 전쟁에 전력을 다 바쳤을 것입니다. 그렇기에 전시의 일본은 식량 부족과 배급 불공평과 자유의 속박에도 불구하고, 저 폭격에 불타 버린 황량한 들판과 등화관제의 암흑 속에서 도둑질도 살인도 일어나지 않고 여자도 안심하고 밤에 걸어 다녔습니다. 이 일 하나만으로도 국민이 조국의 위

5 육군대장으로 전쟁을 이끈 도조 히데키를 말하며, 극동군사재판(도쿄재판)에서 A급 전범으로 처형 판결을 받아 1948년 처형되었다. 1945년 8월 15일 일본의 패전 후 얼마 지나지 않아 자살을 시도했으나 미수에 그쳤다.

급함에 대처하는 태도는 훌륭하며 지도자는 스스로 수치를 느껴야 할 것입니다. 최근 도의의 퇴폐를 말합니다. 하지만 전쟁에 패배한 지금 도둑질도 암거래도 어쩔 수 없는 일로, 이 장군처럼 자기 책임을 자각하지 않고 국민을 비난하는 것이 오히려 도의의 퇴폐이고 망국 상태가 극에 달한 것이라고 말씀드릴 수밖에 없습니다.

본래 아무렇지 않게 자신을 망각하고 다른 사람의 책임을 운운하는 것은 바람직하지 않은 일로, 항상 자주적으로 자아를 천지의 중심에 두고 행동하며 생각하는 일에 익숙해져야 합니다. 일본의 교육은 자주적인 것이 적고 자아의 자각과 같은 것은 오히려 매우 무익하고 유해한 것으로 여겨지며, 단지 외형으로 보이는 규율만 훈련으로 갖춰 왔습니다. 그렇기에 독립하여 홀로 걷는 기풍이 적고 도당을 이뤄 도당에 의지해야만 자아를 발견하는 꼴이 벌어집니다. 쓸데없이 결사를 맺고 싶어 하지요. 그러나 도당과 결사 따위보다도 우선 자아입니다. 자아를 왜곡하는 도당은 이루지 않는 것이 최선입니다.

청년은 우선 '혼자'가 되는 것이 중요합니다. 그래서 자신은 누구인가, 무엇을 원하며 무엇을 사랑하고, 무엇을 미워하며 무엇을 슬퍼하고 있는가, 그것을 자각하고서 자기 자신을 속이지 않는 것입니다. 다른 사람이 올바르지 못하다며 분개하기보다 자기 혼자만이라도 우선 진리를 행하는 것에 만족하는 가운데 생존 의의를 발견해야 하지 않겠습니까. 집배원은 우선 그 일에 최선의 책무를 다하는 것입니다. 그것도 제대로 못하고서 도의의 퇴폐라든가 정치 개혁이라든가 소동을 피워도 소용없습니다. 나는 결사와 도당을 싫어하며 그러한 것들 속에서만 자신을 느끼는 사람들이 특히 싫습니다.

청년은 순결하다고 말씀드려도 인간은 애달픈 존재로 나이가 들면 망가집니다. 정열은 점점 빛바래고 정의보다도 사리로 기울며 조급해지는 경향을 띠고 교활해져 앞서 말씀드린 어른이 됩니다. 그렇지만 우리들이 어른이 되면 당신들 청년이 태어나고, 당신들 청년이 어른이 되면 다음 청년이 태어나서 청년은 항상 무한합니다. 이 영원한 청년들의 늘 변하지 않는 진선미(眞善美)에 대한 추구와 사랑은 이 지상에서 가장 신뢰할 수 있는 것 중 하나입니다. 청년 여러분은 다른 것에 의지하지 말고 다른 것을 자신의 구실로 삼지 말고, 우선 자기 신변에서 스스로 진선미를 행하고 살려 나가야 합니다. 사회를 생각하고 도당을 생각하는 것은 그다음 일이지요. 비분강개는 다른 사람이 아니라 우선 그대 자신의 안을 향해서 해야 할 것입니다.

어떤 것을 파괴할 필요도 없습니다. 올바른 것, 아름다운 것을 만들면 스스로 파괴를 행하게 될 것입니다. 스스로 작은 진리를 행하는 자기만족과 추구가 중요합니다. 쓸데없는 생각도 안 되며 단지 생각하고 결말을 내는 것이 아니라 우선 바르게 행동합니다. 그러나 그 행위를 내성하고 거기에서 생각하는 생활과 다음의 행위로 발전을 추구해야만 합니다. 여러분이 진정

나라를 걱정한다면 길은 가까이에 있습니다. 우선 자기 직무에서 본분을 다하고 여력이 있을 때에는 발진티푸스로 쓰러진 위대한 학도처럼 행동하기 바랍니다. 헛된 도당을 만들 필요도 없고, 앞서 말한 어른들에게 배움을 갈구하여 강연을 들을 필요는 추호도 없습니다. 거듭 말씀드립니다. 어른은 교활하고 청년은 순결합니다. 그대 자신의 순결을 사랑하시길.

청춘론

1. 나의 청춘

지금이 나의 청춘임을 나는 전혀 자각하지 못한 채 지냈다. 어느 때가 나의 청춘이었던가. 언제인지 정할 수가 없다. 성숙하지 않은 자의 어리석은 행동이 청춘의 증거라면 나는 지금도 또한 청춘이며, 아마 70살이 되어도 청춘이지 않을까 하고 생각하니, 이러한 내성은 결코 기분 좋은 것이 아니다.

잘난 척하자면 문학 정신은 영원히 청춘이어야 한다고 으스대고 싶어지나, 문학 문학이라고 염불 같은 소리를 낸들 내 자신의 어리석음이 없어지지는 않는다. 태어나서 37년을 빈둥거리면서 어느 것 하나도 매듭짓지 못한 일은 매우 슬프다. 태어나서 70년 어디에서도 매듭을 찾을 수 없다면 이것 또한 견딜 수 없을 것이다. 한 가지 매듭을 지어 볼까? 나는 때때로 이렇게 생각한다. 그렇다면 '어떻게' 매듭을 지어야 하는지 이야기가 나와야 하는데 여기에 이르러서 나는 다시 한번 무너지고 만다. 아마 누구라도 똑같이 생각하겠지만 나 역시 '결혼'을 하나의 매듭으로 먼저 생각한다. 나는 결혼에 결코 특별한 생각도 없고 강박관념도 없으며 자연스럽게 결혼할 형편이 되면 할 셈이다. 하지만 그렇다고 내 일생에 매듭이 생길 수 있을까. 아마도 매듭은 생기지 않을 것이며, 만일 생긴다고 해도 그 매듭으로 내 생활이 결코 진실로 훌륭해지는 일은 없을 것이다. 나는 어리석지만 그 어리석음은 결혼과 무관한 사정에 기반해 있다. 결혼하고 아이가 자라서 70이 되고, 그렇게 시간이 흘러도, 역시 청춘—어디에도 일생의 매듭이 없다. 이것은 출구 없는 이야기로 나는 두려움을 느끼고 만다.

청춘은 다시 돌아오지 않는다는 표현은 매우 아름다운 말이다. 하지만 청춘이 영원히 떠나가지 않는다는 건 안타까운 말이다. 우선 완전히 질려 버린다. 이러한 피로감은 다른 피로감과는 달리 치유될 수 없는 막다른 골목에 서 있는 답답한 느낌과 같다. 제아미(世阿弥)[1]가 사도(佐渡)로 유배를 갔을 때 만든 요곡(謡曲)[2]「히가키」(檜垣)가 있다. 자세한 내용은 잊었지만 줄거

1 14세기 초반에 살았던 인물로 일본 전통 예능 중 하나인 노(能)의 배우이자 제작자로 노를 집대성하고 일본 예술론을 대표하는『풍자화전』(風姿花傳)을 집필했다.

2 전통 예능 노의 대본.

리는 대략 다음과 같다. 히가키지(檜垣寺)라는 절이 있고(요곡을 잘 아는 분은 읽지 마시라. 엉터리를 말할 지도 모르니까) 이 절에 매일 아침 부처님께 맑은 물을 올리러 오는 노파가 있다. 늘 혼자서 오는 이 노파가 가지고 오는 물은 부드럽기가 이 세상의 물이 아니다. 그래서 주지 스님이 당신은 어디에 사는 누구십니까 하고 물었더니, 노파는 와카(和歌)[3] 한 수를 읊으면서 이 노래를 아시겠습니까 하고 물었다. 공교롭게도 이 와카를 나는 잊었지만 '미즈하구무'(水はぐむ)[4]라던가 그런 마쿠라코토바(枕言葉)[5]로 시작되었는데, 주지 스님은 마쿠라코토바의 의미를 몰랐다. 이 와카에도 매우 중요한 의미가 있었을 테지만 이야기의 중심은 그게 아니기에 이해해 주길 바란다. 그래서 주지 스님은 이상히 여겨 이 마쿠라코토바는 익숙하지 않은데 대관절 어떤 의미인가 하고 물었다. 그러자 노파가 대답하기를 그 의미를 알고 싶다고 하시니 죄송하지만 무슨무슨 강(이것도 잊었다) 부근까지 오시기 바란다. 저는 거기에 살고 있기 때문에 그때 말씀을 드리지요라며 돌아가 버렸다. 다음날(이 아닐지도 모른다. 원래 옛날이야기는 내일도 10년 후도 있지 않다) 주지 스님은 무

3 중국 한시에 대해 일본 고대에 발생한 일본 고유의 전통 시. 5·7조를 기조로 하여 처음에는 장시의 형식도 있었으나, 8세기 이후 31자(5·7·5·7·7)의 음수율을 갖춘 형식이 기본이 되었다.
4 '아주 오래 살다' '매우 나이먹다'라는 의미다.
5 와카의 수사법 중 하나로, 특정 어구 앞에 두어 수식하거나 어조를 맞추는 어구다.

슨무슨 강 부근으로 노파를 찾아가 보았다. 과연 다 쓰러져 가는 암자가 한 채 있었으나 사람 사는 기척은 없고, 사람이 사는 곳이라고는 생각할 수 없는 폐가였다. 노인의 모습은 보이지 않고 허공에서 노파의 무서운 목소리가 들리며 자 이제 나의 과거를 이야기하지, 하며 다음과 같이 말했다.

나는 옛날 도성의 궁에서 일하며 즐거운 청춘을 보냈던 사람이고, 어제 읊은 와카는 내가 만든 것으로 『신코킨슈』(新古今集)인가 어딘가에 실려 있다. 나는 나이를 먹게 되면서 젊었을 때의 미모가 추하게 변해 가는 것이 견딜 수 없어 괴로워하였다. 그리하여 신경 쓰다가 괴로움에 지쳐서 죽었지만 그 때문에 왕생을 할 수가 없어서 지금까지 망념으로 땅 위에 남아서 헤매고 있다. 스님에게 여기에 오시라고 부탁했던 것도 다행히 명복을 빌어 주신다면 성불하고 싶기 때문이라고 말했다. 스님은 아무쪼록 명복을 빌어 드릴 테니 먼저 모습을 나타내시오 하고 명령했다. 노파는 주저하면서 그렇다면 추하고 비참한 모습이지만 보여 드리겠다고 하며 헛된 집념에 사로잡힌 귀신의 모습으로 나타났다. 스님은 회향을 시작하고 회향하는 동안 노파는 옛날 청춘의 꿈을 좇고, 생전의 모습을 좇아 황홀하게 미친 듯이 춤을 추면서 성불한다는 줄거리다.

북쪽 바다의 외로운 섬에서 유배하는 처지로 이렇게 아름다운 이야기를 만든 제아미의 천재성에 고개를 숙일 수밖에 없다. 그런데 이야기하려는 것은 그런 것이 아니다. 나는 이 이야기를 친구에게 했는데(나는 모든 친구에게 이 이야기를 말했다) 가장 격하게 감동을 표현한 사람은 우노 지요(宇野千代) 씨였다. 그때 이후에 우노 씨는 요곡의 팬이 되었고 자주 노(能)를 보러 갔으며, 나는 문학 작품으로 노를 읽었어도 공연은 거의 본 적이 없어서 놀림을 당하지만 여자는 누구라도 늙어서 추해지는 것을 두려워함이 남자와는 비교가 되지 않는다.

우노 씨가 이야기를 들었을 때 얼마나 놀랐는지 그 모습이 아직도 내 머릿속을 떠나지 않는다. 우노 씨도 상당히 연배가 있어 귀신의 깊은 고뇌를 직접적으로 실감했다고 볼 수도 있지만, 잃어버린 청춘에 이렇게 분명하고 혹은 이렇게 필사적인 애정을 가질 수 있음에 나는 오히려 여자가 부럽다는 생각이 들었다. 이 부러움은 잘난 척하고 싶은 기분에서 나온 것이 전혀 아니다.

여자에게는 비밀이 많다. 남자는 어떠한 비밀도 의식하지 않고 생활하는데, 그 생활 안에서도 여자는 여러 가지 미묘한 비밀을 발견하고 생활하는 존재다. 특히 우노 씨의 소설은 사소설은 물론이고 남자의 이야기든 자유분방한 여성의 이야기든, 나이든 여성 음악가 이야기든, 이야기하는 대부분이 이렇게 미묘한 짜임새가 있는 줄거리를 가지고 있다. 비밀스럽게 미묘한, 그리고 작은 마음 하나하나를 정확하게 파고든 보석과 같은 아름다움을 지니고 있어서 나는 애독하고 있으나, 그렇다고 해서 나도 이렇게 글을 써 보아야지라고 할 수 있는 성질의 것도 아니다. 내 머리를 거꾸로 해서 흔들어 대도 우노 씨가 쓰는 이야기는 나오지 않는다. 우노 씨 스타일로 쓴 글을 읽어 보면 내 안에 이러한 마음이 있음을 부정할 수는 없으나, 내 생활이 그러한 것을 자신의 갈 길로 삼고 있지 않다. 그러나 나는 지금 문학론에 중심을 두고 말하려는 것이 아니다.

이런 미묘한 마음, 비밀스러운 내음을 하나하나 의식하면서 생활하는 여자에게는 한 시간, 한 시간이 부둥켜안고 싶을 만큼 소중할 것이라고 생각한다. 자신의 몸의 아주 작은 부분, 머리카락 한 올에서도, 얇은 눈썹에서도 우리들이 알 수 없는 '생명'을 여자들은 느낄 수 있는 게 아닐까. 하물며 용모가 추해져 가는 비애란 어떨까. 남자의 생활에서도 용모가 변해 가는 슬픔이 있다고는 해도 남녀 본래의 마음 자세에는 매우 커다란 괴리가 있다고 생각한다. 우노 씨의 어떤 소설이었나, 편지 안에서 "여자가 혼자서 잠드는 외로움을 아십니까"라는 의미의 글이 있었다. 소중하게 한 시간, 한 시간을 품고 있는 여자가 혼자라는 사실에 얼마나 통렬한 저주를 품었을지 나조차도 짐작이 간다.

이런 여자에 비하면 내가 매일 보내는 생활은 마치 알맹이가 없다고 할 정도로 한 시간, 한 시간에 대한 실감이 결여되어 있고 또한 야무지지 못하다. 전혀 생동감이 담겨 있지 않다. 한 올의 머리카락은 말할 것도 없고, 손가락 하나, 팔 한쪽이 없어져도 불편함을 느끼거나, 또한 볼품 없어진 외관은 실감하겠지만 잃어버린 '작은 생명'에 관해서는 아무런 감각도 없으리라.

그래서 여자에게 잃어버린 시간이라는 것도 생리에 근거한 깊이를 갖고 있으리라 생각된다. 그 찬란한 개화의 시기와 쇠락한 시기가 무서우리만큼 벌어져 이미 그것을 중심으로 하는 특이한 사고를 본능적으로 소유하고 있다. 사실 같은 노년이라도 여자가 느끼는 노년은 남자에 비해 구원받기가 더 어려워 보인다. 사고(思考)가 육체에 의거하는 여자에게 소중한 육체의 영락은 모두 끝난 것이다. 여자의 청춘은 아름답다. 그 개화는 눈부시다. 여자의 일생 모두가 비밀이 되어서 그 안에 갇혀 있다. 그래서 이러한 점에서 말하자면 여자는 인간이기보다 훨씬 동물적이라고 할 수 있다. 실제로 여자는 인생의 정글이나 정글 안의 미로, 적, 용솟음치는 샘물, 이런 것들에 대해서 남자의 상상을 뛰어넘는 아름다운 이미지를 선사하는 기술을 갖고 있다. 만일 이지(理智)를 제거하고 여자를 본래의 육체에 자리 잡은 사고로만 제한한다면 여자의 세계에는 단지 망국(亡國)만이 있을 것이다. 여자는 정조를 잃었을 때 그 조국도 잃어버린다. 이와 같이 육체는 절대적이고 청춘 또한 절대적이다.

그러나 아무래도 일반 여자와 일반 남자의 이야기로 하면 얼토당토않은 방향으로 흘러가므로 이쯤에서 그만두자. 나는 역시 내 스타일대로 나 자신에 대해서만 이야기하겠다. 단지 앞 이야기의 결론만 첨가하자면 여자는 자기 자신에 관한 한 생활한 시간, 한 시간을 남자에 비해 훨씬 자각적으로 살고 있다. 매우 명확히 자기 자신을 중심으로 하는 사고방식을 가지고 있어서 이러한 관점에 한해 말하자면 남자에 비해 훨씬 '생활하고 있다'고 말해야 하겠다. 앞서 이야기한 「히가키」에서도 노파는 용모가 보잘것없어지자 고뇌한 끝에 유령이 되었다고 한다. 이 이야기의 주인공을 남자인 히카루 겐지(光源氏)[6]로 삼으면 말이 안 된다. 히카루 겐지를 유령으로 만드는 것은 불가능하지 않지만 적어도 남자는 나이 듦과 연결 지으면 안 된다. 여기에 한 할아버지가 있어 외모가 변해 가는 것을 통탄한 나머지 혼백이 이 세상에 머물러 성불할 수 없게 되었다고 한다면 독자에게 주는 효과는 상당히 달라진다. 오히려 희극의 소재가 될 것이다. 여자는 대단히 좁지만 강렬한 생활을 하고 있다.

시인 미요시 다쓰지(三好達治)가 나에 대해, 사카구치는 당당한 건축물처럼 보이지만 안으로 들어가 보면 다다미가 깔려 있지 않은 느낌이라고 말했다고 한다. 요사이에 들은 제대로 된 평이라고 한다. 나도 그 이야기에 웃었지만, 정말로 사찰의 본당과 같은 큰 가람당에 한 장의 돗자리도 찾아볼 수 없다. 소중한 한 시간, 한 시간을 그저 무심히 맞이하고 보내고 있다. 실로 매일이 부족함 투성이로 일생도 마찬가지다. 흙 묻은 발로 쓰윽 들어와서 그대로 쓰윽 나가도 불평을 말할 수가 없다. 어디에도

6 11세기 초에 여성 문학자 무라사키 시키부가 쓴 『겐지모노가타리』의 남자 주인공. 당대의 이상적인 남성상을 체현하는 인물로 많은 여성과 사랑을 즐기며 삶의 고뇌를 보여 주고 있다.

지어진 매듭이 없다. 여기에서 게다를 벗어야 한다는 표지가 어디에도 없다.

70이 되어도 역시 청춘일지 모른다. 그럼에도 노쇠함을 탄식하며 유령이 될 정도로 내실 있게 생활한 적도 없다. 이와 같이 내게 청춘이란 결코 아름다운 것이 아니며 또한 특별한 것도 아니다. 그렇다면 청춘이란 무엇인가? 청춘이란 그저 나를 살리는 힘, 여러 가지로 미련하지만 나의 생명이 타들어 가는 것을 항상 조금씩 지탱해 주고 있는 것, 나의 생명을 지지해 주는 모든 것이 내 청춘의 대상이고, 말하자면 나의 청춘이다.

어리석다고 말하면 어리석고 또한 어리석었던 나이기에 나의 삶에 하나라도 평범한 신조가 있다면 그것은 '후회하지 말지어다'라는 것이다. 멋지기 때문에 후회하지 않는 것은 아니다. 어리석기는 하지만 후회해도 어차피 나는 다시 일어설 수 없기 때문에 후회해서는 안 된다. 그러니까 기도와 닮은 어리석은 자의 정열에 지나지 않는다. 마키노 신이치(牧野信一)가 교란자카(魚籃坂)에 살던 무렵, 서재에 붙어 있던 단자쿠(短冊)[7]에는 '내가 한 일에 대해서 후회하지 않는다'고 적혀 있었다. 기쿠치 간(菊池寛) 씨의 글씨다. 그 후 들은 바에 의하면 이것은 원래 미야모토 무사시(宮本武蔵)가 한 말이었지만 이렇게 당당하

7 가늘고 기다랗게 자른 얇은 나무나 종이. 글이나 전통 시 등을 써서 걸어 둔다. 보통 가로 6센티미터, 세로 36센티미터 크기다.

게 선언한 것을 보면 미야모토 무사시의 후회하지 말지어다와 내가 말하는 후회하지 말지어다는 상당히 다르다. 『하가쿠레논어』(葉隠れ論語)[8]에는 아무리 나쁜 일일지라도 일단 자기가 저질러 버린 이상, 미명(美名)을 붙여 얼버무리라고 이르고 있다. 하지만 나는 그만큼 당당하게 자아주의를 밀고 나갈 마음이 없다. 더욱 타인이라는 것을 생각하지 않을 수 없고, 항시 내 자신의 약점을 생각하면 탄식하지 않을 수 없다. 『하가쿠레논어』와 같은 종류의 달인을 보면 나는 먼저 싸우고 싶어진다.

내가 '후회하지 않는다'고 말하는 것은 말하자면 악업(惡業)의 결과로 길거리에서 죽음을 맞이해도, 지옥에 떨어져도 후회하지 않겠다는 뜻이다. 어쨌든 나는 열심히 했다는 체념의 의미로 말한다. 미야모토 무사시가 의연하게 '내가 한 일에 대해서' 후회하지 않는다고 하는, 항상 '일'이라는 것을 분명하게 인식하는 것과는 이야기가 상당히 다르다. 그렇다고 해도 내가 한 일에 대해서 후회하지 않는다는 말을 고안해 낼 수밖에 없는 미야모토 무사시는 늘 얼마나 후회했던 녀석일지, 이 말의 이면에서 무사시가 느낀 후회가 저주처럼 들린다.

나는 자신의 어리석음을 결코 자랑할 생각은 아니지만 거기에서 나의 생명이 타오르고 거기에 매달려 내가 이렇게 살아가

8 1716년 무렵에 쓰인 무사도를 논술한 책. "무사도란 죽는 일을 발견하는 것이다"라는 구절이 유명하다.

고 있는 이상, 애석함 없이 살아갈 수는 없다. 나의 청춘에 '잃어버린 아름다움'이란 없으며 '영원히 잃지 않기 위한 어리석음'만이 있다고 해도, 나 또한 나의 청춘을 말하지 않을 수 없다. 그러니까 나의 청춘론은 동시에 타락론[9]이기도 하다. 이것은 읽어 보면 알게 될 것이다.

2. 타락에 대하여

일본인은 말단 공무원 근성이 넘쳐서 관료로 권력을 쥐면 갑자기 거드름을 피우니 안타깝다. 이는 근래에 채소가게나 생선가게에서 경험한 일로[10] 모든 사람이 인정하는 바이다. 채소가게나 생선가게와 관련이 없는 나도 다른 곳에서 이 일을 매우 통감하고 있다.

전차 안으로 아이를 데리고 아버지나 어머니가 들어온다. 혹은 할머니를 모시고 청년이 탄다. 누군가가 아이나 할머니에게 자리를 양보한다. 그리고 곧 옆자리가 빌 때 아까 아이나 할머니에게 자리를 양보해 준 사람이 그 앞에 서 있어도 자신이 앉

9 여기서 '타락'의 원어는 '윤락'(淪落)이다.

10 패전 직후 일본에서는 연합군의 점령통치 아래에서 통제경제가 실시되어 물자가 귀했고 물가도 폭등해 공무원들이 단속을 했다.

거나 자기와 함께 있는 사람을 앉힌다. 바로 직전에 자기에게 자리를 양보해 준 사람에게 빈자리를 내주는 아버지나 어머니를 본 적이 없다.

그러니까 이 사람들은 아이나 할머니에 대한 동정에 편승해 자신까지 더불어 부당하게 이익을 취하는 족속들로, 이런 사람들이 공무원이 되면 공무원 근성을 발휘해서 권력에 편승하는 어처구니없는 결과를 낳는다.

나는 상당히 강박적으로 전차 안으로 할머니가 흔들흔들 비집고 들어오면 자리를 양보해야겠다고 생각한다. 하지만 무심코 양보하면 바로 말단 공무원 근성을 보게 돼서 불쾌해진다. 그렇다고 양보를 안 하자니 이도 그리 기분 좋은 일은 아니다. 요컨대 이런 말단 공무원 근성을 가진 사람들과는 얽히지 않는 것이 가장 좋은 방법이라서 전차 안이 텅텅 비어 있지 않은 이상, 나는 자리에 앉지 않는다. 조금 피곤해도 이렇게 싫은 무리들과는 관계를 하지 않는 것이 행복하다.

작년 정초 무렵 시부야역에서 내려 버스를 탔다. 버스에는 사람이 매우 많아서 나 역시 답답한 지경이었는데 내 옆에는 가쿠슈인(学習院)[11]의 제복을 입은 열 살 정도 되는 초등학생이 서

11 1947년 폐지되어 민영화된 옛 궁내성에 설치된 국립학교. 황족, 귀족 자녀들이 다니녔으며 초등학교부터 대학까지 운영되었다. 현재 가쿠슈인대학(学習院大学) 등을 운영하는 학교법인 가쿠슈인의 전신이다.

있었다. 내 앞자리가 비어서 옆 소년에게 앉으라고 권했더니 소년은 인사만 할 뿐 앉으려고 하지 않았다. 또 자리가 났으나 소년은 그대로 많은 사람들 틈에서 흔들거리면서 자기 앞의 빈자리에 눈길도 주지 않았다.

나는 소년의 바른 행동에 매우 감탄했다. 자기 신조를 지키려는 소년의 의연한 태도는 훌륭해 미야모토 무사시와 비교해도 뒤지지 않는다. 가쿠슈인에 다니는 아이들이 모두 이렇지는 않을 것이다. 하지만 적어도 바람직한 성장이 무엇인지를 절실히 느꼈다.

이러한 바른 행동이 집안의 명예나 부유함과 반드시 관련이 있는 건 아니겠으나 집안의 명예나 부유함에 대한 자긍심이 있거나, 가히 두려워하거나 무서워할 일이 없다면 보통 사람도 의연한 태도를 스스로 쉽게 유지할 수 있다고 생각한다.

명예 있는 가문의 자식들이 타고난 좋은 교육을 받는다 해도, 명예 있는 어른들의 세계나 아이들의 세계 모두가 언제나 이런 바른 행동을 하는 것은 결코 아니다. 뿐만 아니라 어른들의 세계에서 귀족성은 유유한 태도나 의연한 외관에서 보일 뿐, 정신과 외관은 서로 어떤 맥락도 없다. 진짜 귀족 정신 자체는 별개의 곳에 있다. 바른 행동을 하는 사람들은 타인과 접촉에서 일단 예의를 차리지만 실제 이해관계가 생길 때에 자신을 희생할 수 있을 것인가. 기꺼이 다른 사람에게 자리를 양보할까. 오히려 타인에게 상처를 주고 속으로는 전혀 개의치 않는 성격이

형성되기 쉽다.

대개 어른들의 세계에서 희생, 양보, 위로는 예의가 아니며, 생활로써 자라나는 것이 타락의 세계다. 타락의 세계에서 사람들은 타인에게 상처를 주는 죄악을 알고, 궁핍한 사람에게는 연민과 동정을 가지며, 말이 아니라 실제로 구조하는 방법을 알고 있으며 또 실행한다. 그리고 그들은 사람의 신뢰를 배반하지 않고 항상 인의(仁義)로 자신의 행동을 규율하려고 한다.

하지만 그들의 바른 인의는 주로 그들끼리의 세계에서 뿐이다. 그들의 세계에서 한 발자국 벗어나면, 그러니까 타락의 세계에 속하지 않은 사람들과 접촉하면 그들은 결코 인의를 지키지 않는다. 왜냐하면 타락에 빠진 사람들은 대개 성격 파탄의 경향이 있으며 어느 정도 악당이다. 자기 자신을 지키기 위해 동료를 지키고 그들의 질서를 지키나 외부의 질서까지 지킬 필요를 인정하지 않으며, 대개 그들의 질서와 일반 가정의 질서는 다르기 때문에 별다른 뜻이 없어도 서로 어긋날 수 있다.

거지 생활을 3일 하다 보면 그 경험을 잊을 수 없다고 말하는데, 만일 속박되지 않겠다는 영혼을 죽여 버린다면 타락의 세계만큼 빠져들기 쉽고 살기 편한 것도 없다. 이른바 옷이나 집도 필요 없이 야생의 먹거리만으로도 부족함을 모르는 남쪽 섬과 같은 곳이다. 그래서 나는 타락의 세계를 격하게 저주하고 격하게 증오한다. 독립불기(獨立不羈)의 영혼을 빼앗기면 나와 같은 인간은 그저 육체덩어리에 지나지 않는다. 그렇기에 내 영혼은 타락의 세계에서 살기를 결코 희망하지 않음에도 불구하고, 어째서 내 영혼은 이 세계를 휴식으로 느끼고 고향으로 느끼는 걸까.

올여름에 나는 고향 니가타에 가서 20년 만에 하쿠산 제례를 보았다. 예전의 화려함은 보이지 않으나 마쓰시타 서커스가 있었다. 나는 곡마단의 공중서커스 중 그네에서 그네로 날아다니는 곡예를 가장 좋아한다. 마쓰시타 서커스는 우수한 곡예사들이 징집이라도 당했는지 자토[12] 이외 어른들도 없고 곡예가 매우 서툴렀다. 절반 정도가 그네에서 그네로 옮겨 타지를 못하고 그만 떨어진다. 나중에 시바타 서커스를 보았으나 이쪽은 피에로를 제외하고 한 명도 떨어지지 않았다. 얼핏 보니 한가운데의 그네가 가장 중요한 역할을 하는 것 같아도 실제로는 양측 그네에 가장 숙련된 지도자가 필요하고, 이 사람들이 출발할 때의 호흡을 재어 준다. 시바타 서커스는 정중앙 그네에 여자가 탔는데 양측 그네에 두 명의 노련한 곡예사가 있었기에 전혀 동요가 없다. 마쓰시타 서커스는 정중앙 그네에 나이 든 사람이 타고 있으나 양측에는 어린이들만 있고 지도자가 없다.

떨어진다. 떨어진다. 그리고 다시 올라간다. 그들이 나올 때에는 보통의 소년 소녀였지만 떨어지고는 올라가고, 이번에는

12 원어는 '座頭'로 비파나 샤미센 등을 연주하는 스님 모습을 한 맹인을 가리킨다.

잘하자는 결의로 눈을 크게 치켜뜨고 올라가는 기백을 보자 눈물이 났다. 정말이지 필사적인 기백이었다. 나이 든 사람을 제외하면 겨우 열아홉 살, 스무 살 정도의 소년이 그다음 숙련자다. 소년은 왠지 외설적인 느낌이 들어 보고 싶지 않았으나 이 소년이 마지막 난관의 곡예 도중에 실패하며 추락했을 때, 그가 뭔가 몰입하며 앙다문 입으로 눈을 크게 치켜뜨고 노련한 손놀림으로 귀에 대 있는 끈을 바싹 묶으면서 밧줄에 재차 매달려 오르기 시작할 때는 이제 외설적인 느낌 따위는 전혀 들지 않았다. 오로지 필사의 기백만이 엄숙하리만큼 있었을 뿐이다. 그 아름다움에 매료되었다.

언젠가 마스기 시즈에(真杉静枝)와 함께 제국극장[帝劇]에서 레뷰(revue)[13]를 본 적이 있다. 레뷰에 나오는 여자와 비교해 레뷰에서 여자와 함께 춤추는 남자아이만큼 바보로 보이는 것은 없다. 너무나 지능이 낮은 바보로 보여 같은 남자로서 내가 낙담하자, 마스기 씨가 나에게 "레뷰에 출연하는 남자들은 왜 저렇게 바보로 보일까요" 하며 투덜거렸다. 남자에게는 바보처럼 보여도 여자에게는 다르게 보일 테지 하고 생각했던 나는 마스기 씨의 말을 듣고 역시 여자들도 같구나 하고 새삼 느낄 따름

13 음악, 춤, 콩트 등을 차례차례 진행하는 버라이어티 쇼. 대중연예의 하나로 19세기 말 프랑스에서 생겨나 미국으로 전해졌고 20세기 초반에 세계적으로 유행했다. 일본에서는 소녀 가극으로 발달했다.

이었다.

그런데 딱 한 번 예외를 보았다.

교토에서였다. 1937년인가 38년이었던가. 교토의 여름은 무덥기에 나는 매일 10전을 들고 뉴스영화관에 가서 하루 종일 휴게실에서 책을 읽었다. 뉴스영화관은 스케이트장에 딸려 있어서 매우 시원하다. 그 무렵에 나는 자신감을 잃고 그만 살겠다는 생각을 몇 번이나 했는지 모른다. 신쿄고쿠(新京極)에 교토물랭이라는 레뷰가 있어서 그곳에 자주 갔다. 정말이지 그저 갔을 뿐이다. 재미있지도 않았다. 내가 본 단 한 번의 예외는 그러니까 교토물랭이 아니다.

교토물랭보다 훨씬 잘하는 영화관에 들어갔더니 우연히 어트랙션으로 레뷰를 하고 있었다. 작은 영화관의 어트랙션이라서 레뷰는 매우 빈약했다. 여자가 일고여덟 명이고 남자는 한 사람밖에 없었다. 그런데 이 남자가 지금껏 내가 보아 왔던 예와 정반대여서, 남자가 무대에 나오면 여자들이 보잘것없어 보였다. 목탁인지 뭔지를 두드리면서 아호다라경[14]을 염불했던 것으로 기억하는데 남자의 당당한 관록이 무대를 압도해 남자의 모습이 유난히 크게 보였을 뿐만 아니라, 여자들이 남자 주위를 편안하게 날아다니는 나비처럼 의지하는 듯 보여서 반가운 광

14 불경을 본뜬 시사(時事)를 풍자한 익살스러운 속요(俗謠).

경이었다. 정말이지 레뷰에 등장하는 남자에게서 저런 믿음직한 관록을 보리라고는 기대하지 않았던 바였다.

이런 느낌은 시간이 지남에 따라 더 극적으로 다가왔다. 그 남자의 인상이 점점 멋지고 아주 또렷해져 레뷰에 나오는 다른 남자들이 차츰 바보처럼 보여 어찌할 도리가 없었다. 저 정도의 예능인이라면 도쿄의 아사쿠사로 스카우트되어 올 테니 한번 다시 보고 싶었는데 그만 이름을 기억하지 못했다.

그러던 중 이번 봄에 아사쿠사에 있는 소메타로(染太郎)에서 요도바시 다로(淀橋太郎) 씨와 이야기를 나눴다. 소메타로는 오코노미야키 가게지만 화류계의 어린 기생을 상대하는 곳과는 달리 소고기나 새우 등을 주 메뉴로 하는 오코노미야키는 그다지 하지 않고, 술을 마시는 사람들에게는 오믈렛이나 비프스테이크, 생선이나 야채 등 무엇이든 해준다. 요사이 우리 『현대문학』 멤버들이 즐겨 찾는 곳으로, 만나자고 하면 대개 이 집에 모인다. 우리들 말고도 레뷰 관계자들이 매일 밤 술 마시러 오는 곳이다. 그래서 요도바시 다로 씨와는 가끔 만나서 이야기를 하게 되었는데 어느 날 교토물랭에 관한 말이 나왔다. 그래서 뜬구름 잡는 이야기처럼 전혀 알 리가 없을 거라고 생각하면서 그 무렵 영화관 어트랙션에 나온 남자 이름을 아는지 물어보았다. 그러자 놀랍게도 다로 씨는 조금 생각하더니 "그 사람은 모리 신이지요"라며 간단히 대답했다. "당시 교토의 영화관 어트랙션에 나온 사람은 모리 신 이외에는 없다. 영화관 장소도 사람 숫자도 완전히 같기 때문에 의심의 여지가 없다"라고 했다. 함께 있던 몇 사람의 레뷰 관계자들이 모두 다로 씨의 말을 거들었다. 모리 신은 별명이고 예명은 모리카와 신이며 아마 森川信이라고 적는다고 했던가, 그런 사람이었다. 항상 구름처럼 떠다니며 흘러가는 이런 사람들이 남기는 흔적의 하나인 수년 전 교토의 작은 영화관 경험이 이렇게 명확히 밝혀질 수 있다니, 나도 적잖게 당황했다.

나는 우메와카 만자부로(梅若万三朗)의 노나 기쿠고로(菊五郎)의 가부키 무대보다는 서커스나 레뷰를 보는 것을 좋아한다. 그것은 일류 요리를 먹기보다는 단지 술을 마시는 것이 더 좋은 것과 같다. 그러나 나는 술맛을 좋아하지는 않는다. 취기로 역겨운 술 냄새를 못 느낄 때까지 숨을 죽이고 참으면서 술을 삼킨다.

사람들은 예술이 마법이라고 할지 모르지만 나는 약간 의견이 다르다. 마주한다면 외설적이라 참고 보기 어려워 한 방 먹여 주고 싶은 젊은이가 서커스 그네 위에 오르자, 엄숙하리만큼 필사적 기백으로 사람에게 감동을 주고 전혀 다른 사람처럼 기적을 행한다. 이것은 마법적인 현실이며 기적이다. 하물며 이 기적은 우리들의 현실이나 생활에 항상 함께하고 극히 자연스러운 것이지 결코 초현실적인 것이 아니다. 레뷰 무대에서 유약하고 소견이 없는 남자를 보고 질렸지만 모리카와 신의 당당한 남성적 관록과 그를 둘러싸고 의지하는 여자들이 즐기는 무대를 보면, 여자들의 춤이 아무리 서투르고 미인이 아니더라도 문제 될 게 전혀 없다. 감미로운 놀이가 우리들을 즐겁게 한다. 이것도 하나의 기적이지만 항상 현실과 멀지 않은 직접적인 장소에 있는 기적이며, 예술의 기적이 아니라 현실의 기적이며 육체의 기적이다. 술 또한 나에게는 하나의 기적이다.

나는 바둑을 좋아하나 돈 내기 바둑은 전혀 좋아하지 않는다. 오히려 그걸 하는 사람들을 증오하고 업신여긴다. 대체로 도박이란 하늘에 운을 맡기고 모험을 하는 데에 최후의 의미가 있다. 주사위와 룰렛이 진짜 도박이다. 바둑과 같이 지혜로운 것은 승패 그 자체가 흥미롭지 돈을 걸어야 하는 것이 아니다. 하늘에 운을 맡기고 될대로 되라는 식으로 해서 허공에서 돈이 굴러 들어온다면 정말 기쁠 테지만 장시간 지혜를 발휘하는 바둑에 돈을 걸어서야 되겠는가. 인간의 나쁜 몰골을 드러내며 추악하게 서로 덤벼드는 짓으로 도저히 승부 따윈 낼 수 없고 추잡하게 이기고 싶지도 않다. 나는 이지적인 일에 돈을 거는 무리들을 품성이 가장 비열한 악당이라고 단정한다.

그러나 카지노의 룰렛과 같은 것은 전혀 이지적이지도 않고 하물며 속임수도 있을 수 없다. 이런 것 또한 현실에 나타나는 기적 가운데 하나다. 사람은 도박에 돈을 거는 것이 아니라 단지 낙담, 행복, 절망, 소생과 같이 실제 죽음과 삶을 천운에 맡기며 거는 것이다. 여기에서는 스스로를 심판할 뿐, 희생자나 피해자는 전혀 없다. 지혜라는 태풍이 죽음으로, 우리 스스로를 심판하기에 이만큼 안성맞춤인 전쟁터는 없다.

나는 나의 청춘을 타락이라고 말했다. 그리고 타락이란 앞서 말한 것과 같다. 즉 현실 속에서 기적을 좇는 것, 바로 이것이다. 타락의 세계는 가정과 영원히 어울리지 않는다. 파멸인가, 그렇지 않다면 — 아아, 그러나 파멸 이외 무엇이 있을 수 있단 말인가! 무엇이 있다고 해도 아마 만족할 리 없을 것이다.

봄에 애처가인 히라노 겐[15]이 독신자인 나를 지긋이 바라보며 히죽히죽 웃으면서 "결사대원은 독신자가 최고라고 하지. 처가 있는 사람은 아무래도 안 된다는 말이겠지"라고 했다. 나는 이 말이 히라노 겐의 실언일 거라 생각했다. 하지만 막상 쓰려고 보니 실언으로 쉽게 단정 짓기에 앞서 그의 말은 여러 가지로 생각해 볼 만하다. 그러고 보면 아내는 마치 특별한 마녀 같은 존재다. 상황에 따라서는 아주 편리하다. 보통의 여자나 연인은 어떨까. 아내는 그렇다고 해도 보통 남자들이 어찌 여자 없이 살아갈 수 있을까.

그렇더라도 나는 다시 생각했다. 이 말은 역시 히라노 씨의 실언이 아니다. 아내가 있으면 결사대원이 될 수 없다는 단순하고 기괴한 진리가 실제 있을 수 있기 때문이다. 아내나 가정에 이러한 마력이 있는 것이 아니다. 아내나 가정에 대해 이런 식

15 1907년에서 1978년까지 살았던 저명한 문예평론가.

으로 사고할 수 있다는 것이 이러한 생각을 진리인 것처럼 만드는 실제 힘으로 존재한다. 부부와 독신자를 구별하는 사고방식이 있고, 그렇게 생각하면서 이 말이 이런 식으로 한정되어 버린다. 이런 점이 분명 진리의 단면이다.

실제로 일본에서 부부와 독신자는 아주 명확히 구별하고 있다. 전쟁 이후에 자녀를 낳아라, 늘려라 한 탓에 이런 구별이 생긴 것도 아니고, 원래 민족적으로 형성된 대단히 독특한 사고방식이라고 나는 생각한다. 독신자는 아직 제대로 된 어른이 아니라는 사고방식으로, 실제 남자와 여자가 존재하는 인간 본래의 생활 형태에서 본다면 독신자는 분명 제대로 된 인간의 모습을 갖추지 않고 있는지도 모른다. 그런데 예를 들어 히라노 겐과 같은 자가 마치 사상과 인생관처럼 부부와 독신자는 서로 아주 이질적인 것처럼 말한다. 보통 사람들만 이런 생각을 하는 게 아니다. 히라노 씨와 같은 사색가 역시 이런 말을 당연시하며 받아들이고 이상하게 생각하지 않는다.

나는 부부와 독신자를 구별하는 이런 사고방식을 결코 전적으로 부정할 마음은 없다. 오히려 매우 독특한 국민적 성격을 보여 주는 사고방식이라고 생각한다.

실제로 생각해 보자. 이와 같은 민족적인 육체를 지닌 생각이란 것을 진리라고 해도 그렇지 않다고 해도 소용없다. 내 주변 사람들은 모두 실제 그런 생각을 하고 그걸 당연시하며 생활하고 있다. 혹은 부부와 독신자를 구별하는 생활을 하면서 그걸 당연하게 생각하고 있다. 그들은 실제로도 그렇게 생각하고 있으며, 현실이 자기가 생각한 대로 나타나고 있는 것이다. 이렇게 되면 더 이상 싸움이 안 된다. 나도 만일 내가 가정에 안주할 수 있다면 얼마나 행복할까 생각한다. 아쿠타가와 류노스케가 「갓파」(河童)였던가 아니면 다른 소설인가에서 옆집 부인의 커틀릿이 청결해 보인다고 썼는데 나도 심히 동감하는 바이다.

그러나 인성의 고독에 대해서 생각할 때, 부인의 커틀릿이 아무리 청결해도 영혼의 고독은 치유되지 않는다. 세상에 고독만큼 미워해야 할 악마는 없지만 이와 같은 절대적인 존재 역시 엄연히 적지 않다. 나는 전신전령(全身全靈)을 걸고 고독을 저주한다. 전신전령을 걸기 때문에 또한 고독만큼 나를 구하고 나를 위로해 주는 것도 없다. 이 고독이 어찌 독신자에게만 해당될 것인가. 영혼이 있는 곳, 그곳에 항상 함께 하는 것은 그저 고독뿐이다.

영혼의 고독을 알 수 있는 자는 행복할까. 그것이 성경에라도 적혀 있을까. 적혀 있었을지도 모른다. 그러나 나는 영혼의 고독 따위를 모르는 편이 행복하다고 생각한다. 부인의 커틀릿을 만족스럽게 먹으며 편안하게 자고 죽는 것이 행복이다. 나는 이번 여름에 니가타에 가서 사랑스럽기 그지없는 여자 조카들과 친하게 지냈는데, 내 소설을 읽겠다며 조카들이 졸라 대는 바람에 정말 난처했다. 적어도 나는 사람들에게 조금이나마 도움이 되고 싶어서 소설을 쓰고 있다. 하지만 소설은 마음에 병이 있는 사람의 수면제와 같을 뿐이다. 마음에 병이 없는 사람에게는 그저 독약에 불과하다. 나는 내 조카아이들이 내가 처방하는 수면제를 받아 들지 않아도 충분히 편히 잠들 수 있는 평범하고 작은 행복을 갖기를 바란다.

수년 전에 스무 살에 죽은 여자 조카애가 있었다. 그 아이는 여덟 살 때부터 결핵관절염에 걸려서 겨울에는 견딜 만했지만 여름만 되면 증상이 심해져 날씨가 따뜻해지면 도쿄에 있는 우리 집에 와서 쉬었다. 한 달에 한 번 정도 깁스를 바꾸러 병원에 갔다. 깁스를 바꿀 때가 되면 고약한 고름 냄새가 온 집안에 퍼져서 참을 수가 없었다. 상처는 하복부에서 넓적다리 부근으로 나 있고 구멍이 열한 개 정도나 있었다고 한다.

여덟 살 때부터 병을 앓고 있어서 발육이 늦었다. 열아홉 살이 되어도 육체와 정신이 열세 살 정도에 머물러 있었다. 감정이란 게 전혀 없었다. 무얼 먹어도 맛이 있다 없다 하지 않고 화를 절대 안 냈다. 그리고 절대 기뻐하지도 않았다. 반가운 사람이 문병을 와도 웃지 않았고 헤어질 때에는 안녕을 말하지도 않았다. 언제나 고개를 들어 잠시 얼굴을 보는 것이 오랜만에 만났을 때의 인사이고 헤어질 때의 인사말이었다. 인간의 공허한 인사말 따위는 하고 싶어 하지 않았다. 그리고 오랫동안 보고 싶은 사람들이 아무리 놀러 오지 않아도 불평하는 모습을 전혀 볼 수 없었다. 보살핌이 필요한 자그마한 어린아이였지만 조카애의 어머니는 도쿄에 좀처럼 올 수 없었다. 어머니가 찾아와도 웃지도 않고 '어서 와요'라고도 하지 않았다. 헤어질 때에도 '안녕히 가세요'도 하지 않고 슬퍼 보이지도 않으며 문득 생각난 말도 하고 싶지 않은 것 같았다. 그래도 한번은 아침에 어머니가 고향으로 떠난 후 저녁때 식사할 무렵이 되자 "지금쯤 집에 도착하셨을까"라며 갑자기 말을 꺼냈다. '역시 생각은 하고 있구나' 하고 새삼 느꼈을 정도였다. 매일 『소녀의 친구』나 『소녀구락부』(少女倶楽部) 같은 잡지를 읽거나, 아니면 멍하니 허공을 바라보고 있었다.

그래도 어쩌다 건강이 아주 좋을 때에는 도호(東宝)[16]로 소녀가극을 보러 데리고 갔다. 상대가 없다면 그런 욕망이 있을 리 없지만 마침 그 당시 다른 여자 조카애가 우리 집에 머물고 있었다. 그 아이는 폐병을 앓았는데 나은 후에는 편하게 학교생활을 하면서 소녀가극만 보면 기뻐했다. 그 조카애가 소녀가극 잡지나 브로마이드를 보여 주면서 들떠 있었기 때문에 상대도 어쩔 수 없이 그걸 보고 싶은 마음이 들었을 것이다. 하지만 그런 것들을 본 다음에도 역시나 재미있다고도 시시하다고도 말하지 않았다. 그래도 폐병이 있던 조카애가 몸을 웅크리고 "나 좀 봐, 잠깐이라도 좋으니까 웃어 봐. 한 번이라도 좋으니까 기쁜

16 1932년에 연극, 영화를 흥행시킬 목적으로 설립된 회사. 설립 당시의 정식 명칭은 '주식회사 도쿄타카라즈카극장'(株式会社東京宝塚劇場)이다.

표정을 지어 보라니까. 야, 간지럽힐 거야"라며 장난을 걸어도 관절염을 앓는 조카애는 성가신 듯 고개를 움찔할 뿐이었다. 그래도 아주 가끔 들떠서 둘이 이야기를 할 때도 있었다. 하지만 이야기를 해도 두 세 마디 정도지 나중에는 입을 다물고 더 이상 상대하려고도 하지 않았다. 폐병을 앓았던 조카애는 명랑하고 느긋한 여자애였는데 스물한 살에 이유도 없이 자살해 버렸다. 눈이 수북이 내리는 고향의 늪에 몸을 던졌다. 자살했다는 소식을 들었을 때에도 관절염에 걸린 조카애는 전혀 놀라지 않았고 또 어떤 말도 하지 않았으며 어떤 것도 물어보지 않았다.

나중에 마사오카 시키[17]의 『앙와만록』(仰臥漫錄)을 읽었는데 그도 조카애와 같은 병을 앓았던 것 같다. 아팠던 곳도 같았다. 역시 복부에 병이 있었다. 시키가 병을 앓을 무렵에는 깁스가 없어 매일 붕대를 교환했다. 붕대를 교환할 때 "울고 또 운다"라고 쓰여 있다. 조카애도 역시 온몸이 아프다고 고통을 보일 때가 있었지만 운 적은 한 번도 없었다.

『앙와만록』 1902년 3월 10일 일기에 오전 10시 "오늘 처음으로 배에 나 있는 구멍을 보고 깜짝 놀랐다. 구멍이 작다고 생각

17 1867년부터 1902년까지 살았던 문학가로 전통 하이쿠를 근대 하이쿠로 새롭게 탈바꿈시켰다. 하이쿠는 5·7·5의 17자로 이루어지는 세계에서 가장 짧다고 일컬어지는 시로, 에도시대 초기에 일본 고유의 전통시 '와카'에서 파생했다. 마사오카 시키는 정통 하이쿠 등에서 보이는 진부한 익살이나 공상을 비판하고 사물의 객관적 묘사로 '사생'(写生)을 주장해 하이쿠 혁신 운동을 일으켰다.

했는데 휑한 자리를 보니까 기분이 나빠져서 울었다"고 적혀 있다. 그날 오후 1시에는 "마음이 계속 괴롭다. 그래서 운다"고 써 놓았다. 마사오카 시키는 어른이기 때문에 울지 않고는 못 배겼을 테지만 조카애는 열한 개나 나 있는 구멍을 보았을 때 표정이 전혀 없었고, 물론 울지도 않았다. 식사 정도가 유일한 낙이라 매일 쓰는 일기에 먹은 음식과 그 음식이 맛있고 없음만을 적어 둔 마사오카 시키. 무엇을 먹어도 말이 없는 조카애. 두 사람의 세계에서는 어른과 아이가 완전히 뒤바뀌어서 나는 『앙와만록』을 내려놓고 몇 번이나 웃었는지 모른다(이렇게 쓰면 시부카와 교[渋川驍][18]가 대단히 불쾌하다며 조심스럽지 못하다는 등의 잔소리를 할 것 같고 또 그 소리가 들리는 듯하나 그래도 그가 차라리 "그리운 웃음이기에 듣고 싶다"라며 참담한 사족을 덧붙이지나 않을지. 정말이지 난감한 이야기다).

그러나 이 이야기는 여기까지로 무슨 결론이 있는 것이 아니다. 아무런 결론도 없는 이야기를 왜 썼느냐면 내가 대단히 분발하며 청춘론(또는 타락론)을 쓰고 있는데 마치 나를 놀리듯 갑자기 조카애의 얼굴이 떠올랐기 때문이다. 정말이지 이 조카애에게는 청춘도 타락도 소귀에 경 읽기라서 나는 그만 손 놓고, 잠시 낙담하는 동안 써 두고 싶은 마음이 갑자기 생겼다. 써

18 1905년에서 1933년까지 살았던 소설가이자 문예평론가.

두지 않고는 견딜 수 없는 마음이 들었다. 단지 그뿐이다.

나는 차츰 시의 세계에는 좇아갈 수 없게 되었다. 나의 생활과 문학은 산문뿐이었다. 그저 사실 그대로 쓰는 것, 문제는 단지 사실뿐, 문장이 시가 되는 것을 견딜 수 없다.

내가 교토에 있었을 무렵 바둑 모임에서 알게 된 고등경찰 형사가 하이쿠를 좋아했다. 어느 날 밤에 시조역에서 만나 전차 안에서 하이쿠에 관한 이야기를 하면서 돌아왔다. 그는 다카하마 교시를 좋아했으나 마사오카 시키에 대해서는 "지나치게 격정적이어서" 싫다고 했다.

그러나 『앙와만록』을 읽으면, 울고 또 울고 상처에 난 구멍을 처음 보고는 다시 우는 그런 시키가 같은 날 일기에서는 "'장맛비를 모아 급류하는 모가미 강'(마쓰오 바쇼). 이 하이쿠를 잘 알지 못했을 때에는 아주 대단한 하이쿠 같았기 때문에 예나 지금이나 손에 꼽히는 하이쿠라고 믿고 있었다. 오늘 문득 이 하이쿠를 떠올리고 곰곰이 생각해 보았더니 '모아'라는 어휘가 능란할 뿐으로 아주 재미없다. 그러고 보니 '장맛비와 커다란 강을 앞에 둔 집 두 채'(요사 부손)라는 하이쿠는 훨씬 재능이 넘친다"라며 알맹이도 없이 하이쿠를 논한다. 시키가 말하고 있는 것은 단순히 단어가 갖는 뉘앙스에 관한 한 조각의 시정(詩情)으로, 무엇을 노래해야만 할까, 어떤 내용을 시의 소재로 내놓아야 할 것인가라는 가장 중요한 산문 정신을 염두에 두지 않았다. 울고 또 우는 시키는 강렬하지만 하이쿠를 읊조리는 시키는 강렬하지 않고 평범하다. 시인 히시야마 슈조(菱山修三)는 「흰 고양이」를 노래한 시인이 지나치게 강렬해서 싫다고 말했다. 확실히 이 시는 강렬하기 때문에 싫다는 히시야마의 말도 수긍이 간다. 하지만 나는 그런 강렬함에 이끌리지 않을 수 없다.

한때는 나도 기쿠고로(菊五郎)[19]의 춤을 보면서 즐거웠던 때가 있었다. 하지만 요즘은 전혀 즐겁지 않다. 곡마단이나 레뷰, 또는 술과 룰렛처럼 현실과 기적의 합일, 육체가 있는 기적의 추구만이 삶의 보람이 되어 버렸다.

마사오카 시키는 단순히 말의 뉘앙스에 사로잡혀서 하이쿠를 생각하지만 일상에서 그는 울고 또 울었다. 그는 만족하며 살려고도 하지 않고 현실에서 기적을 바라는 꿈 따위는 꾸지도 않았을 것이다. 그러나 나는 시어(詩語)의 정취에 전혀 마음이 움직이지 않는 완고한 불쾌함을 알았던 대신 현실에서 기적을 좇는 어리석은 기대도 저버릴 수 없다. 저버릴 수 없을 뿐 아니라 생존의 신조로 삼고 있는 것이다.

오이 히로스케(大井広介)는 내가 절대로 방 안에서 죽지는 않을 거라고 말했다. 차에 치여 죽거나 걷는 중에 뇌출혈로 쓰러

19 전통 예능 가부키의 연기자.

져 죽거나 전쟁에서 총에 맞아 죽는 식의 그런 죽음만 있을 것이라고 했다. 어디에서 어떻게 죽어도 어차피 같지만 뭔가 이런 식으로 가정적인 것에서 벗어난 느낌도 결코 즐겁지 않다. 나는 가정적이라는 것을 뭔가 부자연스럽고 서로를 속박하는 위선적인 것으로 생각해 거기에 동화될 수 없긴 하나, 그 위선에 나를 매어 만족하며 편안하게 죽고 싶다고 때론 기도한다.

일생을 무턱대고 달려왔을 뿐이고, 또 도착점도 없어 어디선가 픽 쓰러진다면 그게 이윽고 종점이다. 영원히 잃을 수 없는 청춘, 70이 되어도 현실의 기적을 좇으며 방황한다면 몸서리치게 싫을 수 있다. 만족하지 못한 듯하며 무엇보다 만족하고, 심각한 듯하며 무엇보다 천박하기도 한 것이다.

스탕달은 청년 시절에 마틸드라는 여성과 한 번 만난 후론 다시 재회할 수 없었지만 그녀가 자신의 영원한 연인이라고 말했다. 이따금 마틸드를 떠올리며 자신은 항상 행복했다며, 이 세상에서는 허락받지 못했어도 신께서는 허락해 주실 것이라며 과장된 말을 했다. 진심인지 어떤지 알 수는 없지만 좋을 대로 태연히 말하는 뻔뻔한 점이 재미있다. 스탕달과 사이가 나쁘지도 좋지도 않았던 메리메는 평생 거의 한 여성만을 작품에 그린 특이한 작가다. 작품을 벗어나서는 전혀 실존하지 않는 여성이다. 『콜롱바』와 『카르멘』의 주인공인 이 여성은 '콜롱바'이자 '카르멘'으로, 메리메의 작품 안에서 점차 성장해 비너스의 모습이 된 후 자신에게 구애하는 남자를 죽이기도 한다.

그러나 메리메나 스탕달만이 아니다. 사람은 누구라도 오롯이 자신만의 실체 없는 연인을 품고 있다. 이러한 인간 정신의 애달픔에만 있는 비현실성과 현실의 가정 생활, 연애 생활 사이의 틈을 어떻게든 합리화하려는 인간이 있으나 이는 이론적으로 어떻게도 되지 않는다. 어느 한편을 취하는 것 외에 방법이 없을 테다.

예전의 이야기다. 그 무렵에 나는 한 여자를 좋아했고, 만나지 못하는 날엔 하물며 편지라도 주고받지 않으면 밤에 잠도 못 잘 지경이었다. 그러나 그 여자에게는 나 외에 다른 연인이 있었고 나보다 그를 더 사랑한다고 믿었기 때문에 나는 고백할 수 없었다. 그러던 사이에 그 여자와 만나지 못하게 되었고, 이윽고 나는 타락의 새로운 세상에 눈을 뜨고 있었다. 나는 완전히 새로 태어났다. 나는 스탕달처럼 도저히 뻔뻔하게 말할 수 없으니 솔직하게 말하면, 그 여자는 더 이상 내 마음속에 살고 있지 않다. 하지만 만나지 않다가 3년쯤 지나(그사이에 나는 다른 여자와 동거한 일도 있었다) 그 여자가 나를 불쑥 찾아와서 어째서 그때 좋아한다고 한마디 말해 주지 않았느냐고 추궁했다. 여자의 속마음은 아주 혼란스러웠을 것이나 겉으로는 지극히 차분하고 냉정해 보였다. 나는 그만 아주 혼란에 빠지고 말았다. 잊고 있던 격정이 어디선가 끓어올라서 나는 이 여자와 결혼하고 싶었다. 그리고 한 달 동안 둘이서 3일에 한 번 정도씩 만났다. 하지만 타락의 세계로 이미 빠져든 나는 이제 예전의 내가 아니어서, 느닷없이 자제하지 못하고 격정에 빠지긴 했어도 그 여자는 이제 정말이지 나의 마음을 더 격렬하게 흔드는 대상으로 군림하지 못했다.

그런 내 마음을 알아차렸는지 여자가 먼저 체념했다. 나는 매우 현명한 처사라고 생각했다. 여자가 "이제 두 번 다시는 만나지 않겠어, 만나면 괴로울 뿐이니까"라는 편지를 보내왔을 때 나도 전적으로 동감했다. 그리고 나도 마찬가지이며 다시는 만나지 말자는 답장을 보냈다. 이것으로 구차한 일 하나는 분명히 정리되었다는 행복감마저 느꼈다. 지금까지 우상으로 삼았던 존재를 확실하게 없앴다는 기쁨이 있었다. 하나의 우상이 없어져도 절대 없어지지 않는 우상이 다시 만들어졌기에 어쩔 도리가 없다. 그렇다고 해서 내가 태연하게 스탕달처럼 마틸드 식의 주장을 즐길 만한 용기는 없고, 과거 따위는 모두 한 조각의 구름이 되었다. 그러나 스탕달의 묘비명에 새겨진 "살았노라 썼노라 사랑했노라"라는 말은 다시금 분명히 나의 생활이 되었다. 하지만 '사랑했노라'는 사족일지도 모른다. 이는 산다는 것과 동의어다. 하긴 산다는 것이 사랑하는 일과 동의어라고 해도 좋다.

3. 미야모토 무사시

미야모토 무사시의 검법을 갑자기 말한다면 놀라 화내는 사람들이 있을지도 모르겠으나 딱히 사람들을 놀라게 할 속셈이 있는 것도 아니고, 독자들에게 대충 얼버무리고 넘어갈 생각은 전혀 없다. 내게는 내 성격처럼 몸에 배인 발상법이 있다. 아무래도 그 특별한 발상법대로 하지 않으면 논지를 완성시키기 어렵다는 공식이 있다. 나의 청춘론에는 미야모토 무사시가 등장해야만 결말을 지을 수 있는 공식 같은 게 있다. 이것은 읽고 이해받는 수밖에 달리 방법이 없다.

전쟁 이후로 "살을 내주고 뼈를 취한다"라는 예로부터 전해오는 말이 애용되면서 우리들에게 자신감을 불어넣어 준다. 이 말은 예전에 읽었던 책에 의하면 검술의 한 유파인 야규류(柳生流)의 비법이라고 하나 확실한 건 아니다. 어쨌든 어느 검술 유파의 비법임에는 틀림없기에 내가 지금부터 말하려는 미야모토 무사시의 대결 모습은 언제나 정확히 이 비법대로다.

그러나 "살을 내주고 뼈를 취한다"라는 검술의 경지는 반드시 무사도와 합치하지 않는다. 준비가 되어 있지 않은 적을 치는 것은 비겁하다든가, 전쟁에서 일일이 자신이 누구인지 말하고 돌진한다든가 하는 이른바 무사도의 형식에 따라 싸우면 검술의 비법에는 맞지 않는다. '검술'과 '무사도'는 별개라 치면 그렇다고 할 수 있으며, 무사도가 반드시 검도는 아니다. 무사도는 주군에 대한 신하라는 조직에서 생겨난 윤리적인 생존 방식 전반에 관한 것으로, 하나의 검술의 경지로 규정하기는 어렵다. 하지만 역으로 무사도에서 검을 다루는 규율을 정해서 "검은 몸을 지키는 것이다"라고 말하거나 무라마사(村正)의 검은 사람을 베는 나쁜 검이고, 마사무네(正宗)의 검은 몸을 지키는 좋은 검[20]이라고 하게 되면 둘의 차이가 아주 명확해진다.

검술에는 '몸을 지키는' 요령이나 방법은 없다고 한다. 적이 내려치는 검을 막아 이기는 방법이 없다는 것이다. 어른과 아이의 대결이라면 말이 다르지만, 무예가끼리 맞선다면 조금이라도 빨리 베는 쪽이 이긴다. 살을 내주고 뼈를 취하는 것이야말로 검술의 비법이며, 어떤 유파에 국한되지 않는 보편의 진리라는 이야기다.

원래 무사는 항상 허리에 크고 작은 칼을 차고 있고 아주 가벼운 모욕에도 칼을 뽑아 싸워야 한다. 또 어떤 우연한 일로 타인의 원망을 살지도 모르며, 언제 어디서 위험한 경우를 당할지 예측도 어렵다. 그리고 상대와 싸우기로 한 이상 상대를 쓰러트리지 않으면 결국 내가 죽는다. 죽으면 끝이니 시비 가릴 것 없이 이겨야 하는 것이 이치다. 무사는 죽을지 살지는 하늘에 맡

20 무라마사와 마사무네는 일본 검의 역사에서 제작자로 이름을 날린 인물로 두 사람은 명검의 대명사로도 통용된다. 일본의 강담(講談, 만담의 일종) 「수난의 무라마사」에서는 마사무네가 명검이고 무라마사가 요검(妖劍)으로 묘사된다.

기고 항상 각오를 해야만 하며 이에 대한 만반의 준비가 검술이라고 나는 생각한다.

그러나 검술 본래의 모습인 '이 일이 옳지 않아도 상대를 쓰러트린다'는 정신은 지극히 살벌해서 이를 처세의 신조로 삼는 것은 안녕을 어지럽힐 우려가 있으며 평화 때의 마음가짐으로도 어울리지 않는다. 그래서 검술 본래의 가장 중요한 정신이 다른 곳으로 사라진 풍조가 있고, 무예가들도 노년에 이르러 예리함이 없어지면 검을 놓고 가정에 안주하고 싶을 것이고, 검의 용법도 차츰 형식주의로 변해서 본래 살벌했던 필살(必殺)의 검이 뭔가 오도(悟道)의 원숙함을 목적으로 하는 것으로 변화를 보였을 것이다. 하물며 검 본래의 필살 제일주의에서는 난폭함과 격렬함에 무예가 자신이 정신적으로 저항하기 힘들어져 당연히 적당하게 타협하고 싶었을 것이다.

상대를 치지 않으면 내 목숨이 날아간다. 그야말로 생사 최후의 장이기에 언제라도 죽을 수 있다는 생각을 한다면 가장 좋으나, 이러한 각오는 말로 하기는 쉬워도 통달한 사람이 아니면 할 수 없다.

나는 예전에 가쓰 가이슈[21]의 전기를 읽었다. 가이슈의 아버

21 1823년에서 1899년까지 살았던 일본의 정치가이자 근대 일본의 해군 창시자.

지는 가쓰 무스이라는 기괴한 선생인데 불량소년, 불량청년, 불량노년, 즉 생애 불량으로 일관한 고케닌[22]의 뛰어난 무예가였다. 하긴 무스이는 자기를 무예가라며 그럴싸하게 말하지 않고 검술사라고 부르고 있었다. 노년에 이르러 자기 일생을 뒤돌아보고 너무나 별 볼 일 없는 생활이어서 자자손손 교훈을 전하고자 자서전을 쓸 생각에 『무스이 독언(獨言)』이라는 진중하다 할 만한 책 한 권을 남겼다.

자기 멋대로 방탕한 생활을 하며 일생을 보낸 검술사였기에 무스이 선생은 거의 글을 모른다. 어떻게 글을 익혔는가. 스물한두 살 때 너무나 막돼먹은 생활을 했기 때문에 감금 방에 갇혔다. 그날 밤 곧바로 격자문 하나를 제거하여 언제라도 도망갈 수 있게 해두었는데 그때 문득 이렇게 생각했다. '나도 여러 가지 나쁜 짓을 해서 그만 이렇게 갇혔으니 뭐 잠시라도 이리 갇혀 있어 보자'라는 생각도 들었던 것이다. 그래서 2년 정도 갇혀 있었고 그때 글을 깨우쳤다 한다.

그 정도로 배운 글이기 때문에 실용적인 내용 이외 문장을 짓는 방법은 전혀 몰랐다. 글자 그대로 언문일치의 자서전으로 자기와 같이 바보짓을 해서는 안 된다라고 말하듯이 썼다.

나는 『가쓰 가이슈 전기』 안에 인용된 『무스이 독언』을 읽었

22 쇼군의 직속무사.

을 뿐으로 원본을 본 적은 없다. 어떻게든 원문을 읽으려고 생각해서 에도시대 말기에 대해 잘 아는 친구들에게 편지로 문의를 했지만 어느 하나 『무스이 독언』을 읽었다고 하는 사람이 없었다. 『가쓰 가이슈 전기』에 인용된 일부분만을 읽어 봐도 이는 정말이지 놀랄 만한 책 중 하나다.

이 자서전의 행간에 이상한 요기(妖氣)가 발산되면서 쉼 없이 흐르는 것이 하나 있다. 그것은 실은 "언제라도 죽을 수 있다"라는 확고부동함, 대담무적의 영혼이었다. 독자를 위해 지금 조금이라도 인용해 보여드리고 싶으나 공교롭게도 『가쓰 가이슈 전기』를 어딘가에 분실했는지 보이지 않아서 유감이다. 그러나 실제 한 페이지라도 인용하면 바로 납득할 만한 이상한 명문이다. 그저 제멋대로 보낸 자기 일생의 막돼먹은 생활을 담담히 쓴 것이다.

아들인 가이슈에게도 악당의 피, 아니 언제라도 죽을 수 있다는 아버지의 영혼이 전해져 면면히 흐르고 있다. 그렇지만 여유롭고 느긋한 불량스러운 아버지의 모습이 뭔가 예술적이고 안정감을 지닌 기괴한 멋을 담고 있다. 언제라도 죽을 수 있다고 한마디 간단히 해버리면 그만이겠으나 그러한 각오는 현실적으로 한 세기에 몇 명 정도의 소수자만이 가질 수 있는 정말 흔치 않은 것이다.

항상 예리한 칼날 앞에 죽을 수 있다는 생각으로 수련을 쌓는 무예가의 이런 마음가짐이 너무 당연한 듯 보여도 실은 절대 그렇지 않다. 결국 예리한 칼날과 직접 관계없이 인격이 매우 깊고 큰 스케일을 지니고 있기에 자기 세계의 고유한 성질을 보여 주고, 새로운 변혁을 도모하는 큰 사업가다운 기질이 나타난다. 유례없는 큰 각오로 흐트러짐 없는 안정감을 유지하고서 불량스럽고 막돼먹은 일생을 마친 가쓰 무스이가 예외적이며 불가사의한 선생이라고 말하지 않을 수 없다. 가쓰 가이슈라는 아들을 가질 정도의 위대함을 지닌 아버지였다.

무스이의 각오에 비하면 미야모토 무사시는 평범하다 못해 바보다. 무사시가 61세에 저술한 『오륜서』(五輪書)와 『무스이 독어』의 기품에 있어 높낮이를 보면 안다. 『오륜서』에는 도학자의 고귀함이 있고 『무스이 독어』에는 통속소설 작가의 저급함이 있으나, 글에 어울리는 개성의 정신적 깊이는 서로 비할 바가 못 된다. 『무스이 독어』는 최고로 예술적인 글만이 보여 주는 정신의 고귀함과 개성의 심오함이 있다.

그러나 말년에 완전히 깨달은 무사시는 그렇다손 치더라도 청년 시절의 객기를 지닌 무사시 또한 매우 드문 달인이었던 점을 나는 잠깐 말해 보고 싶다.

말년에 무사시가 호소카와 가문에 머물렀을 때 다이묘[23]가 무사시에게 "내 부하 가운데 자네 눈에 들 만한 검술의 경지를 터

23 각 지방을 관할 통치하는 사무라이. 무사가 통치하던 시대에 중앙의 '쇼군'(장군)을 제외하고 가장 높은 고위직이며, 지방을 다스리는 실질적인 통치자에 해당한다.

득한 자가 있는가"라고 물었다. 그러자 무사시가 "한 명 정도 있습니다"라고 말하고, 도코 다헤이(都甲太兵衛)라는 인물을 추천했다. 그런데 도코 다헤이는 검술이 아주 서툴기로 유명한 남자였고, 또 다른 쓸 만한 구석도 보이지 않는 평범한 인물이었다. 다이묘는 너무 어이가 없어서 "뭐에 저 남자의 대단함이 있는가"라고 묻자, 무사시는 "본인에게 평소의 마음가짐을 여쭈어 보시면 아실 겁니다"라고 대답했다. 그래서 다이묘는 도코 다헤이를 불러 평소의 마음가짐을 물어보았다.

다헤이는 잠시 침묵하고 있다가 대답하기를 "저는 미야모토 선생의 눈에 들 만한 대단함을 지니고 있지 못합니다. 하지만 평소 마음가짐에 대해서 물으신다면 과연 어리석은 마음가짐이 하나 있긴 합니다. 저는 본래 검술이 아주 서투르고 또 타고난 겁쟁이여서 상대의 예리한 칼에 언제 목숨을 잃을지 모른다는 생각을 하면 밤에도 걱정이 되어 잘 수 없었습니다. 하지만 검의 재능이 없어서, 검술로 입명을 도모할 수도 없습니다. 그런 연유로 결국 언제 칼에 맞아 죽더라도 좋다는 각오가 생긴다면 구원받는다는 확신에 이르렀습니다. 그래서 밤에 잘 때에 얼굴 위에 시퍼런 칼날을 걸어 두어 칼날에 겁먹지 않으려고 여러 가지 궁리를 하고 있습니다. 그 덕분에 근래에는 어찌되었든 예리한 칼에 언제 맞아 죽어도 좋다는 각오만은 생겨 밤에도 편히 잘 수 있게 되었습니다. 이것이 평소 저의 단 하나의 마음가짐이라고 말씀드릴 수 있습니다"라고 말했다. 그러자 옆에서 물러서 있던 무사시가 말을 덧붙여 "이것이 무도의 경지입니다"라고 했다는 이야기다.

도코 다헤이는 그 후 중용되어 에도의 무사 저택의 가신이 되었는데 이때에 불가사의한 수완을 보였다. 저택에서 마침 공사를 하고 있었고 건물은 다 되었는데 정원이 아직 완성되지 않았다. 그런데 다이묘가 성에 들어와 다른 다이묘와 이야기를 하던 중에 "정원 정도는 하룻밤 안에 만들 수 있다"라고 그만 무심히 말하고 으스댔다. 세상 물정 모르는 다이묘들이라서 다른 사람들이 말이 안 된다고 해도 다시 주워 담지 못한다. "그럼 오늘 하룻밤 안에 정원을 만들어 주시게나" "아하 그러고말고요" "꼭 되겠지요"라는 식으로 흘러가 다이묘는 혼비백산이 되어 저택에 돌아왔다. 곧바로 도코 다헤이를 불러 "오늘밤 안에 꼭 정원을 만들어 주게"라고 했고 "잘 알겠습니다"라고 다헤이는 확실히 약속했다. 하룻밤에 인부 수천 명이 드나들었다. 그리고 다음 날 아침이 되자 하룻밤에 울창한 숲이 만들어졌던 것이다. 이 숲은 3일 정도만 유지된 숲으로 당연히 어느 나무도 뿌리가 없었다. 미야모토 무사시의 뛰어난 제자는 이런 재능을 지니고 있었다. 도코 가문은 지금도 구마모토에서 이어지고 있다 한다.

미야모토 무사시는 『열 가지 지혜』[十智]라는 책을 써서 거기에서 「변」(變)을 말하고 있다 한다. 즉 지혜로운 자는 하나에서 둘로 변화한다. 그런데 지혜롭지 못한 자는 하나는 하나라고 생각해 버리기 때문에 지혜로운 자가 하나에서 둘로 변화하면 거짓이라고 하고 약속이 다르다며 화를 낸다. 그러나 장소에 따라 몸을 바꾸고 마음을 바꾸는 것은 병법에서 가장 중요한 경지라고 말하고 있다 한다.

미야모토 무사시는 검에 살고 검에 죽었던 남자였다. 어떻게 하면 상대에게 이길까, 수련을 쌓아 나보다 더 고수인 상대를 어떻게 이길까만을 생각했다.

무사시는 도코 다헤이의 "언제 칼에 맞아 죽어도 좋다"라는 각오를 검법의 경지라고 말했다. 그러나 무사시 자신의 행보는 결코 그렇지 않았다. 그는 범부의 약점만 많은 구제할 길이 없는 너무 예민한 남자였다. 아무래도 그에게는 언제 죽어도 좋다와 같은 각오가 없었기에, 거기서 그의 독자적인 검법이 고안되었다. 즉 그의 검법은 범인범부(凡人凡夫)의 검법이다. 각오가 되어 있지 않은 범부가 적에게 이기기 위해서는 어떻게 해야만 할까. 그것이 그의 검법이었다.

마쓰에의 번주 마쓰다이라 가쓰타카(松平勝隆)는 야규류 검법의 고수였기에 가신 중에 무술의 달인이 많았고 무사시는 마쓰다이라 앞에서 그 부하 중 가장 뛰어난 자와 맞붙게 되었다.

선발된 상대는 봉을 사용하는 자로 8척 남짓의 팔각봉을 가지고 정원에 나타나 대기하고 있었다. 무사시가 서원에서 목검을 차고 내려오자 상대는 내려오는 계단 근처에서 그저 대기하며 무사시가 오기를 기다리고 있었다. 물론 싸울 태세를 갖추고 있지 않았다.

무사시는 상대가 준비를 하고 있지 않은 것을 보자 계단을 내려오다가 느닷없이 상대의 얼굴을 쳤다. 시합의 인사도 나누지 않은 사이에 밀고 들어오는 것은 무법(無法)적인 이야기이므로 매우 화가 난 상대가 봉을 다시 잡으려고 하는 것을 본 무사시는 두 칼로 팍팍 적의 양팔을 쳤고, 그다음 머리를 공격해 완전히 쓰러뜨렸다.

무사시는 시합장에 있으면서 싸울 태세를 취하지 않는 것은 잘못이라고 생각했다 한다. 어쨌든 상관없다. 적의 허점을 파고드는 것이 검술인 것이다. 적에게 이기는 것이 검술이다. 이기기 위해서 이용할 수 있는 것은 무엇이든 이용한다. 칼만이 무기가 아니다. 심리도 방심도, 또 어떤 약점도 이용할 수 있는 것을 모두 이용하여 이긴다는 것이다. 무사시가 짜낸 검술이다.

나는 일전에 요시다 세이켄(吉田精顕) 씨가 쓴 『미야모토 무사시 전법』을 읽고 눈이 번쩍 뜨일 만한 재미를 느꼈다. 요시다 씨는 무덕회(武德會) 교사로 그 자신 이도류(二刀流)의 달인이다. 무술 전문가가 쓴 글에서 무사시의 시합 모습은 아주 독특하며 소설 등에서 표현되는 것 이상으로 눈부신 개성을 보여 주었다. 지금부터 요시다 씨의 말을 빌려 무사시의 전법을 좀 더 말해 보겠다. 다만 내 식으로 왜곡하고 있는 부분은 내 생각이니까 그대로 이해 바란다.

무사시가 요시오카 세이주로(吉岡清十郎)와 시합한 것은 스물 한 살 때 가을로, 아버지 무니사이(無二斎)가 요시오카 겐포(吉岡憲法)에게 이겼기 때문에 아버지 무술에 만족하지 못했던 무사시는 자기 검법을 시험하기 위해 우선 아버지가 이긴 요시오카를 자기도 이겨야만 했다.

무사시는 약속 장소에 시간보다 늦게 나갔다. 기다림에 지쳐 있던 세이주로는 무사시를 보자 갑자기 긴 검을 뽑았다. 그런데 무사시는 오른손에 목도를 들고 있었다. 적이 칼을 뽑는 것을 보아도 맞설 준비를 하지 않고 서서 지금까지 걸어온 속도와 같은 자세로 목도를 늘어뜨린 채 다가왔다. 시합하려는 기색 없이 그저 다가오기에 세이주로가 그 조심성 없음에 어이없어하면서 보고 있자니, 무사시의 속도는 의외로 빨라서 칼끝이 어느새 지척이었다. 우물쭈물할 때가 아니라서 세이주로는 서둘러 칼을 들어 치려고 했으나 무사시의 목도가 한발 앞서 위로 번쩍 올라갔다. 세이주로가 상대에게 찔릴까 봐 피하려고 하자 무사시는 찌르지 않고 머리 위로 높이 쳐들어서 일격을 가해 쓰러뜨렸다. 세이주로는 죽음은 면했으나 불구가 되었다.

세이주로의 동생인 덴시치로(伝七郎)가 복수하려고 시합을 청했다. 덴시치로는 매우 힘이 좋았으며 형보다 칼을 잘 쓴다고들 하였다. 무사시는 또 약속 시간에 늦었다. 이번 시합은 복수전이기 때문에 진검 승부라 생각하고 무사시는 목도 없이 갔으며 덴시치로를 보고는 놀랐다. 그는 1미터 50센티미터 남짓한 목도를 가지고 있었으며 멀리서 무사시의 모습을 발견하자 벌써 싸울 태세를 갖추고 있었다. 무사시는 순간 멈칫했지만 바로 마음을 다잡고 칼을 뽑지 않고 맨손으로 평소 보폭으로 다가갔다. 덴시치로는 방심하지 않고 태세를 갖추고 있었으며 언제 진검을 빼어 들지에 집중하고 있었는데 어느새 1미터 50센치 남짓의 목도가 길게 느껴질 정도로 무사시가 가까이 다가왔다. 그때 덴시치로가 칼을 뽑아 들었다면 무사시는 당했을지도 모른다. 하지만 무사시가 순간적으로 덤벼들어서 덴시치로의 목도를 빼앗아 일격에 때려눕혀 죽였다.

요시오카 문하의 제자 100여 명이 세이주로의 외아들인 마타시치로를 감싸고 무사시에게 결투를 청했다. 적의 숫자가 많았다. 이번에 무사시는 약속 시간보다 훨씬 빨리 나와 나무 그늘에 숨어 있었다. 거기에 요시오카 사람들이 와서는 "무사시가 또 늦겠지"라고 지껄이는 소리가 들린다. 무사시는 긴 칼과 작은 칼을 빼서는 양손에 들고 갑자기 뛰쳐나가서 마타시치로의 목을 쳐서 단칼에 베고는 돌아섰고, 돌아가면서도 벴다. 적이 모두 전멸했을 때 무사시가 문득 정신을 차려 보니 옷소매에 화살이 꽂혀 있었지만 상처는 한 군데도 없었다.

무사시가 쇄겸의 달인인 시시도 바이켄(宍戸梅軒)과 시합을 한 적이 있다. 쇄겸은 낫 모양의 칼날이 대체로 39센티미터 정도, 손잡이는 36센티미터 정도다. 이 손잡이에 쇠사슬이 달려 있고 쇠사슬 끝에 쇠뭉치(분동)가 매달려 있다. 이것을 사용할 때에는 왼손에 낫을 쥐고 오른손으로 쇠사슬 중간쯤을 잡고 쇠사슬로 쇠뭉치를 돌린다. 강담에 의하면 쇠뭉치와 낫을 교대로 사용하면서 공격한다고 하는데 이것은 불가능하며, 떨어져 있는 사이에 쇠뭉치가 언제 날아올지 모르지만 낫은 근접할 때만 위험하다. 그러므로 떨어져 있을 때에는 쇠뭉치만 조심하면 된다. 또한 쇄겸의 특색 가운데 잊지 말아야 할 것은 쇠사슬 용법으로, 이것을 양쪽으로 당기면 봉이 되기 때문에 이 봉으로 칼을 막거나 빗나가게 할 수 있다고 한다. 강담에 따르면 쇠사슬이 작은 칼에 휘감기면 더 사용할 수 없게 되어 쇄겸의 사용법은 차분하게 서서히 적을 끌어당겨야 한다고 말한다. 하지만 그런 얼빠진 쇄겸 사용은 있을 리 없으며, 쇠뭉치로 휘감는 순간 낫으로 파고들어 가 베는 것이라고 한다.

시시도 바이켄은 무사시를 보자 쇠뭉치를 돌리기 시작했다. 무사시는 오육십보 떨어져 오른손으로 긴 칼을 빼어 늘어뜨린 채 잠시 쇠뭉치의 회전을 보고 있다가 오른손의 칼을 왼손으로 바꿔들었다. 그러고 나서 오른손으로 작은 칼을 뽑았다. 무사시는 왼손잡이가 아니라(초상화를 보면 알 수 있다) 본래 대로라면 오른손에 긴 칼, 왼손에 작은 칼을 잡을 테지만 이때에는 반대로 잡은 것에 유의하기 바란다. 무사시는 양손을 함께 위로 높이 쳐들었던 것이다. 그리고 오른손의 작은 칼을 적의 쇠뭉치 회전에 맞춰 같은 속도로 돌리기 시작했다. 이렇게 해서 회전의 리듬에 맞추면서 서서히 다가갔다.

바이켄은 놀랐다. 쇠뭉치로 무사시의 얼굴을 가격하기에는 같은 속도로 회전하고 있는 작은 칼이 방해가 된다. 방해가 되는 작은 칼에 쇠뭉치가 휘감기면 왼손의 긴 칼이 무섭다. 어쩔 수 없이 한 발 한 발 물러서자 무사시는 한 발 한 발 쫓아온다. 쇠사슬이 아래로 도는 순간 무사시의 작은 칼이 바이켄의 가슴으로 날아들었다. 당황해서 회전이 흐트러지자 왼손의 칼을 뻗어 바이켄의 가슴을 찔렀다. 바이켄은 황급히 몸을 틀었는데 그 순간 머리를 내려치는 칼 한 방에 쓰러졌다. 이 시합에는 바이켄의 제자가 참관하고 있었는데 스승의 목이 날아가서 허둥대고 있을 때 무사시는 양 칼을 고쳐 잡고 이미 제자들 사이로 파고들어 그들을 베고 있었다.

검법에는 고정된 형태가 없다. 이것이 무사시의 생각이었다. 상대에 따라서 항상 변화한다는 것이 무사시의 생각이다. 그래서 무사시는 형식에 얽매인 야규류를 비난했다. 야규류에는 크고 작은 60종의 칼이 있어서 변화에 따라 모든 칼을 사용하는 방법을 미리 배우게 했다. 그렇지만 무사시는 이를 부정하고 변화는 무한하기 때문에 아무리 형식을 익혀도 소용없고, 모든 변화에 따를 수 있는 근본이 중요하다고 말하며 그 형식주의를 비난했다.

이것과 거의 동일한 견해 차이를 사사키 고지로(佐々木小次郎)와 무사시 사이에서도 볼 수 있다. 고지로는 본래 도다 세이겐(富田勢源)의 수제자로 세이겐 문하에 필적할 자가 없게 되고,

세이겐의 제자 지로자에몬(次郎左衛門)도 이겼기 때문에 자신감에 차서 '간류'(巖流) 일파를 연 남자다. 원래 도다 유파는 검의 민첩함을 존중하는 유파였기 때문에 고지로 또한 빠른 검법을 애용했다. 그는 다리 아래를 가로지르며 제비를 베는 속도의 기술을 터득했다고 한다. 고지로의 견해에 따르면, 제비를 베려면 칼을 처음 휘두를 때 제비가 피해 몸을 뒤트는데 그 몸 뒤트는 속도보다 빠르게 베면 된다. 그는 상대적 속도에 관한 생각을 가지고 있었다.

그런데 무사시에 의하면 상대적인 속도 그 자체에는 제한이 있다. 즉 변화에 맞춰서 예상 가능한 형태를 잡아야 하는 것과 같은 이치로, 제비의 속도에 따라 속력을 준비하면 제비 이상의 속도에는 쓸모가 없다. 그러므로 가장 중요한 것은 적의 속도에 대한 나의 관찰력이다. 무사시는 어떠한 속력에도 대처할 수 있는 눈을 기르는 것이 긴요하다고 생각했다.

고지로는 제비로부터 터득한 속도 검법을 '고세쓰켄'(虎切劍)이라 명명하고 전국을 돌아다니며 시합할 때마다 한 번도 패배한 일이 없고, 규슈 고쿠라의 호소카와 가문에 초대되어 검객으로 이름이 매우 높아졌다. 그 무렵 교토에 있던 무사시는 명성이 자자한 고지로의 이름을 듣고 그 속도 검법과 대결해 보고 싶다고 생각했다. 속도 그 자체는 검법의 본의가 아니라는 그의 견해에서 보면 당연한 생각이었다.

그는 고쿠라에 내려가서 호소카와 가문에 대결을 청하고 허락받아 후나시마에서 결투를 하게 되었다. 무사시는 중신 나가오카 사도(長岡佐渡) 집에서 자고 다음 날 아침에 배로 후나시마로 갈 예정이었다. 그러나 따로 생각한 것이 있어서 몰래 행방을 감추었고 시모노세키의 선박업자 고바야시 다로자에몬(小林太郎左衛門) 집에 머물렀다.

다음날 고지로가 후나시마에 벌써 도착했다는 소식이 당도했을 때 그는 겨우 잠자리에서 일어났다. 그리고 식사를 마치고 주인에게 노 하나를 얻어 목공 도구를 빌려서 목검을 만들기 시작했다. 섬으로 가야 한다고 몇 번이나 재촉하는 심부름꾼이 왔으나 듣지 않고 열심히 목검을 깎아, 1미터 25센티미터 정도의 목검을 만들었다.

본래 고지로는 90센티미터 조금 넘는 '모노호시자오'(物干竿)라는 대검을 사용했고, 그 검이 아주 유명했다. 무사시도 90센티미터 정도 예외적으로 긴 검을 차고 있었으나 '모노호시자오'의 길이에는 미치지 못한다. 뿐만 아니라 고지로는 빠르게 이 대검으로 내려 막는 동시에 반격한다. 이 반격이 고지로의 독특한 '고세쓰켄'이었다. 이에 맞서려면 고세쓰켄이 오기 전에 한 손으로 막고 다른 손을 뻗어 쳐야 한다. 이것이 무사시의 전법(戰法)으로 그가 특수한 목검을 만든 것도 이 때문이었다.

무사시는 세 시간 늦게 후나시마에 도착했다. 해안 멀리까지 물이 깊지 않아서 무사시는 물속에서 내렸다. 고지로는 기다림에 지치고 매우 신경이 곤두서 무사시가 내리는 것을 보자 분연히 파도가 밀려오는 곳까지 달려갔다.

"시간에 늦다니 무슨 일이냐. 기죽은 건가?"

고지로는 고함쳤으나 무사시는 말이 없었다. 묵묵히 고지로의 얼굴을 보고 있었다. 무사시가 생각한 대로 고지로는 더욱더 화를 냈다. 긴 검을 빼는 동시에 칼집을 바닷속에 던져 버리고 자세를 취했다.

"고지로가 졌다"라고 무사시가 조용히 말했다.

"어째서 내가 진 건가?"

"이길 셈이라면 칼집을 물속에 버릴 리가 없을 테지."

이 문답은 무사시 일생에서 압권이라고 나는 생각한다. 무사시는 어쨌든 일종의 천재라고 나는 생각하지 않을 수 없다. 다만 그는 노력형 천재다. 당당하게 독자의 검법을 구축했으나, 그것은 실로 그의 개성이며 처음 이룬 검법이었다. 그는 항상 적에 따라 '변화'를 주는 검법을 구사했다. 이렇게 마지막에 이르러 칼집을 바닷속으로 내던진 적의 행위를 반사적으로 이용할 수 있는 것이 그의 냉정함이나 수련에 의한 것인지도 모르겠으나 나는 본래 그가 그러한 남자였다고 생각한다. 특히 냉정함이라는 점이 아니라 마지막까지 지푸라기라도 잡는 남자로 개성을 살려 대성한 것이 그의 검법이었다. 물에 빠지면 지푸라기라도 잡고 살려고 한다. 마지막의 마지막까지 발 디딜 곳이 있으면 닥치는 대로 이용해서 끝까지 살아남으려고 한다. 이것이 그 본래의 개성임과 동시에 그의 검법이었다. 개성을 살려서 개성 위에 쌓아 간다는 점에서 그의 검법은, 말하자면 그의 예술품과 동일하다. 그는 그림과 조각에 능숙하고 그림의 길[道]도 검의 길도 모두 같다고 말하는데 지극히 당연한 말이다.

나는 이 후나시마에서의 문답을 무사시라는 남자가 만든 무척 아슬아슬하지만 그래서 더 훌륭한 예술품이라고 생각한다.

실제 대결은 위험했다. 간발의 차로 이겼다.

고지로는 격노하면서 긴 칼을 휘둘렀다. 문답에 대한 답을 격노에 담아 휘둘렀던 칼이었다. 이 기회를 놓치지 않겠다고 무사시는 마음먹고 있었다. 왜냐하면 고지로에게 시간을 허락하면, 그도 노련한 검객이기에 자세를 갖추는 가운데 냉정함을 되찾을 수 있기 때문이다.

무사시는 급속도로 다가갔다. 대담할 정도로 밀어붙였다. 고지로는 내려쳤다. 그렇지만 고지로의 빠른 검은 처음 칼로 치는 것보다도 반격하는 검이 더욱 무섭다. 무엇보다 무사시는 전진을 멈추는 것을 잊지 않고 있었다. 간발의 차로 칼끝을 돌려 전진 중에 올려 든 목검을 한 손으로 잡고 뻗어 내려쳤다. 고지로가 쓰러지는 동시에 무사시의 머리띠가 잘려 아래로 떨어졌다.

고지로는 쓰러졌으나 아직 숨은 끊어지지 않았다. 무사시가 자기도 모르게 다가가자 긴 칼을 옆으로 휘둘렀던 것이다. 하지만 무사시는 준비하고 있었기에 교묘하게 물러났고, 바지 자락이 10센티미터 정도 잘렸을 뿐이었다. 허나 그 순간 목검을 내려쳐서 고지로의 가슴에 일격을 가했다. 고지로는 입과 코에서 피를 흘렸고 곧 즉사했다.

무사시는 도코 다헤이의 각오 "언제 죽어도 좋다"를 검법의 경지라고 했으나 그의 검법은 이런 깨달음에서 구축된 것이 아니었다. 말년의 저서인 『오륜서』가 시시한 것도 그의 실제 검법과 차이가 있는 내용이기 때문이다. 그의 검법은 깨달음이 아니라 개성을 바탕으로 이루어진 것임에도 『오륜서』는 깨달음 하나로 검법을 논하고 있다.

무사시의 검법은 적의 위축을 이용할 뿐 아니라, 역으로 자기 자신의 위축까지 무기로 이용한다. 물에 빠진 자는 지푸라기라도 잡는다는 비열한 약점을 무기로 승화시켜 역으로 이를 이용해서 이기는 검법이다.

나는 이것이 진짜 검법이라고 생각한다. 지면 내가 죽는다. 반드시 이겨야 한다. 타협의 여지가 없다. 최후의 순간까지 이겨서 살아남는 자가 전부를 가지며 정의도 자연스럽게 이긴 편에 있다. 이게 잘못되었다 하더라도 이겨야 한다. 현재 우리의 전쟁도 또한 그렇다. 반드시 이겨야 한다.

그런데 매우 안타까운 일은 무사시의 검법을 당시 사회가 받아들이지 않았다는 점이다. 형식주의인 야규류의 전성기로 무사시와 같은 승부 제일주의는 지나치게 거칠어서 통용될 여지가 없었다.

무사시의 검법 역시, 말하자면 하나의 타락의 세계라고 생각한다. 세상에 받아들여지지 않았기 때문에 타락의 세계라는 것이 아니다. 하지만 세상에 포용되지 않은 이유 중 하나는 뚜렷한 타락의 성격 때문이라고 할 수 있다.

결과는 하늘에 맡기지만 더욱이 액면 그대로가 아니라, 실력을 넘어선 지점에서 승패를 결정하고 마지막 살길을 구하려고 한다. 덴시치로와 시합할 때 무사시는 상대가 커다란 목도를 갖고 와서 놀랐는데, 역으로 그것을 이용하여 맨손으로 근접해 가는 방법을 생각했다. 고지로와 시합할 때에는 상대가 칼집을 던져 버리는 것을 놓치지 않았으며, 다이묘 마쓰다이라 가쓰타카 앞에서 시합할 때에는 상대의 방심을 눈여겨보다가 인사하기 전에 상대를 쓰러뜨렸다.

무사시는 시합에 앞서서 항상 세심한 준비를 하였다. 시합에 늦게 나가 상대를 초조하게 하거나, 반대로 먼저 가 있기도 했다. 시합에서는 심리적 주도권을 쥐는 것을 항상 잊지 않았고, 자신의 목도를 스스로 갈고 다듬는 등 굳건한 마음가짐을 잊는 일이 없었다. 쇄겸에 맞설 때에는 두 칼을 머리 위로 휘두르는 특별한 준비도 철저히 했다. 시합에 임할 때 항상 치밀한 계산을 하면서도 막상 시합에서는 계산과는 다른 엉뚱한 곳에서 마지막 살길을 찾고 있었다. 이처럼 즉흥성이란 아무리 깊은 의미가 있다고 해도 정통적인 방법으로는 이루어지지 않으며 하나하나마다 하나의 기적을 건다. 자신의 이념을 벗어난 지점으로 자신을 내던지고 그곳에서 도박을 하는 것이다. 도박에 만반의 준비가 되어 있고, 그래서 또 자신감이 있을지 모르지만 도박임에는 변함없다.

"고지로는 졌다."

재빨리 무사시는 이렇게 말했지만 여유 따위가 감히 있을 리 없다. 무사시는 단지 필사적이었고 필사의 일념으로 물에 빠져 허우적대는 자가 마지막 힘을 모아 지푸라기라도 잡는 심정으로 기적을 좇을 뿐이었다. 여유가 전혀 없는 무의식 안에서 생겨난 최고의 술책이기 때문에 처절하리만큼 아름답다고 나는 말한다. 완전하게 계산을 마치고 일생 동안 행한 수련을 쏟아부었으며, 또한 계산이나 수련과는 상관없는 필사의 술책이기 때문에 아름답다. 그는 절대로 죽고 싶지 않았다. 이것이 옳지 않더라도 살고 싶었다. 이렇게 시비를 가릴 것 없는 집념이 한껏 험악하게 그의 검에 응집되어 매달릴 수 있는 모든 것에 매달려서 활로를 열어 놓으려 할 뿐이다. 최후의 장면에 임할 때에는 의식하지 않은 채 술책을 구사하는 무사시였고, 구원의 여지가 없는 미련한 성격을 역으로 무기로 삼아서 이용하는 무사시였다.

그러나 무사시에게는 이른바 악당들이 지니는 위압감이 없었다. 마쓰다이라 가쓰타카의 면전에서는 상대방이 방심했음을 눈치 채고는 인사도 하기 전에 상대를 쓰러뜨려서 비겁하게 보일 수도 있지만 악당의 위압은 없고 오히려 어벙한 촌놈의 일념을 지닌 고지식한 사람 같았다. 그는 고지식하게도 승리만을 일념의 목표로 삼았다. 어차피 일개 검객에 불과해서 한 무리를 거느릴 만한 악당과는 연이 멀었다.

그에게는 언제라도 죽을 수 있다는 위대한 각오가 없었다. 각오가 없었기 때문에 누구도 흉내 낼 수 없는 독특하며 비할 데 없는 검법을 구사했으나, 그렇기에 또한 검을 버리고 다른 길을 갈 정도의 재주가 없고 생활의 굴곡도 없었다.

도코 다헤이는 에도의 다이묘에 중용된 후 하룻밤에 정원을 만드는 기발한 행동을 하지만 무사시는 스물여덟 살에 결투를 그만두고 화려한 청춘의 막을 내린 후에도 한평생을 변변찮은 검술가로 보냈고, 자신이 일군 검법이 세상에 통용되지 않음을 분통해할 뿐이었다. 예순 살이 되었을 때 『오륜서』를 썼는데 개성과 단단한 기술을 쌓았던 천재 검술의 찬란함은 사라지고 솔직하게 자신의 검술을 설명할 만큼의 자신감도, 힘도 없었으며 쓸데없는 비법 따위의 언사를 늘어놓았다. 이를 지수화풍공(地水火風空)의 다섯 권으로 나누었으나 심원함을 과시해서 세속으로 떨어져 어벙한 촌놈의 본성을 드러낸 것에 불과했다.

검술은 결국 '청춘'이다. 특히 무사시의 검술은 청춘의 검술이었다. 운을 하늘에 맡기는 절대적인 면에서 보면 도박성이 있는 타락의 기술이며 기적의 기술이었다. 무사시 스스로 그걸 깨닫지 못하고 정통이라고 믿었던 게 착각이며, 또한 무사시는 본디 세상에 이해받지 못할 성격의 소유자였다.

무사시는 스물여덟 살에 결투를 그만두었다. 그때까지 60여차례 시합을 했고 한 번도 진 적이 없었으나, 만일 그 맹렬함을 평생 지속했다면 참으로 경탄할 만한 초인이라고 말할 수밖에 없을 것이다. 그렇지만 그러한 요구는 너무나도 가혹한 일이다. 혈기 넘치고 명예에 목마른 그였으나 시합 하나하나에서는 살얼음 위를 걷는 것처럼 세심하고 주도면밀하게 만전을 기하여 전력을 다한 그의 필사의 일념을 보면, 나 역시 전율을 느끼지 않을 수 없으며 동정의 눈물을 멈출 수가 없다. 그러나 이렇게까지 자신의 세계를 이룬 것이라면 한평생 지속하면 좋았을 텐데. 그 와중에 누군가에게 패해서 죽게 되더라도 어쩔 수 없지만 말이다. 그렇게 된다면 그도 구원받았을 터이고, 그 방법 외에는 구원받을 수 없었다고 생각한다. 예리함이 쇠퇴한 『오륜서』는 잡서에 불과하다.

무사시는 검술을 검술 본래의 면목에 지나칠 정도로 충실하게 검술 본래의 정신을 살렸기 때문에 세상이 받아들이지 못했다. 스스로가 그러한 본모습을 깨닫지 못하고 불운한 일생을 마쳤다. 이러한 무사시는 비극적이기도 하지만 희화적 재미를 느끼게도 한다. 그는 세상의 어른들에게 졌다. 야규류의 어른들에게 패하고 더더욱 별 볼 일 없는 무예인들에게도 패하였다. 그 자신이 어른이 되려고 하지 않았다면 지는 일은 없었을 것이다.

무사시가 야규 효고(柳生兵庫) 밑에서 오랫동안 머물었던 적이 있다고 한다. 효고는 야규류의 최고 명인으로 무사시를 높이 평가했으며, 무사시 또한 효고를 높이 평가했다. 두 사람은 매일 같이 술을 마시거나 바둑을 두며 담소를 나누었으나 끝내 결투는 하지 않고 헤어졌다. 심법(心法)으로 서로가 우열이 없음을 인정했기 때문에 시합을 하지 않았다는 말이 있다. 정말 그럴 수 있겠다고 수긍할 수는 있지만, 나는 무사시를 위해서라도 이 이야기를 절대 인정할 수 없다. 대결을 하지 않았다면 무사시가 패배한 것이다. 시합을 하는 와중에만 무사시의 검이 있을 수 있고, 또한 시합을 멀리하는 무사시는 있을 수 없다. 시합은 무사시가 창작한 예술품이다. 시합이 없다면 그 자신조차 존재하지 않는다. 적과 담소를 나누는 사이에 심법으로 서로의 우열을 알고 웃으며 헤어지는 한 인간의 삶을 기억한다면, 이제 무사시라는 작품은 사멸해 버린 것이다.

어떤 일이라도 승부를 가리고 살며 철저히 승부하는 일은 괴로운 법이다. 나는 가끔 일본 기원의 대국을 본 적이 있다. 대국이 끝나면 반드시 바둑판을 가지런히 하고 이럴 때는 이렇게 저럴 때는 저렇게라고 서로 감상을 이야기하며 연구한다. 그런데 이긴 쪽이 활발하게 이야기를 나누며 감상을 말하고 바둑돌을 나란히 놓으며 즐거워하는 모습은 당연하지만, 진 쪽이 돌처럼 굳어 끝없이 원망을 곱씹고 있는 모습을 보고 있자면 마음이 편하지 않다. 나도 바둑에서 졌을 때에는 매우 속상하지만 그 길을 업으로 삼는 사람의 원망하는 모습과 절대 비교할 수 없다. 목숨을 건 승부이기에 당연하겠으나 패한 사람의 얼굴에 나타나는 불편한 심정이란, 보고 있자니 결코 나쁜 느낌만 드는 게 아니다. 적당히 하려는 각오가 아니기 때문이다. 머쓱함을 웃음으로 감추는 법이 절대 없다.

장기의 명인 기무라는 불세출의 명인이라고 한다. 태생부터 이러한 평가를 받는 것은 모든 예술계에서도 지극히 드문 일이지만, 그는 정말이지 심신을 바쳐 장기판 위에서 몸부림을 치는 지독하고 놀랄 만한 투지를 지닌 남자다. 바둑기사 가운데에도 그러한 투지에 조금이라도 비할 만한 사람이 없다. 스모의 세계에서도 마찬가지다.

그러나 명인 기무라도 벌써 몇 번이나 패했는지 모른다. 거기에 비한다면 무사시의 길[道]은 어둡고 비참하다. 패하면 목숨이 날아간다. 사사키 고지로는 평생 동안 한 번 패하고는 목숨을 잃었고 무사시는 어쨌든 지지 않아서 방 안에서 죽음을 맞이했다. 하지만 목숨과는 관계없는 바둑기사와 장기기사마저 50 정도의 나이가 되면 매서운 승부의 세계를 견뎌 낼 수 없다고 하니 무사시가 한결같이 검을 사용한다는 것은 정말 예삿일이 아니다. 그것을 바라는 것 자체가 무리이며 어려운 문제임이 분명하다. 하지만 무사시가 시합을 그만두었을 때 무사시는 완전히 죽은 것이다. 무사시의 검은 패했던 것이다.

이기는 것이 전혀 재밌지도 즐겁지도 않고 아무런 긴장감도 들지 않아서라든가, 살아가는 일이 진절머리 나서라든가 뭔가 마가 낀 것처럼 공허함을 느끼고 시합을 관둔 것도 아니다. 『오륜서』라는 평범한 책을 읽어 보면 알 일이다. 단지 마지못한 인생을 살아가면서 『오륜서』를 남기고, 그 남긴 책 덕택으로 오늘날까지 자자한 명성이 전해지고 있다. 그러나 그와 같은 대단한 명성이란 과연 뭐란 말인가.

4. 다시금 나의 청춘

타락의 청춘이라 말한다고 해서 어쩌면 나의 청춘을 자포자기나 데카당으로 볼지도 모르겠지만 절대 그런 말이 아니다.

그렇지만 내가 생활에서 확실히 청춘을 자각하거나 청춘에 찬가를 보냈던 것도 아님은 앞서 고백한 대로이고, 나는 평생 어두운 밤길에서 헤매는 존재였다. 그렇게 방황하는 와중에 내게도 나름의 한 줄기 빛과 같은 목표가 있었으니 막막한 상황에서도 더듬거리며 찾았던 것이다.

매우 당연한 말이지만 신념 없이 산다는 것은 너무나 의미 없는 일이다. 그러나 신념이란 간단히 갖출 수 있는 것이 아니다. '너의 신념은 무엇인가' 하고 묻는다면 바로 대답할 수 없다. 뿐만 아니라 신념을 갖추지 않아도 살아가는 데 불편함이 없으며 상당히 행복하게 지낼 수 있다고 하면 신념 따위는 단지 어리석은 자들이 갖고 노는 장난감에 불과할지도 모른다.

실제로 신념이란 죽어야만 산다는 것과 같이 항상 죽음과 동일 선상에 있어서, 이 또한 하나의 타락이며 청춘 그 자체라고 할 수 있을 것이다.

그러나 맹목적 신념이란 생과 사를 대단히 일관되고 격정적으로 보내 왔어도 훌륭하다고는 할 수 없으며, 오히려 과잉되고 예민한 정열에 혼탁함과 불쾌감을 느끼게 한다.

나는 일본에서 좀처럼 나오기 힘든 훌륭한 선구자 소년 아마쿠사 시로(天草四郎)[24]를 매우 좋아해서 이 소년의 커다란 야심과 훌륭한 자질에 대해서 벌써 3년 넘게 소설로 쓰려고 노력하고 있는 중이다. 그래서 에도시대의 기독교 문헌을 상당히 읽었는데, 열광적 신앙으로 탄압에 맞서 차례차례 당당하게 죽어 간 수많은 순교자들에게서 때로는 무익하며 히스테릭한 요설만 느껴져 불쾌감을 맛보는 일이 있었다.

기독교는 자살을 하면 안 된다는 계율이 있으며 이러한 계율은 대단히 엄격하게 실행되었다. 돈 아고스티노 고니시 유키나가(小西行長)는 자해하지 않고 형장으로 끌려가서 무사답지 못한 죽음을 택했다. 또한 기독교는 무기를 들고 저항하면 순교로 인정받을 수 없는 법규가 있어서 시마바라 난에서 죽은 3만 7000명의 전사자는 순교자로 인정될 수 없었다. 이런 법규에 의해 기독교인답게 붙잡히기 위해서 포졸에게 둘러싸여 있을

24 에도시대 전기에 발생한 시마바라 난(1637년부터 1638년까지 규슈 나가사키에서 발생한 일본 역사상 최대 규모의 백성 봉기. 기독교 탄압에 대한 저항으로 일어났으나 안으로는 엄격한 수탈에 대한 반발)의 지도자. 향년 17세에 난의 진압과 동시에 참수당했다.

때 일부러 허리춤의 칼을 칼집째 빼어 멀리 내던져 버린 다음 포승줄을 받은 순교자다운 행동을 한 무사도 있었다. 그런가 하면 주님을 위해서 순교할 수 있는 영광을 누린다면서 참수인에게 감사의 인사와 기도를 바치고 죽은 신부도 있었다. 당시는 순교의 마음가짐에 관한 인쇄물이 배포되어 있었으며, 신도들 모두 기독교에서 말하는 죽음에 대해 공부했다. 당시 교회 지도자들은 마치 사형을 당하는 것을 장려하는 게 아닌가 할 정도로 대단히 히스테리에 빠져 있었다. 무수히 죽은 그들의 유혈 사태는 처참해서 눈뜨고는 못 볼 지경이었다. 하지만 사람들을 그저 죽음으로 몰아넣는 히스테릭한 성격에 때로는 큰 분노를 느끼고, 그 미련함에 치를 떨던 때도 있었다.

생명에도 거래라는 것이 있을 터이다. 생명의 대가가 계산도 안 되는 싸구려라면 신념으로 죽음을 맞이한다고 해도 그것은 바보 같은 이야기다. 사람들은 10전어치의 가지를 살 때도 제정신으로 가격 흥정을 하는데, 하물며 생명의 거래에 대해 히스테리를 일으켜 까닭 없이 파산을 재촉하는 것은 결코 현명한 일이 아니다.

미야모토 무사시는 요시오카 문하의 100여 명을 상대로 혈투를 벌이던 아침에 교토의 이치조지사가리마쓰(一乗寺下り松)의 결전 장소에 먼저 가려고 서두르는 도중, 우연히 무운의 신인 야하타 님 앞을 지나치면서 문득 필승을 기원하고픈 마음으로 신전에 인사드리려다가 그만두었다. 자력으로 이겨야한다는 용맹심에 사로잡혔던 것이다.

나는 이러한 무사시를 매우 사랑스럽게 생각하지만 이것은 하나의 일화일 뿐, 이 일이 그의 일생에서 큰 의미를 지닌다고는 생각하지 않는다. 무사시뿐만이 아니다. 무슨 신이든 신 앞에 섰을 때 몇 사람이 안식을 취할 수 있을까. 신을 모셔 둔 구역이나 사찰 경내는 한적하기 때문에 가끔 그곳에 산책하러 가지만 신앙심이 없는 나도 본전이나 본당 앞에 서면 평소와 달리 마음이 동요된다. 기원하지 않고는 배길 수 없을 것 같은 간절한 생각에 치닫는다. 그렇다고 해서 정말 기도 드리려는 간절한 마음도 들지 않는다. 이런 어설픈 태도는 무례하기에 이번에는 마음먹고 기도 드리려고 결심하고서 수호신 앞에 섰다. 결국 예를 갖추기는 했으나 동시에 내 몸이 반응하는 불편한 느낌에 매우 놀랐다. 역시 나 같은 놈은 아무리 마음속에 간절한 기원이 있어도 그건 단지 마음만이 있을 뿐 실제 기도 드리는 일은 그만두기로 했다.

자살한 마키노 신이치는 멋쟁이라서 자신의 흐트러진 모습을 사람들에게 보일까 봐 아주 조심하고 두려워했던 사람이다. 그런데도 신이나 부처 앞을 그냥 지나칠 수 없었는지 그때만큼은 다른 이들의 눈을 신경 쓰지 않고 반드시 복전함에 돈을 넣으며 공손하게 인사를 올렸다. 그 순수함이 매우 부러웠지만 나는 도저히 함께 나란히 서서 인사할 용기가 없었다. 그래서 좀 떨어진 곳에서 비둘기 모이를 걷어차기도 했다.

수년 전 히시야마 슈조가 외국으로 나가기 일주일 전에 계단에서 떨어져 각혈을 하여 생존이 절망적인 상태였다. 나 또한 이제 히시야마는 죽은 목숨이라고 생각했는데 1년 반 만에 회복했다. 히시야마의 말에 따르면 폐병이란 병의 완치만 인생의 목표로 삼으면 반드시 나을 수 있다고 한다. 인생의 다른 목표를 일체 단념하고 병 치료만을 인생의 목표로 삼는 것이다. 그리고 절대 안정을 취해야 한다.

그 후에 내가 오다와라의 마쓰바야시에 살 때 바로 이웃집에 폐병을 앓는 환자들이 있었다. 안타깝게도 그 대부분의 사람들은 모든 것을 포기하고 병의 완치만을 목표로 하는 각오도 없이 평상시의 생활과 투병 생활의 경계가 모호한 채로 살고 있다는 것을 곧바로 알 수 있었다. 히시야마보다 훨씬 경증처럼 보였던 사람들이 독서에 몰두하거나 산책을 하며 지내는 사이에 느닷없이 죽어 나갔다. 병의 완치를 목표로 삼는 일도 매우 중요한 일이고 폐병이 나으려면 꽤 고차원의 교양이 필요함을 깨닫지 않을 수 없었다.

죽는 일은 간단하다. 그러나 살아가는 것은 지난한 일이다. 나처럼 공허한 생활을 하면서 한 순간 한 순간 결실을 맺지 못하는 생활을 하더라도, 감회가 통렬하게 몸에 스며들며 느껴진다. 알맹이 없는 생활을 하면서도 이렇게라도 살아 나가는 것이 나에게는 최대한의 노력이 필요하고, 기도도 하고 싶고 술에 취해도 보고 싶으며 잊고 싶기도 하다. 외치고 싶고 달리고도 싶다. 나에게는 여유가 없다. 살아가는 게 그저 전부다.

이러한 나에게 청춘은 요컨대 살아간다는 것과 같은 의미이며, 나이도 없고 끝 또한 없다.

내가 소설을 쓰는 것도 내 능력 이상의 기적을 이루지 않고는 배길 수 없기 때문이다. 정말로 그 이외에는 이렇다 할 동기도 없다. 사람들이 웃을지 모르지만 실제 말한 그대로다. 말하자면 나의 소설 그 자체가 나의 타락의 상징이며, 나는 나의 현실과 기적을 합일시키려는 일에만 정열을 쏟는 것 이외 다른 삶의 방식을 알 수 없게 되어 버렸다.

이 일은 대단히 자신감이 있는 것 같지만 실은 이토록 자신감이 부족한 삶도 없을 것이다. 항상 기적을 좇는 일과 정신을 차릴 때마다 낙담하는 일은 표리를 이루는데 자신의 실제 역량을 아는 것만큼 슬픈 일도 없기 때문이다.

그러나 타고난 역량은 이제 와서 원통해해도 소용없기 때문에 나에게 허용된 길이란 전진뿐이다.

내 친구 중에 나가시마 아쓰무(長島萃)가 있는데 8년 전에 발광이 나서 죽었다. 이 남자의 아버지는 나가시마 류지(長島隆二)라는 왕년에 권모술수에 능했던 유명한 정치가였다. 이 정치가는 자기 아들에게 제대로 된 일을 하지 말거라, 광산 투기꾼이 되거라 하고 늘 말했고 주식꾼이나 소설가가 되라 했다고 한다.

당시 내가 좋아했던 여자에게 이 이야기를 했더니, 진지한 얼굴로 "소설가는 광산 투기꾼입니까"라고 물었다.

나는 말문이 막혀 "아니요. 소설가는 광산 투기를 하지 않습니다"라고 했을지도 모르겠으나(기억이 잘 안 난다) 지금 생각해 보면 과연 술수에 능한 정치가는 교묘하게 말하는 자다. 무엇보다도 그는 광산 투기꾼의 의미를 나와는 다르게 생각했을지도 모른다. 나는 소설이 광산 투기와 같다고 생각한다. 금이 나올지, 니켈이 나올지 그냥 산일지 파지 않으면 짐작하기 어렵고 어찌되었든 내 능력 이상을 걸어야 하는 것이 확실한 일이기 때문에, 보다 일반적 의미로도 소설가는 역시 광산 투기꾼이라고 생각한다. 광산 투기꾼이 아니면 도박꾼이다. 적어도 나에 관해서는.

이런 내게 일생은 결국 악에 받친 청춘일 수밖에 없다. 나는 이에 열등감이 전혀 없는 것도 아니라는 자신감 없는 처지를 고백하지 않을 수 없으나, 때로는 자긍심을 가질 때도 있다. 그래서 '타락에 목숨을 바치다'라는 한 줄을 묘비에 새기고 이 세상과 작별할 생각이다.

요컨대 살아가는 것이 전부라고 할 밖에 도리가 없다.

연애론

연애란 무엇인가를 나는 잘 알지 못한다. 연애란 무엇인가를 평생 문학을 통해 계속 찾고 있는 셈이니까.

누구라도 사랑에 맞닥뜨린다. 혹은 사랑과 맞닥뜨리지 않고 결혼하는 사람도 있을지 모른다. 그리고 곧 남편이나 아내를 사랑한다. 혹은 태어난 아이를 사랑한다. 가정을 사랑한다. 돈을 사랑한다. 옷을 사랑한다.

나는 농담을 지껄이고 있는 게 아니다.

일본어에는 '고이'(恋, 연)와 '아이'(愛, 애)라는 단어가 있다. 어느 정도 뉘앙스가 다른 듯하다. 혹은 이 두 말을 상당히 다르게 해석하고 다르게 느끼는 사람도 있을 것이다. 외국(내가 아는 유럽의 두세 개 나라)에서는 '아이'도 '고이'도 동일하며, 사람을 사랑한다라는 것과 동일하게 물건을 사랑한다고도 말한다. 일본에서는 사람을 '아이'라는 말로 사랑한다고 하고 '고이'

라는 말로도 사랑한다고 하지만, 보통 사물을 '고이'라는 말을 사용해 사랑한다고 말하지는 않는다. 드물게 '고이'라는 말을 할 때에는 '아이'라는 말을 사용할 때와 다른 의미, 좀 더 강렬하고 광적인 힘이 담겨 있는 듯한 느낌을 준다.

무엇보다도 고이라는 말로 '사랑한다'고 하면 아직 소유할 수 없는 것에 애타는 듯한 뉘앙스도 있으며, 아이라는 말로 '사랑한다'고 하면 좀 더 차분하고 조용하며 청아해서 이미 소유했던 것을 그리워하는 것과 같은 느낌도 있다. 그러므로 고이라는 말의 사랑에는 갈구하는 강렬함과 광적인 염원이 담겨 있는 듯한 정서가 있다. 나는 사전을 찾아본 것이 아니다. 하지만 고이와 아이라는 두 단어를 역사적으로 구분하는 한정된 의미, 명확히 규정된 뉘앙스가 있다고는 생각하지 않는다.

옛날에 기독교가 처음 일본에 도래했을 때에 사랑한다는 말로 아주 고심을 했다는 이야기가 있다. 서구에서는 사랑한다는 말은 좋아한다와 같다. 사람을 사랑한다고 할 때나 사물을 사랑한다고 할 때에 모두 좋아한다고 하는 평범한 말 하나만 사용한다. 그런데 일본의 무사도에서나 집안의 법도에서 연애와 색정이라고 하면 곧바로 불의로 본다. 연애는 사악한 것이라고 단정하여 청순한 의미가 사랑 한 글자에 포함되어 있지 않다. 기독교는 사랑을 설파한다. 하나님의 사랑, 그리스도의 사랑, 그렇지만 사랑은 불의와 연결되는 뉘앙스를 강하게 지닌 말이기에 사랑의 번역어에 애 먹었고, 이를 고민한 끝에 발명한 말이 소중함이라는 단어다. 즉 '신(Deus)의 소중함' '그리스도의 소중함'이라 불러, '나는 너희를 사랑한다'는 말을 '나는 너희를 소중하게 생각한다'고 번역했던 것이다.

실제로 오늘날 우리들이 생활 속에서 관용적으로 사용하는 '아이'라든가 '고이'는 왠지 일상에 딱 어울리지 않은 말 중 하나다. 나는 당신을 사랑합니다, 같이 말하면 무대 위에서 허공을 향해 지껄이는 듯하다. 우리들 일상의 기반에 밀착하지 않은 공허함이 느껴진다. '사랑한다'고 하면 왠지 딱딱한 느낌이다. 그래서 '나는 당신을 좋아한다'고 말한다. 이렇게 말하는 것이 진심이라는 무게감이 느껴지기 때문이다. 요컨대 영어의 '러브'와 같은 효과가 있다. 하지만 일본어에서는 '좋아한다'는 말만으로 부족한 느낌이 들어 초콜릿을 좋아하는 정도로밖에 느껴지지 않는 허전함 때문에 어쩔 수 없이 '아주 좋아한다'고 힘주어 말하는 것이다.

일본의 언어는 메이지시대(1868~1912) 이후에 들어온 외래문화에 맞춰 사용한 말이 많은 탓인지, 말의 의미와 우리들 일상에서 늘 사용하는 말의 생명이 제각각이거나 동의어가 다양해서 각각 안개가 끼어 있는 듯 경계선이 명확하지 않은 말들이 많다. 이곳을 말의 나라라고 해야 할까. 우리들의 문화가 여기에서 이익을 얻고 있는지를 나는 크게 의심한다.

'반했다'고 하면 품위가 없고, '사랑한다'고 말하면 뭔가 품위가 있는 듯한 느낌이다. 저급한 사랑, 고상한 사랑, 혹은 실제로 여러 가지 사랑이 있을 것이기에 반했다, 사랑했다라는 식으로 구분해 사용해, 단지 한 글자의 동사로 간단명료하게 구별할 수 있으니 일본어는 편리할지 모르겠으나 나는 반대로 불안을 느낀다. 단지 하나의 단어로 나누어 사용함으로써 아주 명료하게 구별을 짓고, 그에 만족해 버리지만 사물 자체의 깊은 느낌, 독특한 개성이 나타나는 여러 모양을 놓치고 만다. 너무 말에 의지하고 너무 말에 맡겨 사물 자체에 의거한 정확한 표현을 생각해서, 결국 우리들의 언어는 사물 자체를 알기 위한 도구라는 사고방식, 관찰의 본질적인 태도를 그만 소홀히 한다. 요컨대 일본어의 다양성은 너무 분위기에 따른다. 그래서 일본인의 심정을 갈고닦는 방법도 분위기에 따른다. 우리들의 다양한 말은 분명 분위기를 조종하여 마음먹는 대로 풍부한 심정적 옥토를 느끼게 하고 여기에 한없이 기대는 듯 보이나, 실은 우리들은 그 덕분에 모르면서 아는 것처럼 만사를 분위기로 처리해 그에 만족하는 기분에 사로잡힌다. 이것은 그런 기분에 빠지게 만드는 고대 시인이 자유롭게 읊은 시에 너무 은혜를 입고 있어서이다. 언령(言靈)[1]이 행복을 불러일으키는 고대 일본 문화를 마

1 말의 영검을 믿는 고대 일본 신앙에서 기인하는 용어. 8세기 무렵에 성립한 일본 최초의 고대 시가집 『만요슈』에는 '언령'이란 말이 3수의 노래(시)에 각각 등장한다. 그 중 하나가 13권 3254의 노래 "우리 시키시마의 야마토(일본) 국은 언령이 행복을 가져다주는 나라, 아무쪼록 무사히 다녀오시오."(磯城島の大和の国は言霊の助くる国ぞま幸くありこそ)다. 고대 일본인은 말에 정령이 깃들어 있다고 생각했다.

치 지금 내 옷처럼 빌려 입고 있는 듯하다.

사람들은 연애라는 말에 특별한 분위기를 너무 공상하고 있다. 그러나 연애는 말도 아니고 분위기도 아니다. 단지 '좋아한다'는 것 하나일 뿐이다. 좋아한다는 심정에 아주 많은 차이가 있을지도 모른다. 그 차이 속에서 좋아함과 사랑함의 구별이 생기는지도 모르겠으나, 차이는 차이이고 분위기는 아닐 것이다.

연애라는 것은 항상 일시적인 환영이어서 반드시 사라지고 식는 것을 알고 있는 어른들의 마음은 불행하다.

젊은이들도 똑같이 알고 있어도 정열적인 현실의 생명력이 그것을 알지 못하게 하는데 어른들은 그렇지 않다. 정열 자체가 알고 있다. 사랑이 환상이라는 것을.

나이에는 나이에 따른 꽃과 열매가 있을 테니까 사랑은 환상에 불과하다는 사실을 젊은이들은 그저 알고 들어 두는 정도로 좋다.

정말 당연한 것은 너무 당연하게 느껴지기 때문에 나는 싫다. 죽으면 백골이 된다고 한다. 죽으면 그만이라고들 한다. 이러한 너무 당연한 말은 지나치게 무의미하다.

교훈에는 두 가지가 있다. 조상이 그로 인해 실패했기에 후손은 그것을 해서는 안 된다는 의미의 것과 조상이 그것 때문에 실패해서 후손도 실패하는 것은 당연지사이나, 그렇다고 해서 그걸 하지 말라고 말할 수 없는 성질의 것, 이 두 가지다.

연애는 후자에 속한다. 결국 환상이며 영원한 사랑 따위는 더없는 거짓이라고 알고 있어도 그것을 하지 말라고 말할 수 없는 성질이 있다. 연애를 하지 않으면 인생 자체가 사라지는 느낌이 들기 때문이다. 다시 말해 인간은 죽으니까, 어차피 죽을 거라면 빨리 죽자고 하는 말이 성립하지 않는 것과 동일하다.

나는 전반적으로 『만요슈』와 『고킨와카슈』의 연애에 관한 시가(詩歌) 등이 소박하고 순수하게 진정한 마음을 토로하고 있다고 해서 이것들을 대단히 훌륭한 문학처럼 생각하는 사람들의 소박한 사고방식이 싫다.

극단적으로 말하자면 그러한 사랑 노래는 동물의 본능적 부르짖음, 개나 고양이가 그 애정 때문에 우는 것과 같으며, 그걸 말로 표현한 것뿐 아닌가.

사랑을 하면 밤에도 잠들지 못한다. 헤어진 다음에는 죽고 싶을 정도로 괴롭다. 편지를 쓰지 않고는 견딜 수가 없다. 아무리 잘 쓴 편지라도 필경 고양이 울음소리와 다를 바 없으며, 이러한 연애의 모습은 만고불변의 진실이다. 너무 진실이기에 딱히 말할 필요가 없다. 그렇기에 연애를 하면 누구라도 그렇게 된다. 두말할 필요도 없는 것이기에, 자기 멋대로 하면 그만이라는 이야기다.

첫사랑만 그런 게 아니라, 몇 번째 사랑도 사랑은 항상 그런 것이다. 사랑에 성공하는 것은 실연과 같아, 잠들지 못하고 죽을 정도로 애달프고 불안한 것이다. 그런 건 순정도 무엇도 아니며 1, 2년 사이에 또 다른 사람을 보며 그렇게 되기 때문이다.

우리들이 연애에 대해 생각하거나 소설을 쓰는 의미는 이런 너무 원시적인 (불변의) 심정이 당연히 나타나는 모습을 캐묻고자 하는 데에 있지 않다.

인간의 생활은 각자가 건설해야 한다. 각자 평생 자기 인생을 건설해야 하기에, 그러한 노력의 역사적인 흔적이 문화라는 것을 길러 낸다. 연애도 마찬가지이며, 본능의 세계에서 문화의 세계로 끌어내 각자의 손으로 그걸 만들려고 하기에 문제가 시작되는 것이다.

A군과 B양이 사랑을 했다. 두 사람은 각자 잠들지 못한다. 헤어진 다음에는 죽을 정도로 괴롭다. 편지를 쓰고 눈물을 흘린다. 거기까지는 두 사람의 부모도 조상도 자손도 마찬가지이기에 이의는 없다. 하지만 이 정도로 사랑하는 두 사람도 2, 3년 후에는 예외 없이 서로 싸움도 하고 두 사람의 다른 모습을 마음에 담기도 한다. 뭔가 좋은 방법이 없을까 생각한다.

그러나 대개 거기까지는 생각하지 않는다. 그리고 A군과 B양은 결혼한다. 역시나 예외 없이 권태롭고, 원수처럼 바라보는 마음도 일어난다. 그래서 어쩌면 좋을지 생각한다.

그 해답을 내게 알려 달라고 해봐야 무리다. 나는 모른다. 나 자신이, 나 자신만의 해답을 찾아 나가는 수밖에 없기 때문에.

나는 아내를 둔 남자나 남편이 있는 여자가 사랑을 해서는 안 된다고는 생각하지 않는다.

사람들은 버려진 쪽을 동정해서 버린 사람을 미워하지만, 버리지 않으면 버리지 않아서 버려진 쪽과 똑같은 고통을 견뎌야 하기 때문에 모든 실연과 사랑은 고통에 있어서는 동등한 무게를 지닌다고 나는 생각한다.

나는 도대체 동정을 좋아하지 않는다. 동정해서 사랑을 포기한다는 것은 무엇보다도 우울해서 나는 싫다.

나는 약자보다도 강자를 선택한다. 적극적인 삶의 방식을 선택한다. 이 길이 실제로 고난의 길이다. 왜냐하면 약자의 길은 너무 명확하다. 암담할 수 있으나 무난하고 정신적으로 큰 격투를 벌일 필요가 없다.

그러나 어떤 올바른 이치도 결코 만인의 것이 아니다. 사람은 각자 개성이 다르고 그 환경, 그 주변과의 관계가 항상 독자적이기 때문이다.

우리들의 소설이 고대 그리스부터 질리지도 않고 연애를 반복하고 있는 것도 개성이 개성 스스로 해결하는 것 이외에는 달리 방도가 없기 때문으로, 뭔가 만인에게 적용되는 규칙이 있어서 연애를 원칙에 따라 명확하게 할 수 있다면 소설 따위는 쓸 필요도 없고 또 소설이 존재할 의미도 없다.

연애에는 규칙이 없다고는 하나 실은 일종의 규칙이 있다. 그것은 상식이라는 것이다. 또는 인습이라는 것이다. 이러한 규칙에 의해 마음이 채워지지 않고, 그 허위에 완전히 복종할 수 없는 영혼이 말하자면 소설을 낳는 영혼이기도 해서, 소설의 정신은 항상 현세에 반역적이며 보다 좋은 뭔가를 찾으려 한다. 그러나 그것은 작가 쪽에서 말하고 싶은 주장이지 상식 쪽에서 보자면 문학은 항상 미풍양속에 반하는 것이라 할 수 있다.

연애는 인간에게 있어 영원한 문제다. 인간이 있는 한 그 인생에서 아마도 가장 중요한 것이 연애일 거라고 나는 생각한다. 인간 불멸의 미래에 대해 내가 지금 여기에서 연애의 진상 등을 말할 수 있는 것도 아니고, 또 우리들이 올바른 사랑 등을 미래에 걸고 단정할 수 있는 것도 아니다.

다만 우리들은 각자가 각자의 인생을 가장 열심히 살아가는 것, 그로써 자신만의 진실을 애처롭게 뽐내고 소중하게 생각해야 한다.

문제는 단지 하나, 스스로의 진실이란 무엇인가라는 기본적인 물음뿐일 것이다.

이에 대해서도 역시 나는 확신을 갖고 말할 수 있는 언어를 지니고 있지 않다. 다만 상식, 소위 미풍양속은 진리도 아니고 정의도 아니라는 점, 미풍양속에 의해 악덕이라고 치부되는 것이 반드시 악덕이 아니고, 미풍양속에 의해 벌 받기보다 자아 스스로에 의해 벌 받는 것을 두려워해야만 한다는 점만은 말할 수 있겠다.

그러나 인생은 본래 그다지 원만하고 다복한 것은 아니다. 내가 사랑하는 사람은 날 사랑해 주지 않고 원하는 것은 손에 들어오지 않고 대개 그런 식이지만 그 정도의 것은 서막에 불과하고, 인간에게는 '영혼의 고독'이라는 악마의 나라가 입을 벌리고 기다리고 있다. 강자일수록 커다란 악마를 보고 싸우지 않을 수 없다.

사람의 영혼은 무엇으로도 채울 수 없다. 특히 지식은 사람을 악마에게 연결하는 실마리이고 인생에 영원한 것, 배반하지 않는 행복 따위는 있을 리 없다. 한정된 일생에 영원이라는 것은 애초 거짓임이 분명하고, 영원한 사랑 등을 시인처럼 말해도 단지 어떤 주관적 이미지를 가지고 노는 언어의 멋이지 이러한 시적 도취는 결코 우미하고 고상한 것이 못된다.

인생에서는 시를 사랑하기보다도 현실을 사랑하는 것에서 시작해야 한다. 원래 현실은 항상 인생을 배반한다. 그러나 현실의 행복을 행복으로 하고, 불행을 불행이라고 하는 즉물적 태도는 어찌됐든 엄숙한 것이다. 시적 태도는 불손하며 공허하다. 사물 자체가 시일 때 비로소 시에 생명이 부여된다.

플라토닉 러브라고 칭하며 정신적 연애를 고상하다고 하는 것도 묘하지만 육체를 경멸하지 않는 편이 좋다. 육체와 정신이라는 것은 항상 두 개가 서로 다른 한쪽을 배반하는 것이 숙명이고 우리들의 생활은 생각하는 것, 즉 정신이 주이기 때문에 항상 육체를 배반하고 육체를 경멸하는 데에 익숙해 있으나, 정신 또한 육체에 언제나 계속 배반당하고 있다는 점을 잊어서는 안 된다. 어느 쪽이나 명확하지 않은 것이다.

사람은 연애로도 채워지지 않는다. 몇 번 연애를 한다 해도 그 시시함을 알게 되는 것 이외에는 대단한 것도 없는 듯하다. 오히려 그 우열함에 의해 항상 배반당할 뿐일 테다. 그런 주제에 연애 없이 인생은 성립되지 않는다. 결국 인생이 바보스러운 것이기 때문에 연애가 바보스럽더라도 연애의 결점이 되는 것도 아니다. 바보는 죽지 않으면 고칠 수 없다고 하지만, 우리들의 어리석은 일생에 있어서 바보는 가장 존귀한 것이라는 사실 또한 명기해 두어야겠다.

인생에서 사람을 가장 위로해 주는 것은 무얼까. 괴로움, 슬픔, 절실함. 그렇다면 바보를 두려워하지 말지니라. 괴로움, 슬픔, 절심함에 의해 조금이라도 채워질 때가 있을 테니까. 그것으로조차 채워지지 않는 영혼이 있을 텐가. 아아, 고독. 그걸 말하지 마시게나. 고독은 인간의 고향이다. 연애는 인생의 꽃이지요. 아무리 지겨울지라도 이 꽃 이외는 없다.

남녀 교제에 대하여

근래에 세상의 도덕과 인심이 타락하고 퇴폐했다든가 도의가 땅에 떨어졌다며 개탄하는 것은 가당치 않다.

옛날 평화로운 시대와 비교해 사람의 마음만을 말하는 것은 잘못이다. 요즘 같은 인플레이션 시대에 주택난, 동물과 같은 잡거 생활, 정전, 식량난, 물자난, 교통난에다가 여기에 사는 청년들은 전쟁터로 끌려가 마음에도 없는 살인을 가업으로 했던 사람들이다. 그 밖의 사람들은 공습과 화재에 쫓기고 살림살이와 가족을 잃어버렸다. 이런 조건 아래에서 이 정도의 질서가 지켜지면 우러러볼 일로, 일본인의 믿음직함과 강인함을 깨닫지 못하고 그런 말을 하는 사람이 어리석은 것이다. 즉 이런 사람들은 패전과 함께 사라져야만 할 그릇된 우국자(憂國者), 그릇된 도덕가, 유아독존을 자인하는 애국자에 불과하다.

나는 오히려 이러한 악조건 아래에서 되레 너무 질서가 지켜지는 게 아닌가 싶어 불안할 때가 많다.

전쟁이라면 전쟁, 민주주의라면 민주주의, 만사 윗사람에 맡겨 확 바뀔 뿐으로 개처럼 순종만 하는 현재의 질서는 그 경박한 기질에 기인한다. 그리고 이러한 사람들에 한해서 무턱대고 도의라든가 뭐라든가 하며 타인의 행동만 신경 쓴다. 다시 말해 자기란 존재가 없기 때문이다. 자성이 없는 것이다. 자기 힘으로 사물을 똑바로 생각해 본다는 사고가 없다.

아무리 흉악한 범죄라도 문란한 애욕이라도 만약 우리들이 제대로 생각하는 마음을 가진다면 자기 마음에도 동일한 범죄자의 피가 흐른다는 것을 발견할 테고, 어떠한 신의 자식이라 해도 다르지 않다. 그리스도나 석가도 그렇고, 어떠한 범죄나 악덕도 범하기 쉬운 죄의 자식이라는 자각에서 종교가 생긴 것이다. 고다이라나 히구치도 우리들 마음속에 살고 있으며[1] 신흥종교 지코[2] 신자들의 광기 어린 작태도 동일한 싹이 만인의 마음에 반드시 있다. 모든 사람은 범죄자가 되고 광인이 될 소질을 지니고 있으며 외부 조건에 의해 그리된다. 우리들은 다른 사람을 비난하고 비웃기 전에 자신을 알고, 그리고 외부 조건을

1 여기서 '고다이라'는 1945년에서 1946년에 걸쳐 도쿄와 그 주변에서 일어났던 연속 강간사건 범인 고다이라 요시오, 즉 흉악범을 의미한다. '히구치'는 1946년에 재벌 집안의 딸을 유괴한 범인 히구치 요시오를 말한다.

2 원어는 '璽光'로 제2차 세계대전 중에 생긴 일본의 신흥종교단체다.

반드시 생각하고 그것을 알아야만 한다.

전쟁 중에 일본인은 국민의례라는 기묘하고 기괴한 행사를 했으며 아침마다 신 앞에 축문을 올리듯 맹세를 합창하거나 전차 안에서 다른 사람의 엉덩이 너머로 궁성에 참배하는 등, 지코 신자들과 거의 다를 바 없는 행동을 했다. 지금도 역시 여행 중인 폐하에게 상서를 올리거나 식량난이 있을 리 없는 폐하에게 쌀을 헌납하는 사람들은 진실한 마음이라고 높이 사면서 지코 신자들을 비웃고 있다.

또한 모든 여자는 밤의 여자의 소질을 지니고 있다. 진정한 지식이란 우선 내성(內省)에서 시작되는 것이다. 그러고 나서 어떻게 살 것인가라는 문제가 시작된다. 일본에는 내성에서 시작하는 지식이라는 것이 거의 없고, 명령이나 복종, 금지와 허가, 정해진 틀 안에서 길러져 의심할 줄도 모르고, 자기 스스로 생각할 줄도 모를 뿐만 아니라 그렇게 생각하는 것이 되레 악덕이라고 치부되고 있었다.

남녀의 교제에서도 인생 만사 본래는 하나로 우선 자기를 아는 생활에서 시작해야 한다. 그리고 어떻게 살 것인가라는 일의 하나로 행해져야만 하는 것으로 그 근본의 확립이 무엇보다 중요하다.

나는 일전에 팡팡걸이라 불리는 양공주 아가씨들과 회견하고 좌담을 했는데 그녀들은 멋대로 집을 뛰쳐나온 제멋에 사는 아가씨들뿐으로 명랑하고 쾌활했다. 전쟁 중의 매춘부는 음울하고 자기 신세를 몹시 한탄하며 비극을 즐기는 듯했다. 하지만 그에 비해 팡팡의 밝음과 쾌활함은 매춘의 형태로서는 하나의 진보이며, 나는 오히려 기뻐해야 할 일이라고 생각했다.

부모가 돈을 받고 팔아 비극이었다는 따위의 비극이 있을 거라 보는가. 희극이다. 웃기는 말이 아닌가. 이렇게 궁핍한 웃음거리는 없는 게 좋다. 부모의 뺨을 후려치고서 당당하게 천하를 활보하길 바란다. 이러한 웃음거리와 같은 비극은 즉 자기를 아는 생활이 없고, 어떻게 살 것인가라는 근본의 태도가 확립되어 있지 않아서 생긴다.

일본에는 남녀 교제의 역사가 없기 때문에 갑자기 남녀 교제를 하면 잘못이 생기기 쉽다고 한다. 하지만 이것은 역사의 유무에 의한 것이 아니라 자각적인 지식 생활이 각 개인에게 부족해서 생긴다. 즉 각자의 교양이 낮은 것이 근본적인 문제일 것이다.

어떻게 살 것인가라는 생활 태도가 확립되어 있으면 거기에는 하찮은 비극이 없다. 속았다든가 다른 사람의 희생이 되었다든가, 그러한 수동적인 자세의 신파 비극은 있을 수 없다. 모든 것은 자기 책임이기 때문에 실패도 거기에서 다시 일어서서 뻗어 가는 디딤돌이 되며 다음 행보의 발판이 된다.

신이 아닌 이상 누구나 잘못은 저지를 수 있다. 아무리 총명해도 세상살이에 빠삭한 악인에게 속을 수도 있고, 세상에 익숙하지 않은 사람들끼리 예기치 못한 마찰이 생기거나 부조화가 발견되는 일도 있을 테다. 어떻게 살 것인지 아무리 자각적인 삶이 확립되어 있어도 벗어날 수 없는 실패와 조우하는 일도 피할 수 없다.

그 실패를 두려워해서 피하고, 그래서 교제는 금지가 최고라고 말해서는 인간 생활에 진보도 향상도 있을 수 없다.

그 실패로 인해 일생을 파탄에 빠트리는 것과 같은 자각적이지 못한 생활 태도가 문제이므로, 실패를 성공의 어머니로 여기고 향상의 발판으로 삼는 자각적인 삶의 태도를 지녀야 한다. 생활의 향상은 이렇게 해서 이루어진다.

남녀의 교제나 연애는 각자 자기 개성과 생활 환경에 맞춰서 하는 것이지 보편적인 법칙 따위가 있어야만 하는 것이 아니다. 그렇기에 더욱 어떻게 살 것인가라는 것이 항상 각자의 문제가 되는 것이다.

일본과 같이 가난한 나라에서는 이제부터 다시 회복해도 결코 각자 여유 있는 생활은 보낼 수 없을 것이다. 이러한 우리들이 생활 수준이 높은 외국의 풍습을 받아들여도 한쪽 절름발이가 되는 것은 당연하다. 받아들이려고 한다면 그러한 절름발이를 각오하고서 그로 인해 발생할지도 모를 파탄을 자각한 후에 수용해야 할 것이다.

댄스에 죄가 있다고 말하지만 댄스 자체에 죄가 있을 리 없다. 수용하는 방식이 잘못되어서이며, 요컨대 교양이 부족한 탓이다. 뭐든 금지할 필요는 없다. 다만 수용자의 준비, 즉 교양, 자각과 내성을 확립시킬 기반을 만드는 일에 중점을 두어야만 한다.

예로부터 도락가에 한해 자녀의 도락을 걱정하여 이것도 저것도 하지 말라고 참견하는 설교자가 되기 쉽다.

도락가는 자기 삶의 방식으로서 어떻게 살 것인가라는 지반 위에서 놀고 있는 것이 아니라, 저속한 감상주의와 적당한 풍류의 마음, 향락 애호의 본능과 가지고 있는 재산에 의지해 놀기 때문에 남녀 관계를 죄악의 감정으로 아는 것이다.

도락가의 도의감은 일본 전통의 도의의 감정으로 처녀를 상실하면 모든 순결을 잃는 것처럼 극도로 육체 그 자체에 대한 사고방식밖에 할 수 없다. 그처럼 육체적인 도의감이 뒷받침하고 있었기 때문에 남녀의 교제라고 하면 생각하기 싫어도 육체, 곧바로 떠오르는 게 육체, 오히려 부모들의 왜곡된 도의감이 육체적인 교제를 부추기고 있었던 것과 같은 꼴이다.

젊은이들은 도락가의 도의감과 달리 모두 가슴에 어쨌든 이상의 빛을 안고 있다. 젊은이들에게 전부 맡겨 두는 게 부모가 괜히 이상하게 미리 손을 쓰는 것보다 오히려 무난하고, 부모는 좋지 않은 생각을 머릿속에서 굴리지 않는 편이 좋다.

전쟁이 끝난 후 부모들의 권위와 도의감이 실추하고 청년들의 자율성이 나타난 것은 기뻐할 만한 일이다. 일전에 댄스홀

지배인의 말을 들으니 요즘 댄서로는 자유분방한 색욕파와 동시에 상당수의 처녀들이 있으며, 이런 일은 전쟁 중의 홀에서는 없었던 현상이라고 한다. 젊은이들의 생활에 자율성이 나타나 자아의 책임으로 만사를 행하게 되자 이런 현상이 생기는 것은 당연하다. 도락가 아버지인 도덕파가 댄스는 나라를 망친다고 하는 것은 대단히 잘못된 말이고 인간의 생활 향상은 이런 곳에서 이런 식으로 나타난다.

나는 젊은이들이 좋다. 왜냐하면 젊은이들은 모두 정의를 사랑하고 진리를 사랑하고 자아의 향상을 마음에 두고 있는 자들이기 때문이다. 젊은이들은 어느 시대에도 그런 자들이다.

그렇지만 나이가 들면서 정의감은 쇠퇴하고 향상심을 잃으며 세상에 닳은 불평가나 완전히 도가 튼 어른이 되어 버린다.

그러므로 역시 젊은이들은 자기 가슴에 머무는 정의감과 진리에 대한 사랑, 향상심을 과신해서는 안 된다. 그것은 젊음이라는 것에 자연스럽게 머문, 즉 본능적인 것에 불과하기 때문으로, 결코 노력에 의한 것이 아니다. 처녀가 본능적으로 순결을 지키려고 하는 것과 마찬가지로 거기까지는 본능에 불과하다.

나 자신의 일생을 되돌아보고 판단하면 청춘 시대는 아주 어둡고 무겁다. 즉 생명력이나 희망에 넘치는 것은 똑같은 수준의 절망과 실의와 미래에 대한 공포에 사로잡히는 것이기도 해서, 어떻게 살아야 할 것인가를 곰곰이 생각하기에 낙천적일 수만은 없다.

그러므로 청춘은 또 아주 피곤한 것이며, 될 대로 되라며 자포자기하기 쉬운 것이다. 나 자신이 몇 번이나 자포자기를 했는지 알 수 없고, 그러한 때에 영혼의 고귀함을 지닌 여자 친구가 있는 것이 재기할 힘이 되어 준 일도 있었다.

그러나 그러한 젊은 남녀의 교제라는 것은 아주 몽환적이라 남자도 여자도 상대를 있는 그대로 보지 않으며, 자기의 이상을 투영시켜 바라본다. 따라서 자기에게 투영하고 있는 이상의 남자와 여자에 자신도 맞추려고 하는 작용도 있긴 하나 달리 보면 매우 피곤한 일이다.

이를 연애라고 부른다면 청춘의 연애는 초현실적인 몽환 세계이며, 이 역시 본능에 속하는 세계에 불과하다. 그 꿈은 이윽고 깨져 차가운 현실이 있는 그대로의 차가움으로, 어찌할 수 없는 모습으로 육박해 오는 것이 지당하다.

이러한 몽환 세계가 끝난 지점에서 인생과 생활이 시작된다는 것을 알아야 한다. 냉혹한 현실 그대로가 인생이며, 이를 토대로 우리들은 어떻게 살아야 할 것인가 하는 진짜 설계를 시작하게 된다.

젊었을 때의 남녀 교제, 나아가 연애라고 하는 것은 인생 이전이며, 그것이 끝났을 때부터 시작되는 생활, 그것이 인생이라는 것을 알 필요가 있다.

인생이란 각자가 각자의 손으로 각자 독자적인 설계를 만들어 가는 것이다. 인생은 인공적이어야 한다.

그리고 인생은 결국 고독한 것이기도 하다. 최후의 거처는 언제나 한 사람, 고독한 내 영혼의 독백에 한 사람이 귀를 기울이는 것과 같은, 그런 지점으로 되돌아가지 않을 수 없다.

젊었을 때에는 청춘의 생동감 있었던 생명력과 함께 어두움과 실의와 동시에 고독을 느끼기 쉽지만, 청춘의 고독은 동시에 인생의 고독으로 결국 인간의 영혼은 자기 혼자의 것일 수밖에 없다.

그 절대 고독이라는 것을 안 다음, 최소한 생명 있는 그대로 내 인생을 만들어 낸다. 살아간다는 것은 가꾸는 것이며, 그러므로 만든다는 것 또한 노는 것이라고도 말할 수 있겠다. 목숨이 붙어 있는 한 내 성의를 다하고, 결국 인생은 잘 노는 것일지도 모른다.

이해할 수 없는 실연에 대하여

사람이 있는 곳에 사랑이 있고, 저마다 다른 모양으로 천차만별의 사랑이 지상에서 이루어지고 있음은 말할 것도 없지만, 생각하기에 따라 어떤 사랑도 비슷하다고 말할 수 있다. 문학이나 영화에 나오는 사랑의 비슷비슷한 것이 있듯이, 인생의 사랑에 나오는 줄거리도 비슷비슷하다. 게다가 인생의 사랑은 오히려 대개 앞 사람의 모양을 따르는 것이 심히 많고, 자기 자신의 정념을 있는 그대로 따르는 고귀한 지식인도 때론 젊은 베르테르의 사랑을, 혹은 드미트리 카라마조프의 거칠고 난폭한 사랑을 무심결에 모방하는 일도 있으니, 일반 대중에 이르러서는 통속 문학이나 영화에 나오는 사랑의 형태가 아닌 사랑을 하는 것은 거의 불가능에 가깝지 않을까.

연정이 생기는 것은 자연스럽고 자유스러운 일이긴 하나, 그렇다고 결코 자유롭지 않다. 이것만큼 틀에서 벗어나기 어렵고,

또 스스로 자연스러운 자세를 잃기 쉬운 부자연스러운 것도 달리 없을 것이다.

어쩌다 내 주변에 좀 판단이 망설여지는 아주 파격적인 사랑의 한 예가 있었기에 그 대략의 내용을 써 보겠다.

내 지인 중에 이미 쉰을 넘긴 A라고 하는 그림 선생이 있었다. 30명에 가까운 여제자 중 항상 대여섯 명의 미소녀를 데리고 번화가를 배회한다. 이때의 모습은 대단히 행복하고 편안한 듯 보이며, 우리들이 그들 미소녀 중 한 사람과 사랑을 하지 않는 한 결코 그러한 모습의 선생을 미워할 수 없다. 나는 아틀리에에서 그림을 그리는 선생의 모습도 알고 있는데, 아틀리에에 있는 선생은 얼빠진 모습이고 산책하는 선생에게서는 생명력이 넘쳤다. 남의 눈에도 생동감에 찬 희노애락이 보였다.

선생은 매우 훌륭한 보기 드문 페미니스트라 미소녀들에게 항상 기사도의 예를 갖추고 자부의 엄격함을 지녀 결코 음란하고 외설적인 행동은 없었다고 보는 사람도 있다. 그렇다면 그 잠재 성욕의 왕성함은 쥘리엥 소렐로 하여금 수도원에 들어가 있게 하는 것과 마찬가지라는 설을 말하는 사람도 있고, 미소녀와 연인이 아닌 사람 중에서도 저 선생만큼 음란하고 외설적인 놈도 없으며 미소녀에게는 모두 손을 댔을 거라며 상상의 나래를 펼치는 자도 있었다. 어디까지나 진위를 알 수 없다.

그러는 사이에 선생은 미소녀 중 한 사람을 사랑했다. 이것을 사람들은 확실히 알았다. 그날까지 선생의 태도가 특정의 한 사람에게 향했던 예는 결코 없었던 것이다.

그러자 이상한 현상이 일어났다. 왜냐하면 그 무렵까지 결코 산책의 동반자로 남성을 포함시키지 않았던 선생이 사랑을 시작하자 곧 남성, 그것도 젊고 쾌활한 아름다운 청년 여럿을 뽑아 산책 대열에 합류시켰다.

관대한 사랑의 중재자 역할인 듯한데 이로 인해 말할 것 없이 각기 분분한 사랑을 암암리에 꽃피우기 시작했다. 게다가 가장 질투에 고뇌하는 사람은 바로 선생 그 사람이라는 것은 누가 봐도 명료했다.

함께 산책하는 남녀의 평범한 대화조차 선생의 심장을 휘저어, 선생은 고뇌 때문에 질식할 것 같으면서도 억지로 아무렇지 않은 척하며 연일 산책을 그만두지 않았다. 그러는 사이에 선생의 의중에 있던 미소녀도 한 청년과 사랑을 시작했다.

거리를 걷고 있을 때 맹렬한 기세로 야수의 형상을 하고 눈앞을 달려 지나갔던 노신사를 보았다. 그가 선생이었다고 말하는 자도 있었다. 나도 보았다. 또 누군가는 정류장에서 선생의 뒷모습을 발견하고 부르려고 하니 선생은 계단을 한 발 오르는가 싶더니 세 계단을 날아 쏜살같이 뛰어올라 사라져 버렸다고 말했다. 어떤 한 사람은 또 소나기를 맞은 선생이 일부러 비를 맞으려는 듯 공원 안쪽으로 쭉쭉 들어가는 것을 보았다고 했다.

미소녀는 결혼했다.

동시에 선생은 산책을 그만두었다. 통통하게 살이 붙었던 선생이 갑자기 바싹 마르고 볼살은 처지고 눈은 꺼지고 외모도 노쇠하여 병자와 같았다.

이렇게 될 걸 알고 있었을 텐데 어째서 선생은 당신의 사랑이 시작되자 산책 행렬에 미청년들을 합류시켰던 걸까? 우리 지인들 사이에서는 모두 모르겠다고 말한다.

미소녀와 결혼한 B청년의 이야기를 듣자니 같이 산책했던 다른 청년들에 비해 B청년에게 냉혹하게 굴지도 않았다고 한다. 괴로워한 것은 철두철미하게 선생 한 사람이었다.

선생은 성불구자라고 하는 자도 있었으나 이는 맞지 않다. 폭풍과 같이 고뇌하는 것이 선생 스스로도 깨닫지 못한 취미였고, 잠재 성욕과 잠재 자학 취미가 다툰 결과, 즉 잠재 가운데 잠재 자학 취미 쪽이 이긴 것 같다고 보는 사람도 있었다. 이 경우 잠재 성욕의 패배는 성욕이 약함을 의미하는 게 아니라, 그 잠재력이 너무 깊은 데에 패인이 있지 성욕 그 자체는 되레 너무 강했던 게 아니었을까 하고 덧붙여 말한다. 이도 당치 않다.

결국 선생은 여자를 좋아했던 걸까 알 수 없으나 그 나이까지 제대로 된 사랑을 모르고 이 미소녀가 첫사랑이어서 완전히 헤맸을 것이라고 말하는 자도 있으며, 아무리 헤맸더라도 일부러 연적을 만들어 냈다는 것은 첫사랑인 만큼 더욱더 거짓이라고 말하는 자도 있다.

보시겠는가. 우리가 판단한 선생의 애정을 돌아보면, 우습기도 하지만 또한 슬프고 그 절실함이 오히려 우리에게 살아가는 힘을 주는 감격이 있지 않은가. 우리가 선생의 사랑에서 이런 감격을 받았으니, 선생 스스로 자신을 타인과 같이 감격의 대상으로 방치한 건 아닐까. 물론 막상 해보니 자기 모습에 감격스러운 정도에 그치지 않고, 선생은 순식간에 완전히 노쇠한 꼴이 되고 말았지만 말이네.

그렇다면 선생만큼 인생이라는 애달픔에 사무친 비극 배우도 드물지 않겠냐고 중얼거리는 자도 있었으나 이런 말은 더욱더 가당치도 않다. 선생은 진정한 기사로서 사랑하는 사람에게 진정한 행복을 주고 싶었을 것이라는 해석도 있겠으나 이야말로 정말 있을 것 같지 않은 일이다.

불행한 사랑은 심각한 듯 보이나 반드시 그러한 이치가 성립하는 것은 아닐 테다. 가장 어리석은 것, 불행한 사랑을 보고 따라 하는 일.

불량소년과 그리스도

벌써 10일째, 이가 아프다. 오른쪽 뺨에 얼음을 대고 설파제를 마시고 드러누워 있다. 드러눕고 싶지 않으나 얼음을 대고 있자니 드러누울 수밖에 없다. 드러누워 책을 읽는다. 다자이 오사무의 책을 대충 다시 읽었다.

설파제를 세 병이나 썼으나 통증이 멎지 않는다. 어쩔 수 없이 의사에게 갔다. 호전될 기미가 없다.

"허어, 큰일이네, 좋아요. 제가 말씀드릴 것은 설파제를 마시고 얼음찜질을 하라는 것뿐입니다. 그게 무엇보다도 좋지요."

나는 그것만으로는 전혀 좋지 않다.

"곧 반드시 나아지리라 봅니다."

이 젊은 의사는 완벽한 표현을 사용한다. 곧 반드시, 나아지리라 봅니다, 그런가? 의학은 주관적 인식의 문제일까, 약물의 객관적 효과의 문제일까. 아무튼 나는 이가 아프단 말이다.

원자폭탄으로 100만 명이 한순간에 날아간들 단 한 사람의 치통이 멈추지 않아서야 무슨 놈의 문명이란 말인가? 바보 같기는.

마누라가 설파제의 유리병을 세우려고 하다 짤각 넘어뜨린다. 소리가 펄쩍 뛸 정도로 컸다.

"이런 바보!"

"이 유리병은 세울 수 있는 거란 말이에요."

저 사람은 곡예를 즐기고 있는 거다.

"자넨 바보라서 싫다."

마누라의 안색이 바뀐다. 화가 나 열 받은 거다. 나는 통증으로 열 받아 있다.

칼끝을 뺨에 대고 푹 찌른다. 에잇 도려낸다. 기분이 개운치 않다. 목에 멍울이 생겼다. 거기가 쑤신다. 귀가 아프다. 전기가 오듯 정수리도 찌릿찌릿하다.

목을 졸라 다오. 악마를 죽여라. 물리쳐라. 어서. 지지 마라. 싸워라.

이 삼류 문인은 치통으로 목 졸라 끝내 죽도다. 결사의 안색, 대단하다. 투지 충만하도다. 위대하다.

칭찬해 주지 않을 테지. 그 누구도.

이가 아픈 것은 당장 이가 아픈 인간 이외에는 누구도 동감을 표해 주지 않는다. 인간 모독! 이렇게 화낸들, 치통에 공감해 주지 않는 게 과연 인간 모독일까. 그렇다면 치통 모독. 괜찮지 않습니까. 치통 정도. 아이고 맙소사. 치아란 그런 거였나요. 새로운 발견이네요.

단 한 사람, 긴자출판 마스카네 편집국장 같은 유별난 인물이 동정을 표해 주었다.

"음, 안고 씨여. 틀림없이 이가 아픈 게지요. 치아의 병과 생식기의 병은 동류 항목으로 음울하지요."

맞는 말이다. 정말 속에 틀어박혀 있다. 그렇다면 빚도 마찬가지 항목일 테지. 빚은 음울한 병이다. 불치병이다. 이것을 퇴치하려 해도 사람 힘이 미치지 않는다. 아아 슬프다, 슬프다.

치통을 참고 살짝 웃는다. 조금도 대단치 않다. 이 바보 자식.

아아 치통에 운다. 확 차 버릴 테다. 이런 바보 같으니.

이는 몇 개 있는가. 이것이 문제이다. 사람에 따라 치아 개수가 다를 거라 생각했더니 그렇지 않다니. 별게 다 닮았군. 그렇게까지 하지 않아도 될 것을. 그러니까 난 신(神)이 싫은 거다. 이게 뭐라고, 치아 개수까지 같을 필요는 없지 않나. 미친놈. 완전. 그렇게 앞뒤 꽉 막힌 방식은 미치광이 짓이다. 좀 더 유연해져라.

치통을 참고 살짝 웃는다. 살짝 웃고, 사람을 벤다. 입 다물고 앉으면 싹 낫는다. 신통방통한 일이다. 과연 신자들이 모일 만하다.

나는 치통으로 10일 동안 부아가 치밀었다. 마누라는 친절했다. 머리맡에서 시중을 들고 쇠 대야에 얼음을 넣고 수건을 적셔 짜 5분마다 내 볼따구니에 얹었다 뗐다 하며 갈아 주었다. 짜증이 나 열 받아도 내색하지 않고 『여대학』(女大学)을 익힌 듯 정숙.

10일 째.

"나왔나?"

"음, 약간 나왔다."

여자라는 동물이 무엇을 생각하는지, 영리한 인간은 모른다. 마누라가 갑자기 안색을 바꿔

"열흘 동안 날 괴롭혔지."

나는 후려 맞고 걷어차였다.

아아, 내가 죽으면 마누라가 갑자기 정색하고 평생 날 괴롭혔지 하며 나의 시신을 치고 목을 조를 테지. 마침 그때 내가 느닷없이 살아난다면 재밌겠다.

단 가즈오(檀一雄)가 왔다. 안주머니에서 비싼 담배를 꺼내 "가난해지면 사치를 부리지, 돈이 충분히 있으면 20엔짜리 궐련을 사겠다"라고 중얼거리면서 나에게 한 개비 주었다.

"다자이가 죽었지요. 죽었기에 장례식에는 가지 않았어."

죽지 않는 장례식이 있을 쏘냐.

가즈오는 다자이와 함께 공산당의 세포인가 뭔가 하는 조직 활동을 한 적이 있다. 그때 다자이는 조직 리더 격으로, 가즈오의 말에 의하면 그 단체 내에서도 가장 성실한 당원이었다고 한다.

"뛰어든 장소가 자기 집 근처였기에 이번엔 정말로 죽었구나 생각했어."

가즈오 도사님은 신기를 보이며 또 말한다.

"또 장난을 쳤지요. 뭔가 했다 하면 장난질입니다. 죽은 날이 13일, 연재하는 「굿바이」가 13회째, 뭔가, 뭐인가 13…"

가즈오 도사님은 13을 죽 늘어놓았다. 처음엔 알아채지 못했기에 나는 어안이 벙벙했다. 도사님의 통찰력이다.

다자이의 죽음은 누구보다 내가 빨리 알았다. 아직 신문에 보도되기 전에 잡지 『신초』의 기자가 알려 주러 왔던 것이다. 그 이야기를 듣고 나는 곧바로 편지를 써 두고 행방을 감추었다. 신문, 잡지가 다자이의 일로 습격할 것을 직감한 나는 내게 미칠 파장이 두려워 다자이에 관해서는 당분간 말하고 싶지 않다고 찾아오는 기자들 앞으로 적어 두고 집을 나왔다. 이게 착각의 불씨였다.

신문 기자들은 내가 쓴 편지의 날짜가 신문 기사보다도 빨랐기에 과연 수상했던 것이다. 다자이의 자살극이며 내가 두 사람을 은닉하고 있다고 생각했다.

나도 처음엔 살아 있는 건 아닐까 하고 생각했다. 그러나 강 가장자리에 미끄러져 내려간 흔적이 분명 있었다고 들었기에 그렇다면 정말 죽었겠구나 하고 생각했다. 미끄러져 떨어진 흔적까지 장난거리로 만들 수는 없다. 신문 기자들은 소생의 제자로 들어와서 탐정 소설을 공부하라.

신문 기자들의 착각이 진짜라면 정말 좋겠다. 1년 정도 다자이를 숨겨 두었다가 짠 하고 살아나게 한다면 신문 기자랑 세상의 양식 있는 사람들은 노발대발할지도 모르겠으나 가끔은 그런 일이 있어도 좋지 않겠는가. 진짜 자살보다도 자살극을 벌이는 장난 짓을 할 수 있다면 다자이의 문학은 더욱 걸작이 되었을 것이라고 나는 생각한다.

영국인 문학자 에드먼드 블런던 씨는 일본의 문학자들과는 달리 안목이 있는 사람이다. 다자이의 죽음에 대해(『지지신보』[時事新報]에서) 문학자가 멜랑콜리의 기분만으로 죽는 예는 적고 대개 허약함에 빠져 벗어나지 못한 것으로 다자이의 경우도 폐병이 한 원인이 아닐까라는 견해를 말했다.

아쿠타가와 류노스케도 그렇겠다. 중국에서 감염된 매독이 귀족 취미를 지닌 이 사람을 두렵게 만들었으며 깊은 근심거리였다.

아쿠타가와나 다자이의 고뇌가 이미 매독과 폐병의 압박에 만성이 되어 자각하지 못하고 있었다 해도, 자살에 이르게 할 압박의 강도가 그들의 허약함에서 비롯되었을 것이라 나는 생각했다.

다자이는 M.C, 즉 마이 코미디언을 자칭하면서 아무래도 완전한 코미디언이 될 수 없었다.

만년의 작품은 정말 별로다. 그는 『만년』[1]이라는 소설을 쓰긴 했으나 여러 가지로 꼬여 있어 좋지 않다. 죽음에 임박한 무렵의 작품에서는(제대로 된 게 없지) 『사양』이 가장 뛰어나다. 그러나 10년 전에 쓴 「어복기」(『만년』에 수록되어 있다)는 뛰어난 작품이 아닌가. 이것이야말로 M.C의 작품이다. 『사양』도 거의 M.C가 쓴 것이지만 정말로 완전한 M.C는 되지 못했다.

「아버지」나 「앵두」는 읽기 힘들다. 이런 걸 사람들에게 보여서는 안 된다. 이것은 숙취 상태로 끝낼 이야기이고, 숙취 안에서 처리해야 하는 성질의 것이다.

숙취 혹은 숙취와 같은 것의 자책과 후회의 괴로움, 절박함을 문학의 문제로 삼아서는 안 되며 인생의 문제로 삼아서도 안 된다.

죽음에 임박할 무렵 다자이는 늘 어느 정도 취해 있었다. 매일 숙취에 아무리 시달려도 문학이 숙취 상태여서는 안 된다. 무대에 오른 M.C에게 숙취는 허용되지 않는다. 각성제를 너무 마셔서 심장이 폭발해도 무대 위 숙취는 막아야만 한다.

아쿠타가와 류노스케는 어쨌든 무대 위에서 죽었다. 죽을 때에도 딱 배우였다. 다자이는 숫자 13을 갖다 붙이거나 인간실격, 굿바이, 이런 식으로 굳이 줄거리를 만들어 줄거리대로 무

1 1936년 간행된 다자이 오사무의 첫 창작집. 단편 15편이 수록되어 있으며 '만년'이란 타이틀은 창작집의 제목일 뿐 이 제목의 단편소설은 없다.

대 위에서 죽지 않고 숙취 상태로 죽었다.

숙취를 제거하면 다자이는 건전하고 반듯한 상식적인 인간, 즉 바른 사람이었다. 고바야시 히데오가 그랬다. 다자이는 고바야시의 상식적인 성격을 비웃었으나 그건 틀렸다. 진정 바르고 반듯한 상식적인 사람이 아니면 올바른 문학은 쓸 수 없을 것이다.

올해 1월 며칠이었나 오다 사쿠노스케의 1주기에 술을 마시고 있을 때 오다 부인이 두 시간 정도 늦게 왔다. 그때까지 자리에 모여 있던 동료들이 아주 취했었는데 누군가가 오다에게 몇 명인가 숨겨 두었던 여자가 있었다는 이야기를 꺼냈기에

"그런 말이라면 지금 당장 해버리게. 오다 부인이 오시면 할 수 없잖아."

라고 내가 말하자

"그래, 그래, 정말이네."

라고 간발의 차로 큰소리로 맞장구를 쳤던 사람이 다자이였다. 그는 선배를 방문할 때에는 정장 차림의 하카마를 입었던 남자였다. 건전하고 단정한 바른 인간이었다.

그러나 M.C가 되지 못하고 어쩔 수 없이 숙취에 빠지기 쉬운 인간이었다.

인간, 살아가고자 한다면 부끄러움 많도다. 그러나 문학의 M.C에게는 인간의 부끄러움은 있으나 숙취에 대한 부끄러움은 없다.

다자이 말년의 작품 『사양』에는 이상한 경어가 너무 많이 나온다. 예를 들면 "도시락을 거실에 펼치시고 가지고 오신 위스키를 마시며"와 같은 정도이고, 그런가 하면 "와다 숙부가 기차를 타시자 아주 기분이 좋아지셔서 노래를 부르신다"와 같이 정말이지 귀족의 판에 박힌 일상을 쓴다. 작가는 이런 점에서 문학의 성실성을 따지지 않기에 자유로울 텐데도 실은 이런 점이 숙취와 같은 가장 낯 뜨거운 모습인 것이다.

이러한 낯 뜨거움은 아주 무의미하며 문학에 있어서 가치가 없다.

그런데 시가 나오야라는 인물이 이걸 꼭 집어서 말한다. 즉 시가 나오야가 얼마나 문학가가 아닌 단지 문장가에 불과한가는 명백하다. 그런데 이것이 또 숙취 상태의 급소를 찌른 것이기에 다자이를 낯 뜨겁게 하고 혼란스럽게 만들고 돌게 했을 게 분명하다.

본래 다자이는 기분이 좋아지면 숙취 상태로 그만 빠져드는 남자로, 그 자신이 시가 나오야가 쓴 "살인을 저지르시고"라는 귀족의 경어가 실체가 없는 것이라고 맞받아쳤다.

대체로 귀족과 관련해서는 다자이가 가장 감추고 싶은 비밀이었겠구나 하고 나는 생각했다.

그는 초기 작품의 소설에서부터 자기가 좋은 집안 출신이라는 것을 지나치게 많이 썼다.

그런 주제에 그는 가메이 쇼이치로가 어딘가에서 자신을 명문가의 자제라고 하자 "첫, 명문가, 웃기지 마라, 명문가 따위, 짜증나는 소리"라고 했는데, 왜 명문가가 이상한가. 요컨대 다자이는 그걸 신경쓰고 있었던 것이다. 명문가의 이상함을 금방 알아챈 거다. 시가 나오야가 쓴 "살인을 저지르시고"라는 표현도 그에게 전해 오는 의미가 있었던 것일 테다.

프로이트는 '오류의 정정'이란 말을 했다. 우리들이 말을 잘못하면 그걸 정정하는 의미에서 무의식적으로 유사한 잘못을 저지르고 합리화하려고 하는 걸 말한다.

숙취와 같은 쇠약한 심리에서는 특히 이것이 심해지면 낮 뜨겁고 돌게 하는 혼란과 고통이 뒤따르며 오류의 정정이라는 발광 상태가 일어나는 것이다.

다자이는 문학에서 이걸 했다.

생각건대 다자이는 젊었을 때부터 집을 나와 여자의 도움을 받았던 때에도 양가의 자제, 때로는 귀족 자제 정도인 점을 뽐냈던 적도 있었을 것이다. 그런 위치에서 술집을 속이고 빚을 거듭 진 일도 있었을지 모른다.

숙취 상태의 쇠약한 마음에서는 긴 세월 수많은 부끄러움이 낮 뜨겁고 몹시 울컥하게 하며 그를 괴롭혔음에 틀림없다. 그리고 그는 소설에서 오류의 정정을 저질렀다. 프로이트가 말한 오류의 정정이란 오류를 솔직하게 정정하는 것이 아니라 한 번 더 유사한 오류를 저질러서 오류를 정당화하려는 시도를 의미한다.

더욱이 솔직한 오류의 정정, 즉 선한 일을 만들려는 적극적인 노력을 다자이는 하지 않았다.

그는 하고 싶었을 거다. 선함에 대한 동경과 양식은 그의 언동에 넘쳐났다. 그러나 하지 않았다. 거기에는 분명 허약함의 영향도 있다. 그러나 허약함에 책임을 돌리는 것은 올바르지 않다. 그가 분명 안이했던 탓이다.

M.C가 되려면 숙취를 없애는 이러한 노력이 필요하나 숙취를 한탄하고 거기에 빠져 버리기에 노력이 부족한 채로 끝났던 것이다. 하지만 어째서 안이했던 걸까. 역시 허약함에 귀착할지도 모른다.

예전에 다자이가 빙긋 웃으며 다나카 히데미쓰에게 교훈적인 말을 했다. "팬레터를 받으면 시끄러워지기 전에 답장을 써라, 고객 분들이시니까. 문학자도 상인이란 말이다." 다나카 히데미쓰는 이 교훈에 따라 바로바로 답장을 썼다고 하나 다자이가 바로바로 답장을 썼을까? 아마도 쓰지 않았을 것이다.

그러나 어쨌든 다자이가 상당히 팬에게 서비스를 하고 있었던 것은 사실이다. 작년에 내게 가나자와인가 어딘가에 사는 서점 주인이 화첩(어떤 것인지 안을 열어 보지는 않았으나 상당히 두꺼웠다)을 보내와서 한 글자 써 달라고 했다. 포장을 풀지 않고 처박아 두었더니 수시로 독촉을 했고, 그 독촉 중에 "저것은 매우 비싼 종이를 무리해서 사용한 것으로 이미 누구누구 씨, 누구누구 씨, 누구누구 씨, 다자이 씨도 써 주었다, 나는 그대

안고 선생의 인격을 믿는다"는 등 이상한 말이 쓰여 있었다. 작은 일에도 신경이 곤두서 있던 때라 나도 화가 나 이상한 인연을 갖다 붙이지 마라, 바보 같은 놈이라고 생각하고 포장째로 되돌려 보내니 이 정신 나간 놈이 화를 내며 답장을 보내 온 일도 있다. 그때 답장 엽서에 의하면 다자이는 그림을 그려서 거기에 책도 함께 보냈던 모양이다. 대단한 서비스라고 말해야만 할 것이다. 이것도 그의 허약함에서 온 것일 테지라고 나는 생각했다.

원래 남녀 배우는 그렇다손 치더라도 문학가와 팬은 일본에서도 외국에서도 그다지 화제가 되지 않는다. 대개 현세적인 배우라는 일과 달리 문학은 역사성이 있는 직업이기 때문에 문학가의 관심이 현세적인 것과 거리가 먼 것은 당연하다. 발레리를 비롯해 숭배자에 둘러싸여 있었던 말라르메나 목요회를 연 소세키도 팬이라기보다 문하의 제자로 일단 재능을 전제로 한 관계였다.

다자이의 경우는 그렇지 않고 영화 팬과 마찬가지의 관계였다. 이 점에서 보자면 아쿠타가와에게도 닮은 면이 있다. 나는 이를 그들 육체의 허약함에서 기인하는 것이라고 본다.

그들 문학은 본래 고독의 문학이며 현세적인 것, 팬 같은 것들이 연결될 지점은 없을 터이다. 다시 말해 그들은 무대 위에서 완전한 M.C가 되는 강인함이 결여되어 있었으며, 그 허약함을 현세적으로 채우려 했을 거라 나는 생각한다.

결국 이 허약함이 그들을 죽음에 몰아넣었다. 그들은 현세를 박차고 나왔다면 자살하지 않았다. 자살했을지도 모르겠다. 그러나 어쨌든 더 강인한 M.C가 되어 더욱 뛰어난 작품을 썼을 것이다.

아쿠타가와나 다자이나 그들 소설은 심리와 인간에 통달한 작품이지 사상성은 거의 없다.

허무는 사상이 아니다. 인간에 부속된 생리적인 것이고 사상은 보다 더 어리석고 경박한 것이다. 그리스도는 사상이 아니라 인간 그 자체이다.

인간성(허무는 인간성의 부속품이다)은 영원불변하며 모든 인간에게 있다. 하지만 개인은 50년밖에 살 수 없는 인간이고, 이 점에서 유일하고 특별하다. 인간 일반과는 다르다. 사상은 이런 개인에 속해 있다. 그러므로 살아 있고 또 멸하는 것이다. 그러므로 본래 경박한 것이다.

사상이란 개인이 어쨌든 자기 일생을 소중하게 보다 잘 살려고 궁리하며 필사적으로 만들어 낸 술책이긴 하나, 그렇기에 또한 인간, 죽고 나면 그것으로 끝이다. 악착같이 살지 말라고, 그리 말해 버리면 그걸로 그만이다.

다자이는 완전히 깨달았으면서 그렇게 확실히 말할 수 없었다. 그런 주제에 보다 잘 살아갈 방법을 궁리하고, 어리석은 사상을 두려워하지 않고, 바보가 되는 건 더욱 할 수 없었다. 그러나 그렇게 완전히 깨닫고 인생을 냉담하게 백안시해도 조금도 구원받지 못하고 전혀 대단하지도 않았다. 이 점을 다자이는 짜증날 정도로 알고 있었을 것이다.

다자이의 그러한 '구원받지 못한 슬픔'을 다자이의 팬들은 모른다. 다자이의 팬들은 다자이가 냉담하고 백안시하며 미숙한 사상과 인간들의 발버둥을 냉소하고 숙취와 같은 자학을 보여줄 때 갈채를 보내고 있었다.

다자이는 숙취 상태로는 있고 싶지 않았기에 더욱 그걸 저주하고 있었을 것이다. 아무리 미숙해도 상관없고 유치해도 좋고 보다 잘 살기 위해 세상에서 말하는 선행이든 뭐든 필사적으로 궁리해서 좋은 인간이 되고 싶었을 것이다.

그렇게 만든 것은 모두 그의 허약함이다. 그리고 그는 현세적인 팬과 영합해서 역사 속의 M.C가 되지 않고 팬들만을 위한 M.C가 되었다.

'인간실격' '굿바이' '13' 따위라니, 꼴불견이다. 쳇. 다른 사람이 그걸 하면 다자이는 분명 그렇게 말할 테다.

다자이가 죽을 뻔했다가 다시 살아난다면 결국 숙취 상태로 벌겋게 흥분, 대혼란, 고민 끝에 '인간실격'과 '굿바이'를 쓰고 자살, 기분 나쁘다, 쳇, 분명 그런 걸 썼을 게다.

다자이는 가끔 진짜 M.C가 되어 빛나는 작품을 썼다. 「어복기」, 『사양』, 그 밖에 이전 것도 몇 편인가 있는데, 근래에 나온 「남녀동권」이라든가 「친구 교류」와 같이 가볍게 읽을 만한 것도 훌륭하다. 당당하고 우러러볼 만한 M.C이며, 역사 속의 M.C 모습이다.

그렇지만 그걸 지속하지 못하고 속절없이 숙취 상태의 M.C가 되어 버린다. 그리고 다시 이전 상태를 회복하여 진짜 M.C로 되돌아간다. 그러다 또다시 숙취 상태의 M.C가 된다. 그것을 몇 번이나 반복하고 있었던 듯하다.

그러나 그때마다 표현이 능숙해져 좋은 이야기꾼이 되었다. 문학의 내용은 바뀌지 않았다. 그는 인간에 통달한 문학으로 인간성 본래의 문제만 다루고 있어서 사상적인 생성 변화를 보이지 못했다.

이번에도 자살을 하지 않고 재기하여 완전히 역사 속의 M.C가 된다면 그는 더 뛰어난 표현으로 아름다운 이야기를 서비스했을 것이다.

대개 숙취와 같은 자학 작용은 알기 쉬운 것이기 때문에 지나치게 심각한 청년들의 갈채를 받는 것이 당연하다. 하지만 다자이만큼 고상하고 고독한 영혼이 숙취 상태의 M.C에 이끌리기 쉬웠던 이유는 허약함의 소치이자 또 하나는 술이 원인이라고 나는 생각한다.

블런던 씨는 허약함을 간파했으나, 나는 하나 더, 술이라는 아주 통속적인 이 마물을 더하겠다.

다자이의 말년은 숙취 상태였는데, 역시 실제로 숙취라고 하는 아주 통속적인 것이 그의 고상한 고독의 영혼을 좀먹고 있었을 것이라고 생각한다.

술은 거의 중독을 일으키지 않는다. 얼마 전 어느 정신과 의사에게 들은 말에 따르면 특히 일본에는 진성 알코올 중독자는 거의 없다 한다.

그렇다고 술이 마약이 아니라 요리의 일종이라고 생각했다간 큰 착각이다.

술은 맛있는 게 아니다. 나는 어떤 위스키든 코냑이든 숨을 참고 겨우 마신다. 취하기 위해 마신다. 취하면 잔다. 이도 효용의 하나.

그러나 술을 마시면, 아니 취하면 잊어버린다. 아니 다른 인간으로 태어난다. 만약 나 자신을 잊어버릴 필요가 없었다면 나는 전혀 이따위 것을 마시고 싶지 않다.

나 자신을 잊고 싶다고. 거짓말쟁이. 잊어버리고 싶다면 1년 내내, 술을 마시고 계속 취하거라. 이걸 데카당이라고 부른다. 억지로 갖다 붙이지 마라.

나는 살아 있다. 아까도 말한 대로 인생 50년, 별것도 아니거늘, 이라고 말하는 게 너무 간단하기 때문에 그렇게 말하고 싶지 않다고 말하지 않는가. 유치해도 미숙해도 촌스러워도, 뭔가 살아가는 증거를 만들려고 마음먹고 있다. 1년 내내 취해 있을 정도라면 죽어 있는 거다.

일시적으로 자신을 잊어버린다는 것은 매력적인 일이다. 이것은 현실적으로 분명 위대한 마술이다. 옛날에는 꺼칠꺼칠한

50전짜리 돈 하나를 손에 쥐면 신바시 역전 앞에서 잔술 다섯 잔을 마시고 마술을 부릴 수 있었다. 요즘은 마법을 사용하는 데에는 용이하지 않다. 다자이는 마법사에서 실격당하지 않고 인간에서 실격당했다. 그리 굳게 믿었다.

다자이는 본래 인간으로서 실격되지 않았다. 숙취로 벌겋게 흥분해도 벌겋게 흥분하지 않는 놈들보다 얼마나 제대로 된 인간적인 사람이었는지 모른다.

소설이 써지지 않았던 것도 아니다. 잠깐 일시적으로 완전히 M.C가 될 힘이 쇠퇴했을 뿐이다.

어떤 타입의 사람들에게 다자이는 분명 사귀기 힘든 인간이었을 것이다.

예를 들어 다자이는 나한테 "그만 어쩌다 『문학계』의 동인이 되어 버렸는데, 이거 어쩌면 좋지"라고 말했기에 "그 까짓것 뭐 그대로 내버려 두면 되지 않겠나"라고 했더니, "아아 그렇겠다, 맞아"라고 하며 기뻐했다.

그 후 사람들한테 "사카구치 안고에게 일부러 의기소침한 척해 보였더니, 아니나 다를까 대선배인 척하며 의기양양하게 받아주면서 까짓것 뭐 어때 내버려 둬라, 그렇게 말하지 않겠나"라고 재미삼아 우스꽝스럽게 말할 수도 있는 남자였다.

많은 옛 친구들은 이런 방식으로 사람을 대하는 다자이가 싫어 그를 떠났다. 물론 친구들이 이런 식의 태도에 상처를 받았으나 실제로는 다자이 자신이 자기 방식에 의해 내심 점차 상처받고 몹시 흥분했을 것이다.

본래 이런 것들은 그의 작품에서 스스로 말하고 있듯이 바로 눈앞에 있는 사람에게 서비스로 얼핏 말하는 것일 뿐이다. 그 정도의 일을 같은 작가인 친구 동료들이 모를 리 없을 테지만, 그걸 알고 불쾌하게 생각하는 사람들은 그를 떠나갔을 것이다.

그러나 다자이는 속으로 벌겋게 흥분하고 자기 비하하며 그 고통이 심했을 것이다. 이런 점에서 그는 신뢰할 만한 성실한 남자이자 건전한 인간이었다.

그러므로 다자이는 좌담에서 쉽게 이 서비스를 저지르고 내심 아주 짜증났을 것이나 그걸 글로는 쓰지 않는다. 그런데 다자이의 제자인 다나카 히데미쓰는 좌담에서도 문학에서도 가리지 않고 서비스를 남발하면서도, 그 후 속으로 삼키기는커녕 공공연하게 속상해하며 몹시 흥분한 일 따위를 휘갈기고, 그걸로 자기 자신이 구원받는 기분을 가졌기에 가망이 없었다.

다자이는 그렇지 않았다. 훨씬 조심스러우며 경건하고 성실했던 사람이다. 그만큼 속에서 삭히는 벌건 흥분은 처참했을 것이다.

그러한 자기 비하로 혼자 매우 고뇌하는 다자이에게 술의 마법은 당연지사 필수품이었다. 그러나 술의 마술에는 숙취라고 하는 향기롭지 못한 부속품이 따르기 때문에 좋지 않다. 불에 기름 붓기다.

요리용 술에는 숙취가 없지만 마술용 술에는 숙취가 있다. 정신이 쇠약한 시기에 마술을 사용하면 문란해지기 쉽고, '뭐 그저 그렇지, 죽어도 좋아'라고 생각하는 경향을 보이며, 가장 강렬한 자각증상으로서는 '이제 할 수 있는 일도 없고 문학도 싫다', 이 생각을 자기 진짜 생각처럼 여기게 된다. 실제는 숙취의 환상이며 병적 환상에 다름 아니다. 더 일할 수 없다는 절체절명의 지점에는 실제 이르지 못한 것이다.

다자이처럼 인간에 통달한 자, 여러 가지를 꿰뚫어 봤던 인간이라도 이러한 속된 것을 잘못 생각한다. 무리는 아니다. 술은 마술이다. 속된 것이든 천박한 것이든 적이 마술인 이상, 사람의 지혜가 닿지 않는다. 로렐라이다.

다자이는 안쓰럽다. 로렐라이가 되고 말았다.

정사(情死)라니 말도 안 되는 거짓이다. 마술사는 술 속에서 여자에게 반할 뿐. 술 속에 있는 것은 본인이 아니라 다른 사람이다. 다른 사람이 반했으니 본인은 알지 못하지.

무엇보다도 진짜 반해서 죽다니 난센스 아닌가. 반했다면 살아야지.

다자이의 유서는 실체가 없다. 이도 저도 아니게 취해 있었던 듯하다. 13일에 죽은 것은 역시 몰래 계산하고 있었을지도 모른다. 어쨌든 '인간실격', '굿바이', 그다음 자살, 뭐, 넌지시 논리는 세워 두었을 테지. 내심 스토리를 만들어 놓았어도 반드시 죽어야 하는 건 아니다. 반드시 죽어야만 하는 절체절명의 사상이나 지점이 실재하는 것도 아닐 게다.

그는 숙취와 같은 쇠약함으로 인해 내심 스토리를 만들고, 점점 어찌할 수 없게 되었을 게다.

그러나 스타코라 삿짱[2]이 싫다고 했다면 실현될 리가 없다. 다자이가 엉망진창으로 취해서 말을 꺼냈고 삿짱이 그걸 결행했을 것이다.

삿짱도 정말 많이 마시는데 그의 유서는 "존경하는 선생님을 따라 함께 죽을 수 있어서 더할 나위 없는 행복입니다"라고 정돈된 글씨로 쓰여 있고, 취한 흔적이 전혀 없다. 그러나 다자이의 유서는 서체도 문장도 실체가 없고 이치도 닿지 않는 취기임에 틀림없으며 자살하지 않았다면, "어라 어젯밤에 저런 일을 벌렸던가"라고 숙취 상태로 흥분했을 것이다. 하지만 자살해 다음 날 아침 눈을 뜨지 않았기 때문에 유서에 대해 왈가불가할 것이 없다.

다자이의 유서는 너무나도 실체가 없다. 다자이가 죽음에 임박할 무렵에 쓴 글은 숙취와 같아도, 어쨌든 현세를 상대로 한 M.C였던 것은 분명하다. 그렇다고 해도 「여시아문」의 최종회(4회째인가)는 심하다. 여기에도 M.C는 거의 없다. 넋두리만 있을 뿐이다. 이런 것을 쓰며 다자이 내면의 벌건 흥분은 더욱

2 1948년 6월 13일에 다자이 오사무와 함께 강에 빠져 동반 자살한 야마자키 도미에에게 다자이 오사무가 붙인 별명. 야마자키 도미에는 미용사이자 작가 출신으로 말년의 다자이 오사무를 돌보았다.

심해지고, 그의 정신은 소모되고 혼자 숨이 막혀 괴로웠을 것이라고 생각한다. 그러나 그가 M.C의 행동이 보이지 않을수록 가까이 있는 자로부터 갈채가 일어나, 그 어리석음을 알면서도 진저리치고 갈채하는 사람들을 눈앞에 두고 그에 발맞추어 간 듯하다. 이 점에서 그는 마지막까지 M.C였다. 그를 둘러싼 좁은 서클을 상대로 한.

그의 유서에는 그 좁은 서클을 상대로 한 M.C조차 없다.

우리 아이가 평범해도 용서해 달라고 한다. 아내에게는 당신이 싫어서 죽는 게 아니라고 한다. 스승인 이부세 마스지 씨는 나쁜 사람이라 말한다.

이렇게 쓰고 있는 다자이는 만취로 수다스러울 뿐 전혀 M.C가 아니다.

그렇지만 아이가 평범해도 용서를 바란다는 데에는 안타깝다. 평범하지 않은 아이를 그는 얼마나 갖고 싶었을까. 평범한 아이라도 내 아이는 애처롭다. 그걸로 좋지 않은가. 다자이는 지극히 평범한 그런 인간이다. 그의 소설은 그가 완전히 성실한 인간, 착실한 인간, 소심한, 반듯한 인간인 점을 알고서 읽어야 한다.

그러나 자기 아이를 그저 불쌍히 여겨 달라고 말하지 않고, 특별히 평범하기 때문에, 라고 말하는 점에 다자이의 일생을 관통하는 절실함의 열쇠도 있을 것이다. 즉 그는 비범함에 홀린 유례없는 허영꾼이기도 했다. 그 허영꾼 자체가 통속이며 상식적인 것인데 이 점이 「여시아문」에서 시가 나오야에 대해 말하는 푸념에도 드러난다.

다자이는 "황족이 감동해 애독한 것만으로 좋지 않은가"라고 시가 나오야에게 대드는데 평소 갖고 있던 M.C의 뛰어난 기술을 잊어버린 그는 통속 그 자체였다. 그걸로 족하다. 통속적이며 상식적이지 않고 어떻게 소설을 쓸 수 있겠는가. 다자이는 평생 이 하나를 끝내 깨닫지 못했고 묘한 갈채 속에서 숙취의 자학 작용을 하고 있었다. 이것이 그의 대성을 막았던 것이다.

다시 말한다. 통속, 상식 그게 아니면 뛰어난 문학이 쓰일 리가 없다. 다자이는 통속, 상식을 지닌 전형적인 성실한 인간이면서 그것을 결국 자각하지 못했다.

인간을 한마디로 딱 잘라 말한다니 그건 무리다. 특히 아이라는 녀석은 심하다. 느닷없이 제멋대로 생겨난다.

이상하게도 내게는 아이가 없다. 불쑥 생겨난 일이 두어 번 있었으나 유산되거나 사산되었다. 그 덕분에 난 지금까지 편하게 지내는 거다.

정말이지 무의식 중에 묘하게 배가 부르거나, 갑자기 그런 기분이 되거나, 부모와 같은 마음이 되어 그런 식으로 인간이 태어나고 자란다니 어처구니가 없다.

인간은 결코 누구의 자식이 아니다. 그리스도와 마찬가지로 모두 외양간인가 변소인가 어딘가에서 태어난다.

부모가 없어도 아이가 자란다. 거짓말이지.

부모가 있어도 아이는 자란다. 부모라니 바보 같은 놈이 인간 낯짝을 하고, 부모 낯짝을 하고 배가 불러서, 갑자기 당황하여 부모랍시고 나서는 반편이가 동물인지도 인간인지도 모르겠는 이상한 연민을 가지고서 음울하게 애를 키운다. 부모가 없어도 아이는 더 훌륭하게 자라는 걸.

다자이라는 남자는 부모, 형제, 가정이라는 것에 혼쭐난 기묘한 불량소년이었다.

출생이 어떻다든가 시시껄렁한 말만 지껄인다. 강박관념이다. 녀석은 끝내 화족의 아이, 천황의 아이인가 뭔가가 된다면 정말 좋겠다고 속으로 생각했고, 그런 시시한 몽상이 녀석의 은밀한 인생에 있었다.

다자이는 부모, 형제, 선배, 연장자라고 하면 고개를 더 이상 못 든다. 그러니까 그것을 해치워야만 했다. 분한 것이다. 하지만 껴안고 울고 싶을 정도로 애정을 가지고 있었다. 이러한 점이 불량소년의 전형적인 심리였다.

그는 마흔 살에도 여전히 불량소년이어서 불량청년도 불량노년도 되지 않는 남자였다.

불량소년은 지고 싶지 않다. 어떻게든 잘나 보이고 싶다. 목을 매고 죽더라도 잘나 보이고 싶다. 황족이나 천황의 아이이고 싶어 하듯 죽어도 잘나 보이고 싶다. 마흔 살이 되어도 다자이의 내밀한 심리는 그것만 생각하는 불량소년의 심리로, 그 천박한 일을 정말로 하고 싶었기에 정말 형편없는 녀석이다.

문학가의 죽음, 그런 게 아니다. 마흔이나 되어서도 불량소년이었던 기묘한 못난이가 갖은 문란을 일으킨 끝에 저질렀던 것이다.

완전히 웃기는 놈이다. 선배를 찾아간다. 선배라고 부르면서도 하카마에 하오리를 걸친 정장 차림을 하고 오는 놈이다. 불량소년이 예를 갖춘다. 공손한 태도다. 그리고 천황의 아이가 되고 싶어 일본 최고의 예의바른 생각을 하고 자빠졌다.

아쿠타가와는 다자이보다도 더 어른처럼 영리한 모습이며 수재였고, 어른스럽고 순진해 보이는 면이 있다. 하지만 실제로는 똑같이 불량소년이었다. 이중인격자로 또 하나의 인격은 안에 비수를 품고 엔니치(緣日)[3]인가 뭔가 하는 날에 어슬렁거리며 어린 여자애를 협박하고 설득하고 있었다.

문학가, 더 심한 자는 철학자, 웃기지 마라. 철학. 뭐가 철학인가. 뭐든 있을 턱이 없지 않나. 사색 좋아하네.

헤겔, 니시다 기타로, 뭐란 말인가. 어이가 없다. 예순이 되어도 인간 따윈 불량소년, 그뿐이지 않은가. 어른스러운 척하지 마라. 명상 좋아하네.

뭘 명상하고 있었나. 불량소년의 명상과 철학자의 명상이 뭐

3 신과 부처와 특별한 인연이 있다 하여 공양하는 날.

가 다르단 말인가. 에둘러 말할 뿐 어른 쪽이 쓸데없이 품이 많이 들 뿐 아닌가.

아쿠타가와도 다자이도 불량소년의 자살이었다.

불량소년 중에서도 특별했던 겁쟁이, 울보 꼬맹이였던 것이다. 완력으론 이길 수 없다. 어떤 논리로도 이길 수 없다. 그래서 뭔가 견줄 만한 증거를 내세워 그 권위에 의해 자기주장을 편다. 아쿠타가와도 다자이도 그리스도를 증거로 삼았다. 겁쟁이에다 울보 꼬맹이인 불량소년이 하는 짓거리다.

도스토옙스키는 불량소년이어도 골목대장의 완력이 있었다. 그 녀석 정도의 완력이 있으면 그리스도든 뭐든 증거로 삼지 않는다. 자기가 그리스도가 된다. 그리스도를 만들어 낸다. 정말 당당히 만들었다. 알료샤[4]는 죽기 직전에 이윽고 탄생되었다. 그때까지는 지리멸렬했다. 불량소년은 지리멸렬하다.

죽는다거나 자살 같은 건 시시한 짓거리다. 패했기에 죽었다. 이겼다면 안 죽었다. 죽음의 승리, 그런 엉터리 논리를 믿는 것은 신통방통한 할아범이 밤새 울고 보채는 아이를 편안하게 해준다는 것[5]을 믿는 일보다도 바보 멍청이 같은 짓이다.

4 『카라마조프 가의 형제들』의 등장인물.

5 신묘한 힘으로 사람을 낫게 하는 할아범이 이상한 소리를 내거나 이유 없이 소리 지르며 부모에게 화를 내거나 밤새우는 아이를 고치는 것. 일본의 한 고장에 전해지는 이야기다.

인간은 사는 것이 전부다. 죽으면 사라진다. 명성이나 예술은 길다, 바보 같은 소리다. 나는 유령이 싫다. 죽어서도 살아 있다니 그런 유령은 질색이다.

사는 것만이, 중요하다. 단지 이 사실뿐인데 알지 못한다. 정말 아는지 모르는지의 문제가 아니다. 살 것인지, 죽을 것인지 두 가지밖에 없지 않나. 게다가 죽는 쪽은 그저 없어질 뿐으로, 별거 아니지 않는가. 살아서 보여라, 끝까지 해 보여, 끝까지 싸워 봐야 한다. 언제라도, 죽을 수 있다. 그런 쓸데없는 짓을 하지 마라. 언제든 할 수 있는 일 따위, 애써 할 건 아니지 않나.

죽을 때에는 그저 무(無)로 돌아갈 뿐이라는, 인간의 진정 어린 경건한 의무에 충실해야만 한다. 나는 이를 인간의 의무로 본다. 사는 것만이 인간이고, 나중은 그저 백골, 아니, 무다. 그리고 그저 사는 것만을 앎으로써 정의, 진실이 생긴다. 생과 사를 논하는 종교나 철학 따위에 정의나 진리가 있기나 할까. 이건, 장난감이다.

허나, 살아 있자니 피곤하지. 이렇게 말하는 나도 때론 무로 돌아가자고 생각할 때가 있지. 끝까지 싸운다, 말이 쉽지, 피곤한 일이지. 하지만 배짱은 정해져 있다. 누가 뭐라 해도, 살아가는 시간을 끝까지 사는 거다. 그리고 싸운다. 결코 지지 않는다. 패하지 않는다는 것이 싸운다는 것이다. 그 밖에 승부 따위 있을 리 없지. 싸우고 있으면 지지 않지요. 결코, 이길 수 없지요. 인간은, 결코, 이기지 못합니다. 단지, 패배하지 않는 겁니다.

이기자고 생각해선 안 된다. 이길 리가 없지 않은가. 누구에게, 어떤 놈에게 이길 생각이란 말인가.

시간이란 걸 무한하게 생각해선 안 된다. 아이의 꿈 같은 것을 진지하게 생각해선 안 된다. 시간은 자기가 태어나서부터 죽을 때까지의 그 사이이지요.

너무 허풍 떨었던 거다. 한계. 학문이란 한계의 발견에 있다. 허풍 떠는 건 아이의 몽상이지, 학문이 아니다.

원자폭탄을 발견하는 건, 학문이 아니지요. 아이들 놀이입니다. 이걸 컨트롤해서 적절히 이용해, 전쟁 따위 하지 않고 평화로운 질서를 생각해, 그런 한계를 발견하는 것이 학문입니다.

자살은, 학문이 아니지요. 아이들 놀이지요. 처음부터, 우선, 한계를 알고 있는 게 필요한 겁니다.

나는 이 전쟁 덕분에 원자폭탄이 학문이 아니고, 아이들 놀이가 학문이 아니고, 전쟁도 학문이 아님을 배웠다. 허풍스런 일을, 과대평가하고 있었던 게다.

학문은, 한계의 발견이다. 나는, 이를 위해 싸운다.

욕망에 대하여

—프레보와 라클로—

나는 예전부터 가정이라는 것에 의심을 품고 있었다. 사랑하는 사람과 함께 가정을 이루고 싶어 하는 것도 인간의 본능일지 모르겠으나, 이런 가정을 좋든 싫든 음울하게 죽을 때까지 지켜야 하는가? 왜 그것이 미덕인가. 내겐 근검 정신이나 고생과 내핍의 정신과 같은 미덕이 실제 미덕보다도 악덕에 가까운 게 아닌가 하는 생각이 들었다.

많은 사람들의 가정은 즐거운 거처라기보다도, 나에게는 오히려 감옥이라는 느낌이 든다. 그리고 왜 내핍이 미덕이 되는가와 마찬가지로 그 음울한 가정에 대해서도, 사람들은 그것이 미덕이며 그 음울함을 견디면서 차라리 암담함 가운데에서 즐거움을 발견하는 것이 인생의 큰일이다라는 식으로 길들여졌다. 그저 '길들여졌다'라고 생각할 수밖에 없다.

나는 마농 레스코와 같은 창부가 좋다. 타고난 창부가 좋다.

그녀에게는 가정이나 정조라는 관념이 없다. 그것을 지키는 것이 미덕이며 그것을 깨는 것이 죄악이라는 관념이 없는 것이다. 마농이 바라는 것은 호화롭고 쾌활한 매일매일이며 음울한 생활을 견뎌 낼 수 없을 뿐이다.

그녀에게 교태는 덕성이며, 일이기조차 하다. 거기에서 당연히 소득이 생긴다. 즐겁고 쾌활한 매일매일의 생계를 위해서.

아마 태곳적 사람들은 그런 식으로 매일매일을 활기차게 생활하고 있었는지 모른다. 아무래도 질서가 없어서는 공동생활이 곤란하기에 사회생활이라는 것이 생겼고, 이번에는 질서를 위해 많은 것을 희생하여 선악, 미추, 행복, 불행 무엇이 그 본체인지 혼돈스러워 나누기 힘든 물질과 정신이 서로 맞물리고 서로 겹쳐진 이유로 알 수 없는 것이 생겨난 게 아닐까 생각된다. 인생이란 무엇인가, 말하건대 불가해(不可解). 내가 생각하기에는 알 수 없다는 것이다. 나는 가정이 나쁘다고 결코 단언하지 않는다. 단언할 수 없다. 우리 인생에 해답이 있으리라고는 생각하지 않기 때문에.

요컨대 인간에게는 사회생활의 질서가 필요하지만 질서는 반드시 희생을 동반하는 것으로 이 양쪽을 저울에 달아 공평하게 나눌 수 있는 계산식이 발견될 리 없다. 요컨대 지금보다도 '더 좋은 것'을 찾을 뿐이다. 절대라든가 영원한 행복 따위가 있을 리 없다.

나는 근검 정신이라든가 곤란과 결핍을 견디는 정신 같은 것이 싫다. 일하는 것은 즐기기 위해서라고 생각하며 보다 아름다운 것, 편리한 것, 즐거운 것을 추구하는 것이 인간에겐 자연스러운 것이며, 그것을 거부하고 부정할 이유는 없다고 믿는다. 무엇보다도 나는 요사이 노는 일도 아주 지겹다. 나의 마음을 정말 달래 주는 놀이 같은 건 나는 이 현실에서 모른다. 또 발견하지 못했다.

『마농 레스코』의 작가 프레보는 본래 가톨릭 신부였지만, 신(神), 절대에 대해 생각하고 인간의 행복에 대해 생각하는 한 사람의 신부가 타고난 창부를 묘사하고, 그 악덕을 지상의 지고한 좋은 결실처럼 묘사해 냈다는 것은 어쩌면 매우 자연스러운 일이었을 거라 생각한다. 그리고 마농의 천성은 또한 보통 여자에게 숨겨진 천성이기도 한데, 천국의 행복을 생각하기 전에 인간이 지상의 행복을 추구하는 것도 자연적 현상이다. 그렇지만 인간은 거의 태어나면서부터 천국을 위해 지상을 희생하고 있었던 것이다. 하지만 이러한 훈련과 습관과 질서에 대해서 신부 자신이 반역하고 의심하는 일은 사상을 제대로 발전시키는 단계이며 절대 부자연스럽지 않다. 의심하지 않고 반역하지 않는 것이 이상한 것이다.

인간의 동물성은 사회 질서라고 하는 그물에 의해 구원받는 것이 불가능하며 아무래도 그물망에서 빠져나간다. 그리고 우리들은 그와 같은 동물성을 질서의 그물로 구원받을 수 없기 때문에 악덕이 되는 것이다. 하지만 그 사회생활의 폭, 문화라고 하는 것이 발전하고 진보해 온 것은 질서에 의해서라기보다도 그 악덕 탓에 의한 경우가 많다.

일본 군부가 유럽 문명을 가리켜 타락이라고 칭한 것도 근거 없는 말이 아니다. 만약 인간이 인간의 사회성에 주안점을 두고 질서에 의해 인간을 완전하게 옭매려고 한다면, 그것은 소위 무사도처럼 사람의 개성은 잃게 되고 개성을 대신해 제복, 예를 들면 무사라고 하는 하나의 형태로 된 제복 속에 갇힌 인간 이외의 생물이 되어 버린다. 여자는 오가사와라 유파의 무사 예법 속에 존재하는 무사의 딸이고 아내이지, 여자도 인간도 아닌 것이다. 그리고 인간의 욕망은 금지되어 고생과 내핍에 견디는 것이 미덕이 되며, 자아로서가 아니라 다른 것에 대한 충성이 강요된다. 이것은 개미의 생활이다. 게다가 전쟁 중에 어떤 군인은 개미의 생활을 모범이라 하고, 개미처럼 일하라고 말했다.

만약 인간이 자아에 대해서 생각하고자 하면, 자아의 욕망과 사회의 규약 속박의 마찰이나 모순에 대해서도 생각하는 생활이 가장 먼저 우선시되고 거기에서 시작되는 것이 자연스러운 일이 아닐까. 일본인이라 해도 예외가 아니다. 모든 사람들이 생각하는 것이다. 그렇지만 일반적으로 인간은 이렇게 생각한다. 옛 관습이나 도덕을 의심하는 것은 자기가 잘못된 것이라고 생각한다. 옛 관습이나 도덕에 자아의 욕망을 굴복시키고 동화시키는 것을 "어른다운" 방식이라고 생각하고, 그런 체념 가운데 고요한 상태가 마땅한 인간 최후의 위안이며 진선미를 겸비한 것이라는 식으로 생각하는 것이다.

나는 불행하게도 그렇게 생각할 수 없는 천성을 지녔다. 나는 결혼도 하지 않았을 때부터 가정이라든가 아내의 암울함에 절망하고, 창부(마농과 같은)의 매력을 생각하며 왜 그것이 악덕인지 의심하지 않을 수 없었던 기질이었다. 그러한 생각은 철들지 않았고 흔히 말하는 것처럼 어리석게도 질서를 삐져나오는 쪽으로 기울어져 갈 뿐이었다. 그렇지만 나는 모르겠다. 지금도 여전히 아무것도 모른다.

프레보가 발견한 이 근대형 창부는 그 후 오늘날에 이르기까지 많은 작가의 작품 속에서 성장하고 발전하여 발자크 소설에 등장하는 유로 남작처럼 그것에 대해 특공대적 자폭을 수행하는 용사도 나타났고, 그 반동인 정숙하고 단아한 미덕[淑德]도 또한 스스로 새롭게 고찰되어 왔다. 하기는 도스토옙스키와 같은 거의 모든 배덕에 대하여 요설로 무장한 관념을 가지고 놀면서 '기질적'으로 이러한 창부를 거의 언급하지 않는 작가도 있다. 그의 창부는 대개 일본의 일반 상식과 같이 빈곤해서 몸을 팔 수밖에 없던 더럽혀진 비참한 운명의 자식들이며 학대받고 짓밟힌 사람들이다. 드물게 『노름꾼』 중에 여대생이나 블랑슈 양 같은 인물이 나오더라도 그 타고난 창부적 성격에 대한 인간 그 자체의 본질을 성의 있게 고찰하지는 않는다. 그는 기질적으로 이러한 여자의 성향과 동떨어져 있으며, 그 까닭에 그의 관념에는 많은 어중간함이 있기 때문이다. 무엇보다 당시 러

시아는 현재의 일본과 마찬가지로 빈곤한 세계의 빈곤한 벽촌이었고, 말하자면 문화의 서자인 이러한 천성을 지닌 대단한 창부가 나타나지 않았던 것도 사실이다. 그러나 관념은 그러한 현실에 의해 한정되는 것이 아니다.

일본에서는 아름다운 것은 풍경이기에 정원 등에 애정을 기울이는데, 인간의 일반적인 욕구가 왜곡되어 인간적이기보다는 체념 자체가 이미 제2의 본성으로 체화된 일본인이 인간 자체의 아름다움보다 풍경에 더 애정을 갖는 것은 당연한 일이다. 그러나 인간에게 인간 이상의 아름다운 것이 있을 리 없다.

마농은 그 정부인 청년을 열렬히 사랑했으나, 다른 남자를 교태로 꾀어내 정조를 파는 것이 정절에 대한 배신이라 여기는 사고방식 자체가 본래 없었다. 호사스럽고 즐거운 생활을 위해서는 교태야말로 최고의 상품이며, 그 상품으로서의 교태에 대한 최고의 상인적 도의와 양심을 갖는다. 그 양심은 우수한 교태라고 하는 것으로, 정조 따위와는 관계없다. 정조 같은 것은 그저 정신상에 존재할 뿐, 물질로서는 일고의 가치도 없다. 근본적으로 물질주의를 기반으로 성립된 창부의 사고에는 정조란 없는 것으로, 죄악감도 없으며, 남자를 가장 기쁘게 해주는 것이 당연하고 그에 대한 막대한 보수를 요구하고 있을 뿐이다. 마농 레스코의 경우 그 박명의 최후에 이를 때까지 변하지 않는 애인이 있었지만, 이는 프레보 신부의 상식적 도덕에 대한 최소한의 뇌물이며, 세상의 실상은 대개 이렇지 않다. 마농의 부정은 한 사람의 애인에 대한 변함없는 진실의 정열에 대해 도의로 바뀔 수 있는 성질의 것이 아니다. 만약 그것이 도의로 바뀔 수 있다면 그 자체의 본질에 의해서지 다른 길은 없다.

쇼데를로 드 라클로의 『위험한 관계』는 이러한 천성의 창부에게 높은 신분(후작)과 높은 교육을 부여해 마농에게 있어서는 맹목적이었던 것이 가장 의식적으로, 즉 사랑의 유희를 명확한 인생의 목적으로 한 남녀의 경우를 그리고 있는 작품이다. 후작 부인에 의하면 사랑의 유희 만족은 육욕 충족 자체가 아니라 거기에 이르는 과정의 긴 뇌쇄와 기교, 지식 안에 있기 때문에 그를 위해 모든 관찰과 연구가 이루어지는 것이다. 이 소설은 1929년에 외설물 중 한 권으로 번역된 적이 있었는데 애욕에 대한 추구가 성실한 만큼 외설의 영역에 가까운 것은 당연하며, 일본에서는 오늘날까지 번역되어 일반인에게 유포될 전망이 보이지 않는 작품이다.[1] 나는 모든 책을 치울 때에도 이 원본만은 소중하게 갖고 있었는데, 오다와라에 있을 때에 홍수가 나 태평양에 흘려보내 버렸다.

이러한 인성에 대한 추구는 영원히 '가정'과 양립할 수 없는 것으로, 그 점에 있어서 부도덕한 것이지만 과연 '가정'이란 대

1 『위험한 관계』 일본어 완역본은 1948년에서 1949년에 걸쳐 간행되었다. 사카구치 안고가 이 글을 발표하는 1946년에는 시중에 유통되는 완역 『위험한 관계』는 존재하지 않았다.

체 뭐란 말인가. 가정을 위해 사람은 이러한 유희에 대한 욕망을 포기해야만 한단 말인가. 생각건대 우리들의 음울한 가정은 반드시 지켜야만 하는 가치를 지니고 있는 것은 아닐 테다. 우리들의 가정은 외형과 내용 공히 항상 많은 변모와 변질을 거쳐야 하는 결함을 갖고 있으며, 가정의 평화에 반하는 것이 곧 부도덕함을 의미하는 것은 아니다.

통용되는 도덕은 반드시 미덕이 아니다. 통용에 반하는 부도덕은 반드시 부도덕이 아니고, 통용되는 도의에 비해 인성의 진실이라는 것에는 어떠한 칼로도 죽일 수 없는 영원한 생명이 깃들어 있다는 사실을 깨달아야 할 것이다.

욕망은 질서를 위해 희생할 수밖에 없는 것이긴 해도 욕망을 바라는 것은 악덕이 아니며 우리들의 질서가 욕망의 만족에 가까워지는 일은 결코 타락이 아니다. 오히려 질서가 욕망의 충족에 가까워진다는 점에서 문화 또는 생활의 진실된 생육(生育)이 있는 것이고, 인간성의 추구라는 문학의 목적도 이러한 생활의 생육을 위해 내성의 수단으로서 그 의미가 있을 것이라고 생각한다.

인간은 육욕, 욕정의 노골적인 폭로를 싫어한다. 그러나 그것이 진실한 사람에 의해 사랑받는 것이라면 싫어할 이유는 없다.

우리들은 우선 논다라는 것이 불건전한 것도 아니고 불성실한 것도 아님을 스스로 생각해 볼 필요가 있다. 나 자신에 대해 말하면 나는 유희가 인생의 목적이라고 단언할 수 없다. 그러나 다른 어떤 것이 인생의 목적인지 단언할 뭔가의 확신을 가지고 있지 않다. 본래 논다라는 것은 지루함의 동의어이며, 유희에 의해 사람이 진실로 행복해질 리도 없다. 그러나 '놀고 싶다'라는 것이 인간의 욕구인 점은 사실이며, 그 욕구의 실현이 반드시 사람에게 진실한 행복을 가져다 주지 않는다는 것뿐이다. 사람이 욕구하는 것이 필시 사람에게 충족을 주는 것은 아니며 대부분은 그 반대의 것이 된다. 마농 후작 부인도 결코 행복한 인간은 아니었다. 무위의 평온한 행복에 비하면 욕구를 채우는 것에는 행복보다도 오히려 많은 고뇌가 따를 것이다. 그러한 의미에서 인간은 고뇌를 추구하는 동물일지도 모른다.

나의 장례식

나는 장례식을 싫어해서 조문을 가지 않는다. 예의라는 것은 그런 곳에 가는 데에 있지 않다고 생각하기에 나는 별다른 생각이 없는데 누구누구의 장례식에 누구누구가 오지 않았다라든가를 말하는 일본은 말이 많은 곳이다.

오쿠라 기하치로라는 부자는 자신이 죽거든 아카이시산[1]의 꽃밭에 뼈를 뿌려 달라고 유언했다고 하는데 나는 따로 그렇게 힘든 수고를 들일 필요는 없기 때문에, 나의 뼈 따위는 바닷속이든 숲속 한쪽 구석이든 어딘가 방해받지 않는 곳에 처리해 주었으면 하고 생각하고 있다. 장례 따위는 당치도 않고 가까운 사람 두세 명 중 누군가에게는 뒤처리를 부탁해야겠지만, 죽은

1 나가노현과 시즈오카현에 걸쳐 있는 표고 3,121미터의 산.

사람 같은 것은 아주 얌전하게 다른 사람의 눈을 피해 처리해 주었으면 싶다. 죽은 내 몸을 두고 사무적 처리를 하는 것 이외에 쓸데없는 짓을 당하는 것은 생각만 해도 부끄럽다.

죽은 얼굴로 일일이 고별인사를 받거나 향을 피우고 촛불을 켜고 가루 향을 집어서 두 손으로 편안한 영면을 기원 받는 것 등은 생각만 해도 한심해서, 나는 주변 사람에게 고별식이나 밤샘은 결코 하지 말 것을 단호히 부탁하며 나의 사후를 조심시키고 있다. 「천사만이 날개를 가졌다」[2]라는 그다지 재미없는 영화가 있었는데 영화에서 추락 사고로 거의 죽을 지경에 이른 비행사가 나는 곧 죽을 테니 모두 별실로 가 달라, 죽는 모습을 보이고 싶지 않기 때문이라고 하는 장면이 있었다. 나는 그게 곧 자기 일처럼 느껴져 감동을 받았다.

무엇보다 사람은 병이 들어 고열에 시달릴 때에는 환각과 고독감에 괴로워하며 대단히 사람이 그리워진다. 병상 근처에 누군가가 있어서 일으켜 주지 않으면 밤중에는 적막하여 질식할 것 같은 고민을 맛보는 것이다. 그렇기에 평범하고 어리석은 내가 죽을 지경에 처해 병상에 누워 고독해질 수 있는 용기가 있는가 하면 어림도 없을 테지만 가까운 사람 이외에게 죽는 모습 같은 건 절대 보이지 못한다.

2 원제 Only Angels Have Wings. 1939년에 개봉한 미국 영화.

인간은 살아 있는 동안이 전부다. 사회인으로서 공동생활에서도 살아 있는 사람을 위해서는 여러 가지로 모색하려 하나 죽어 버리면 그만 무(無), 이제 살아가는 생활과는 관계가 없다.

친구 동지라도 살아 있는 동안에나 서로 여러 가지 도움이나 격려를 주고받는 것이 중요하며, 사후 장례를 성대하게 치르는 것 따위에 나는 관심이 없다.

나는 나 자신의 사후 명성 따위에는 관심을 두고 있지 않다. 그러나 이것은 일을 소홀히 한다는 의미가 아니다. 일에는 전력을 쏟는다는 것, 이게 일이라는 것, 다시 말해 살아가는 것 이외에 사후를 생각하는 사람이 살아가는 것에 전적으로 몰입하고 노력하는 것을 알 리가 없을 것이다. 살아가는 것, 나의 모든 것을 걸고 노력해서 살아가는 것을 아는 지점에 사후란 없다고 나는 생각한다.

성대한 장례식 등을 생각하는 것은 삶의 방식이 빈곤하다는 것을 가차 없이 드러내는 데에 불과하고, 빈곤한 허례에 지나지 않는다. 무엇보다 그러한 것에 구애받는 일도 혹은 무의미할지도 모른다.

내가 다른 사람의 장례식에 가지 않는 것은 그러한 것에 구애받기 때문이라서가 아니라 전혀 그러한 것을 염두에 두지 않기 때문으로 나는 초연하며 그뿐인 것에 지나지 않는다.

무엇보다 죽은 사람을 기리는 법회 같은 것은 하나의 즐거운 술자리라는 의미로 충분하다고 생각한다.

나의 사후에라도 뒤처리가 끝난 후에 지인과 친구들이 모여 성대하게 술을 마시고, 내가 귀신이 되어 나와서 만취할 수 있을 정도로 술 마시고 노래하며 고래고래 소리 지르며 떠들어주는 것은 공상일지라도 즐겁다.

나는 집사람(이는 부인이 아니라 애인이다)에게 일러두었다. 내가 죽거들랑 당신 혼자서 내 장례를 치르고 뼈를 정리해 주시오. 그다음, 지인과 친구들에게 내 사망 소식을 알리고 떠들썩하게 먹고 마시며 하룻밤을 보내게 해주시오. 그 후 누군가와 사랑을 하며 즐겁게 살아가시오. 유산은 모두 드리겠소. 묘지 따위 필요 없다오.

스님의 독경이나 분향 같은 그런 따분하기 짝이 없는 짓은 하지 말라. 살아 있는 나는 정말로 그런 따분한 일을 견디지 못하는데 죽어 유령이 되어도 따분해 견딜 수 없게 될 것이 틀림없고, 그런 짓을 당하면 나는 스님 머리를 톡 치고 향불을 올리는 친구의 코를 비틀어 버릴 테다.

부모가 버려지는 세상

전쟁 중에는 다른 즐거움도 없었기 때문에 나는 자주 바둑을 두러 기원에 다녔다.

젊은 사람은 전쟁에 나갔기에 손님 대부분은 나이 든 사람이었으나 후일에 이르러 '버려진 부모들'의 모습은 그 무렵부터 내 눈에 띄기 시작했다. 그들의 대부분은 꽤나 교양이 높은 사람이더라도 대개 자포자기하고 있었다. 일하지 않는 자는 먹지 말 것, 식량을 축내는 자라는 사상이 — 사상이라기보다 강력한 제도가 있었다. 예를 들어 배급량이라는 당시의 가장 절실한 것을 바탕으로 "너는 식충이"라고 하는 무언의 심판이 짓누르고 있었다.

그 무렵은 마치 곧 배급량이 인간의 값어치를 규정짓고 있었던 것 같다. 노인이 손자의 특별 배급을 훔치는 들고양이 같다고 매도를 당한 예는 주위에서 자주 목격하는 풍경이었다.

기원의 손님 중 한 노인이 있었다. 반생을 외지에서 회사 생활을 하며 노후를 도쿄에서 보낼 계획을 세웠고, 그것을 설계대로 실행했던 사람이다.

도쿄에 3000~4000엔의 집을 지었고, 아이들도 각각 고등교육을 시켜 퇴직해서 도쿄에 이주해 은거 생활을 시작했을 때에는 2만 5000엔의 저축이 있었다. 그러나 주식(主食)의 암거래 가격이 올라감에 따라 그는 심각하게 동요했다.

"40 몇 년 동안 피땀 흘려 이를 악물고 모았던 2만 5000엔이라는 돈을 앞으로 2년간 유지할 수 있을지 어떨지. 노후를 생각해 일생의 계획을 세워 청춘과 평범한 생활의 즐거움까지 희생해서 고생고생한 결과가 이것이지요. 실로 어리석기 짝이 없단 생각이 드네요."

이것은 그의 입버릇이었다. 너무나도 지당한 푸념이지만 어디에도 해소할 길이 없이 답답한 푸념이기 때문에 듣는 입장에서도 어쩔 도리가 없고 뭐라 말할 수 없었다.

그러한 그가 심기일전하여

"아냐, 아냐. 이런 푸념을 말할 필요도 없어. 뭔가 내가 할 일은 없을까요."

라고 말한다. 말투는 약간 다른 사람의 관심을 끌어내려는 정도로 가볍지만 눈초리는 반짝반짝 빛나며 매달리는 듯한 진지함이 있었다. 물론 값싼 노동력이 얼마든지 있던 시기라 그의 일자리 같은 것은 없다.

강제 소개(疏開)로 기원이 폐쇄되었을 때에 몇 년간이나 사용했던 바둑판을 바라보고 있던 그의 눈초리는 우리들의 석별과 다르게 진지한 집착이 담겨 있었다. "바둑판을 매우 싼 가격에 팔겠습니다"라는 메모가 창문과 기원 내의 벽에도 붙어 있었던 것이다.

"지금이라면 이 바둑판을 몽땅 살 수도 있다. 하물며 열 개를 사면 자신도 즐기면서 삶의 보탬이 될지도 모른다. 농가의 방 하나를 빌려 짐을 챙겨 소개의 준비도 해뒀으니까. 그러나 우리들이 다시 바둑을 즐기게 되는 생활이 몇 년 후에나 찾아올까…"

그는 결단이 서지 않았다. 갈팡질팡이라는 말은 지금 그의 모습을 이르는 것 같았지만 나에게는 그의 반짝반짝 빛나는 집념의 눈이 무서워 보였다. 비행기도 폭탄도 불탄 흔적도 타 버린 시체도 이 정도로 추악한 것으로는 보이지 않았다. 패전의 최후 순간이 되어도 그저 노후를 생각할 뿐인 그의 집념에 당시는 동감도 일지 않았다.

생각해 보면 그는 일생의 설계를 전쟁으로 날렸고, 전후의 설계에도 한 발 내딛기 시작하자마자 이것도 놓쳐 버렸다. 그로서는 막바지까지 고민 고민해서 생각했던 인생이었다고 말할 수 있을 것이다.

평범하고 성실하며 온건하고 착실했던 이와 같은 노인들의 몇 퍼센트인가가 전후에 이르러 생애 처음으로 자포자기를 하며 처치 곤란한 할아버지가 되어도 미워할 수는 없다. 죄는 전쟁에 있음은 너무나 명확한 것이다.

문학가든 예능인이라는 자들은 샐러리맨처럼 착실하게 성실한 일생 설계를 세우지 않는다. 수입이 샐러리맨처럼 꼬박꼬박 들어오지 않고 내일이 너무나 불안정해 설계를 세울 수가 없는 것이다. 그렇기에 언제 어떻게 되어도 상관없다는 마음가짐도 예술가의 인생 설계에 있어서는 중심의 하나가 되어야만 한다.

오다와라 해안의 초라한 오두막집에서 수십 년간 계속 고독한 생활을 보내고 있는 소설가 가와사키 초타로 군 등은 문학자 중에서도 특히 그와 같은 중심을 꿋꿋하게 견지하고 있는 사람일 것이다.

가와사키 군과는 인사도 나눈 적 없으나 나도 오다와라에 살고 있었기에 그가 일과 중에 식당에 드나드는 모습을 가끔 본 일이 있었다. 내가 본 그의 모습은 항상 혼자였다. 그가 쓴 당시 소설에 의하면 30전을 손에 쥐고 다루마나 아사히 같은 매우 을씨년스러운 식당에서 지라시 돈부리나 가쓰라이스를 먹으러 다니고 있었던 듯하다.

그는 전쟁 중에 징용되어 오가사와라섬에 건너가 막노동 같은 일을 하게 되었다고 한다. 오다와라의 초라한 오두막집에서 끌려 나와 외딴섬에서 막노동을 하면서도 그의 하루하루의 관조는 극히 당연하게도 전부를(전쟁까지도) 순순히 받아들여 어떠한 환경 변화에도 그 인생의 토대를 흔들어 대는 것 같은 동요를 받은 일은 없었다. 오가사와라섬 징용 생활에 대한 그의 기록은 일본인의 전쟁 생활 수기로는 아주 성실하게 쓰였고, 전혀 허세가 없는 진지함이 보여 술술 읽히는 진품이었다고 할 수 있겠다. 그 생활 속에서 그가 읊은 와카 등도 기교 부리지 않고 실로 솔직한 것이었다.

그는 나의 바둑 적수로 기원에서 만난 노인처럼 이 전쟁 때문에 일생의 설계를 파괴당하지 않았다. 매일 새롭게 찾아오는 현실에 그대로 순응할 수 있는 마음의 각오를 가질 수 있었기 때문이다.

하긴 이러한 마음가짐을 그렇게 높이 평가할 것까지는 없을 것이다. 인생에는 당연히 더 적극적인 설계를 할 필요가 있겠고 이 양자의 가치는 비교 논쟁으로 말해야만 하는 성질의 것은 아닌 것 같다.

그러나 내가 흥미롭게 생각한 것은 이런 가와사키도 노후를 제대로 생각하는 마음은 있었다는 점이다.

그의 소설을 읽으면, 그가 대단히 중풍을 두려워하여 그 예방으로 매일 장시간의 산책을 부지런히 하고 있는 것이 자주 나온다. 그것은 그의 어머니가 중풍으로 쓰러져 10년이나 앓아누워 대소변을 다른 사람이 받아 내야 했고 가족들이 꺼려하는 속에서 삶을 살아야 했던 가련한 생활을 보고 있었기 때문이고, 그렇게 되고 싶지 않다는 것이 발심의 근원인 듯싶다.

어물전 집안의 장남으로 태어나 가업을 동생에게 물려주고 자기는 해안에 작은 오두막집을 짓고 좋아하는 소설을 쓰며 살다가 중풍에 걸린다면 뭐랄까, 형이니까 싫어하면서도 동생 부부가 살펴 주겠지라고는 생각하지만 그러한 비참한 병상 생활을 하고 싶지 않다라는 — 그러나 어떻게 하면 그것을 예방할까, 그것에 대처하는 방법이 저축도 아니고 살림을 차리는 것도 아니며 주로 매일 장시간의 산책이었다고 한다.

일반인들이 보면 우스꽝스러울지 몰라도 사실 나 같은 사람도 따지고 보면 그 정도의 설계와 방책밖에 없다.

그러나 기원에서 만난 노인과 같은 사람이 일생의 설계가 전쟁으로 허사가 된 경우 그 혼란과 포기는 암담하고 구원받지 못할 테지만, 가와사키 군이 두려워하고 있는 중풍에 진짜 걸린다고 해도 그렇게 암담하지는 않을 테다. 그는 자기가 가장 두려워하고 있는 것에 직면해도 평범하게 받아들이고 순응할 수 있을 만큼의 중심을 잡고 있을 테니까.

작은 오두막에 사는 가와사키 군에 비하면 도쿠가와 무세이(徳川夢声)[1] 노인의 설계는 시정 사람들의 성실한 생활에 바탕을 둔다. 하지만 반생 동안 많은 술을 마시고 때로는 최면약에 취해 곡예도 벌이며, 인생의 희망이라는 것과 장렬하게 또는 철

1 1894년에서 1971년까지 살았던 만담가.

저하게 거리를 둔 사람은 그 마음가짐의 중심도 우리에 비해서 매우 확실하다고 간주해야만 할 것이다.

그러나 그 무세이 노인조차도 딸이 시집을 가자 딸에게 버림받아 천애의 무세이 고아가 된 것마냥 번민과 착란도 일으킨 듯하다. 그리고 결국 최근에 양로원에 들어간다는 비통한 심경으로 기울어지고 있는 중이라고 한다.

가와사키 군도 솔직하나 무세이 노인은 더욱 솔직하지 않은가. 인생의 희망이나 고독이라는 것과 반생 동안 상당히 길고 장렬한 투쟁을 계속했던 사람이라 노후를 생각하면 어떻게 대처해야 할지 마음가짐에 안정을 가질 수 없는 듯하다.

노후라고 하는 것은 아무래도 그 정도로 통절한 것인 모양이다. 그런데 그것은 본인에게 있어서만 통절한 심경이지 이에 대해 상대방, 즉 젊은 가족들은 전혀 이해심이 없다. 이것은 숙명이다. 슬슬 노후에 가까워지는 내 눈으로 보자면, 노인의 심경에 이해심이 있는 젊은 부부 등은 왠지 그 좋은 이해심이 마음에 들지 않고 대하기 어려운 기분이 든다. 인간에게는 연령에 맞는 생활이 있고 사상이 있다. 기본적인 인권과 같이 이것을 명확히 인정하고 이러한 입장에 있어야 할 것이다.

부모의 자식 양육은 대개 본능적이며 자발적인 애정에 의한 것이나, 자식의 부모 봉양은 더 의무적이고 아무래도 부모 쪽이 불리하다.

자식 양육은 은혜를 받으려는 성질의 것이 아닌 모양이다. 모든 인간은 어린아이 때에는 부모에게 양육되고, 자신이 부모가 되면 그 아이에게 지당한 애정의 보은을 받지 못하는 것도 정해진 일인 듯하다. 보답받는 것은 의무일 수밖에 없다. 그렇다는 점을 확실히 마음에 두고 있는 편이 무엇보다도 무난할 것이다. 나이 들어서는 자식을 따르라고 하는 옛 속담이 서민 생활 속에는 오랫동안 전해지고 있다.

"내 자식도 나를 이어 훌륭한 일을 하게 되었습니다."

이와 같은 자식 자랑을 늘어놓다가 어느 사이엔가 자식과 자식 마누라에게 깔아뭉개지고 만다. 예로부터 대개 그런 거다. 오히려 옛날 노인들이 잘 포기했다고 말할 수 있다. 옛날 노인들이 "나이 들어서는 자식을 따르라"라는 인종(忍從)의 원리를 마음에 두고 있었다고 할 수 있겠다.

전쟁이 끝난 후에 특이한 사회 현상으로 '부모를 버린 자식'이 많다고 하는데, 예로부터 자식은 부모를 버리는 경향이 있었고 부모들은 참아 냈다. 이러한 관계의 경우 약한 쪽이 인종하는 것이 어려움을 피하는 자연스러운 방책이다. 패전 후에는 자식들이 부모를 대하는 것이 거칠어졌는지 모르겠으나 부모가 인종을 잊고 너무 민주주의적이 된 경향이 강해진 것은 아닌가라고 나는 생각한다.

무세이 노인처럼 한때 일본에서 가장 잘 나가다가 딸이 시집을 가자 천애의 고아라는 생각이 엄습해 착란에 빠져 양로원에 들어가기를 일념으로 삼기에 이르렀다고 하는 생각이 제대로 된 것이며 솔직하고 건전한 노인의 포기 심경이라고 칭해야만 할지도 모른다.

그러나 무세이 노인과 달리 무직이며 수입도 없이 매일의 생활을 완전히 자식에게 의지해야 하는 부모로서는 더 복잡한 곡해가 있다. 그들 일생의 생활사가 왜곡된 거울에 비춰 재생되어 그 부분만 강조되고 현실의 생활 감정을 규정한다.

부모 자식의 관계만큼 심각한 것은 없다. 타인과의 관계에서는 예의상 거리가 생기지만 부자지간의 육친 관계는 완전히 드러내 놓고 속을 다 보이는 사이여서 일단 꼬이기 시작하면 이것만큼 심각한 관계는 없다. 부모 자식의 애정이든 증오든 태어나서부터 일생의 생활사를 속속들이 알고 있기 때문에 미워하는 마음 하나하나는 너무나 많이 당연하게 깊이 뿌리내려 있을 것이다. 부모가 자식을 살해하거나 자식이 부모를 죽이는 것은 타인들이 서로 살해하는 것보다도 더 당연해서 평범하고 비통한 구실을 갖추고 있는 성질의 것이다. 부모 자식 관계만큼 '참고 참기를 거듭하는 관계'는 없을 것이다.

본질적으로는 아주 어두운 관계지만 부모 자식의 애정이나 의무감, 거의 본능적인 참을성 등이 그 어두움을 구제해 주고 적극적으로 즐거운 것으로 하려는 버팀목도 된다. 이 버팀목이 무너지면 그 파탄은 돌이킬 수 없고, 이는 오래전부터 그랬으며 어제오늘 일이 아니다. 다른 사람과의 관계는 원래 예의라고 하는 가공된 상태에서 이루어지기에 금이 가더라도 타협의 여지가 생기나 육친의 관계는 더 강렬한 만큼 결정적으로 통렬하다.

이번 전쟁도 자식을 키우는 부모의 애정을 파괴하지 못했다. 아이는 배고프더라도 부모의 애정에 특별히 굶주리거나 비뚤어질 만큼 돌봄을 못 받았다고 절감할 이유는 적었을 것이다. 철저하게 자신이 곤경에 처해 있다는 생각이 들 수밖에 없었던 것은 아이의 부모의 부모인 노인들이었다.

그들은 배급량이라는 육체적이고 절대적인 계급 제도에서 (노인이 식량을 축낸다는) 약점이 잡혀 이리저리 휘둘리며 대충 넘기기 힘든 심한 상처를 받았다. 나이 들어서는 자식을 따르라는 포기와 인종의 심경은 자식 자랑의 심경 등에서 시작해 저절로 생겨나 깊어지는 지점에서 그것에 견딜 힘도 생긴다. 하지만 배급량이 만만치 않은 규정에서 "너는 식량을 축내는 식충이다"라는 빼도 박도 못하는 심판을 강요당해서는, 자신이 누구보다 곤경에 처해 있다고 곡해할 수밖에 없다. 자발적인 인종과 포기 대신에 부모의 은혜를 주 무기로 해서 불신을 저주하는 심술맞은 심경의 암운이 생기는 것도 이상하지 않을 테다.

전쟁이 끝난 직후에 특히 자식에게 버려진 부모의 문제가 많아진 것은 민주주의가 자식 편을 들어 부모를 버리기 쉽게 했다기보다 부모 쪽에서 인종의 심경이 희박해져 곡해가 많아지고 부모 자식 간의 마찰이 많아진 탓일 거라고 나는 생각한다.

유산상속법이 바뀌어 모든 자식이 평등해졌기 때문에 장자가 부모 부양을 책임지는 방식이 희박해지고 모든 자식이 부모를 돌아가면서 모시는 풍조가 생겨났다고 한다. 그러나 자식이 돌아가며 부모를 모시는 방식은 전쟁 전에도 있었다. 내 주위 가까운 사람들에게서도 그러한 돌아가며 부모 모시기는 전쟁 전부터 흔히 볼 수 있는 일이었다.

일본의 많은 부모들은 원래 자식에게 상속할 만한 유산이라는 물건을 가지고 있지 않는 것이 보통이었다.

부모를 돌아가며 부양하기는 괜찮지 않은가. 너무나 의무적이라는 것은 맞지 않다. 부모를 모시는 자식의 심경이 의무적인 것은 정해진 일로, 대단히 많이 바라지 않는 쪽이 평온하고 무난하다고 말할 수 있다. 아주 많이 바라기 때문에 오히려 파탄이 생기는 것이다.

이렇게 말하면 부모는 남는 게 없는 것처럼 보이겠으나, 어느 자식이라도 언젠가 부모가 되면 자기에게 남는 게 없다는 이야기로 인간은 그러한 것이라고 생각하는 편이 온당하다.

무세이 노인과 같이 생활력이 왕성한 사람이 양로원 지원을 일념으로 결심한다는 것은 너무나도 꼬여서 세상을 등지는 것과 같고, 본인도 아마 그러한 자학의 심정을 즐기고 있는 심경일지도 모른다. 하지만 실은 그 편이 노인에게 있어 솔직하며 불가피한 심경이지 않겠는가. 버려진다라는 심경은 금전에 의한 것도 아니며 부양되기도 하고 버려지기도 한다는 사실에 의한 것도 아니다.

인간의 노후라는 것은 '버려진다'와 같은 고독감이 그 절대적인 성격이라고 말할 수 있지 않을까.

가와사키 군과 같이 일생을 고독하게 보낸 사람도 노후라는 특별한 고독을 피할 수 없다.

노후는 하나의 '불안'이라고 말해도 좋을 것이다. 노후라는 연령의 필연적 불안이며 쇠약함이며 사상이기도 할 테다.

그러나 예로부터 노후는 그렇게 위로받는 것이 아니다. 정년제라고 하는 퇴직규정도 노인 입장에서 말하면 절망적이며 잔혹하기 짝이 없는 규정으로 본심을 말하면 배급량과 마찬가지로 절실하고 혹독한 것이다.

그러나 '공을 쌓아 명성을 얻어' 정년의 경계선을 목표로 인생의 설계를 세운다. 설계라고 하는 건설 작업의 목표선이 설정되어 있기에 노인의 심경은 안일해질 수 있었다. 다만 대충 적당히 생각할 수 있다는 것뿐의 차이로, 옛날부터 인생은 항상 젊은이의 것이며 노인의 것이 아니었다. 대충 적당히 생각할 수 있기에 자발적으로 자식에게 따르는 인종도 포기도 온화하게 자랄 수 있다.

결국 어느 시대도 노인에게는 남는 게 없는 것이 당연한 인생이지만 그런 까닭에 노후를 대비해 설계를 생각하고 준비하는 것은 당연하다. 이번 전쟁은 많은 사람들의 설계를 근본적으로 완전히 뒤집어 놓았다. 젊은 사람들은 되돌려 받지만 되돌려 받지 못하는 노인들이 가장 심각한 데카당스에 빠질 가능성이 있었다. 1948년에 중년 남성이 일으킨 제국은행 독극물 살인 사건 등은 그러한 데카당스에 의한 비극의 하나로 말할 수 있겠다. 죄의 원흉은 전쟁에 있었음을 여기에서도 명확히 지적할 수 있을 것이다.

몇십 년에 걸쳐 갖은 어려움 속에 세운 설계가 뒤집히면 노인이 자포자기하게 되는 것도 자연스러운 일일 테다. 요컨대 서민들이 필사적으로 신중히 세운 설계를 뒤집는 전쟁이니만큼 저주해야만 할 게 아닐까.

그러나 무엇이든 쉽게 전쟁에 죄를 묻는 것 또한 맞지 않다.

전쟁이라고 하는 마침 적당한 경계선과 같은 실마리가 있기 때문에 뭐든 전쟁 후에 새롭게 나타난 전후파(après-guerre)라고 정리하는 것은 쉽고 적절할지 모르나 이치에 맞지는 않다.

노인은 전쟁이 없어도 어느 시대에서나 '현대'라는 것에 버려지는 존재다. 현대는 말할 것도 없이 젊은이들의 몫이다.

노인들은 "뭐든 옛날이 좋았지"라고 말한다. 옛날 예능인에는 멋진 사람이 있었다. 요즘 예능인의 경박한 예능 따위는 봐도 들어도 참을 수가 없다고 말한다. 그러나 옛날 예능인의 예능이 지금보다도 확실히 잘했을 리는 없다. 옛날에는 그도 '현대'를 살고 있었다. 그 자신의 현대를 살고 있었던 것이다. 현대란 그 시대의 모든 것과 함께 살고 함께 울고 함께 웃고 있다는 것을 말한다. 서로들 정말 인간미 있는 생활을 하고 있다는 것이다.

요즘 예능인이 변변치 못하고 경박한 예능이 된 것이 아니라, 그의 현대가 이미 끝났고, 지금의 현대에 그가 함께 살고 있지 않게 되어 버린 것이다.

노인에게 현대 풍속이 괴상하고 어리석게 보이는 것은 당연하다. 현대는 항상 변하고 있는 것으로 존재하며, 함께 살고 함께 울고 함께 웃고 있는 사람의 것밖에 되지 않는다.

전후파라는 안이한 정의에 의지했던 것은 일본인의 인생에 대처하는 안목이 일천했던 탓일 테다. 그 쉬운 정의는 더 나아가서는 오늘날의 경박한 역코스를 낳는 계기가 되기까지 한 것이다.

부모를 버린 자식이라는 현상도 결코 전후파에 국한된 것이 아니다. 어떤 세상에도 부모는 자식에게 버려질 위험성을 상당히 안고 있다.

그러나 전쟁 직후에 특히 자식에게 버려지는 부모가 많아진 한 원인으로 부모에게 곡해와 포기가 생겨 인내와 단념을 잃었던 사실을 지적할 수 있다는 점에서, 이것이야말로 전쟁이 낳은 특이한 현상의 하나이며, 혹은 확실히 전후파라고 불러도 좋지 않을까 생각한다.

그리고 그 책임은 노인에게 있는 것이 아니라 어떻게 생각한들 전쟁에 있다. 물론 유산상속법의 책임도 아니고, 자식들의 책임도 아니다. 노인들이 신중하게 필사적으로 한 설계를 뒤엎었던 전쟁에만 죄가 있는 것이다. 그렇긴 해도 그 밖의 이유로 부모 자식 간에 반목이 생긴다면 그것은 옛날부터 있던 것으로 전쟁 탓이 아니고 또 어느 시대에도 끝날 전망이 없을 듯한 일이기도 하다.

부모가 되어서

내게는 어린아이가 생기지 않을 거라 생각하고 있었기 때문에 가족인 셈치고 개를 기르고 있었다. 여러 종류의 개를 키웠으나 최종적으로는 콜리로 결정되어 지금도 두 마리가 있다.

그래서 장남 쓰나오가 태어났을 때에도 우선 개와 비교해서 생각했다. 새끼 강아지는 사 왔을 때 사람에게 재롱을 부리고 왕성한 식욕을 보여 귀여웠지만 갓 태어난 아기는 눈도 못 뜨니까 반응이랄 것도 없다. 자기 뱃속에서 낳은 어머니는 그 순간부터 아이가 사랑스러울지 모르겠으나 남자인 내게는 마치 인연도 없고 애교도 없는 생물이 갑자기 나타나 내 아이라 하는 것이니 처음 한 달 동안은 어떻게 대해야 할지 난처했다.

물론 이름을 지을 기분도 나지 않았다. 하지만 아내가 재촉하며 물러서지 않기에 2주째가 되었을 때 밤을 새워 생각해 이름을 지었다. 소설의 작중 인물과 달리 평범하지 않으면 곤란하다. 나의 본명은 헤이고이고, 고향에서는 보통 헤고라고 불리는 게 매우 싫었다. 그 기억이 있기에 이름으로 좋지 않은 생각이 들지 않게 하려고 고심해서 지었다.

아내가 임신했을 때에 나는 여자아이가 태어나기를 바랐다. 남자아이가 태어났는데 나와 닮기라도 하면 섬뜩하고, 세상 사람들이 나를 반미치광이 취급을 하고 있는 마당에 그 나쁜 쪽을 쓸데없이 닮아서는 아버지도 손을 들 수밖에 없다. 다행히 여자에게는 히스테리라고 하는 만인 공통의 증상이 있어서 눈에 띄지 않기 때문에 아이는 여자에 한한다라고 생각해서 갓난아기 옷 등도 여자아이 것만을 사서 준비해 두었던 것이다.

뜻밖에 남자아이가 태어났기 때문에 그 순간부터 어떤 괴물로 자랄지 불안해서 어떻게 해야 좋을지 몰랐다. 아무튼 조심스럽게 다뤄야 한다고, 마치 후에 생길 난관을 염려하는 듯한 기분으로 유모든 잠자리든 예방이든 간에 아낌없이 돈을 들이고 수고를 들였다. 그 대신 아버지인 내게는 전혀 재미없는 일이었다. 만져 본 적도 없었다.

45일이 지나자 잘 안 울었기 때문에 안심하게 되었다. 우리 집 개는 덩치가 커서 짖는 소리도 대단하다. 그에 비하면 원래 갓난아기의 울음소리는 성량이 대수롭지 않아서 이 정도인가라고 생각하며 염려가 사라졌다. 게다가 내가 빌린 집이 기류(桐生)에서 가장 오래된 대저택이었기 때문에 아이의 방과 내 방은 꽤 거리가 멀다는 점도 도움이 되었다.

우리 집에 오는 사람들 모두가 쓰나오는 우는 일이 적다라는 점에서 평판이 일치했기 때문에 나도 어느 정도 마음이 편해졌다. 나는 아내가 임신했을 때부터 예전에 어느 잡지에서 지바에 살고 있는 용한 사람이 심하게 보채는 아이를 달래는 사진을 본 기억이 나서 저렇게 보채는 아이가 태어나면 어쩌지 하는 마음에 괴로워하고 있었는데, 의외로 내 아이일 것 같은 놈이 지바의 용한 사람의 도움을 받을 일이 전혀 없이 보채는 일이 없다. 무엇보다도 나는 안심했다.

아이는 2개월 정도 지나는 동안에 웃는 얼굴도 보였다. 그러자 귀여웠다. 개와 마찬가지로 귀여웠다. 3개월 정도가 지나자 나를 보고 웃는 모습을 보여 개보다 귀여웠던 것이다. 2개월 정도 무렵에 억지로 안아 보라 해서 안았으나 백일째 정도부터는 자진해서 아이를 안고 싶다는 기분도 생겼다.

내게는 재산이 전혀 없기 때문에 40대 중반에 아이가 태어나면 무엇보다도 그 장래에 대한 걱정이 앞선다. 여자아이가 태어나면 좋겠다 생각한 것도 나름 여자아이라면 일찍 제 몫을 하는 어른이 되어 시집을 갈 테니까라는 생각도 들었던 사정에서였고, 남자아이가 태어난 데에는 그 점에서 답답한 기분이 들었다. 싫든 좋든 살아 있는 동안에 일을 해야 한다는 점이 매우 부담스러워 다소 자포자기하는 심정이 들지 않을 수 없었다.

그러나 우리 아이가 개보다도 귀엽다고 생각하게 되자 불안도 답답함도 점점 희미해졌다. 딱히 꿋꿋하게 살며 일할 자신이 생긴 것은 아니나 왠지 그저 막연하게 자신이 생긴 것이다.

무엇보다도 아이가 태생이 아주 건강해서 병적인 점이 없는 것이 내게는 기적처럼 생각되어 그게 자신감을 준 건지도 모른다. 아무튼 나는 자신이 매독에 걸리지나 않았을지 장애를 가진 아이가 태어나지나 않을까, 태어날 때부터 정신 이상으로 어머니를 발로 차 넘어뜨리고 아버지에게 갑자기 덤비는 요괴가 태어나지나 않을까라고 최악의 일만 생각하고 있었다. 그러니 착한 아이가 태어나 그 아이를 어떻게 키워 어떻게 할지와 같은 세상 사람들이 보통 생각하는 일은 전혀 염두에 두고 있지 않았던 것이다. 그런 착한 아이는 태어날 전망이 없다고 다소 절망적으로 단정했던 경향이 있었다. 따라서 보통 아이가 태어났다라는 점만으로도 내게는 이미 기적처럼 생각되어 그 점만으로도 자신이 생겼는지 모른다.

정말이지 내게 아이가 생겼다는 것은 지금 생각해도 기적이라는 생각이 든다. 내게도 이런 남들과 다르지 않은 일이… 라고, 묘한 기분에 휩싸인 일이 종종 있다. 그리고 지금은 아이의 아버지가 된 것을 기쁘게 생각하고 있다. 처음에는 그렇게 생각하지 않았다. 아이의 탄생은 거짓말이라는 생각만 들었다. 내 아이라니, 말도 안 된다는 기분이 강했던 것이다.

아이가 막 태어났을 무렵에는 개가 아이에게 적의를 가지고 물어뜯으려고 했기에 애를 먹었다. 그래서 개를 막을 대책을 세워 아이를 거실 한구석 골방에 안전하게 둘 필요가 있었으나,

그러나 당시 내 자신이 언제 아이를 목 졸라 죽일지 내심 그 불안에 괴로워했다. 다른 사람에게 말할 수 없는 괴로움이었다.

그 괴로움이 지금은 사라졌고 단지 애정만으로 아이를 안는 기분에 익숙해졌기 때문에 이것도 매우 안심이 된다. 또 개도 점점 아이를 사랑하게 되어 이제 적의가 없어졌기에 이것도 안심이었다.

생후 5개월 반이 지난 아이는 발육이 순조롭고 여러 면에서 나보다도 정상인 것 같다. 나는 그러나 아직 이 아이에게 아무런 기대도 하지 않는다. 어떤 식으로 성장했으면 하는 생각도 떠오르지 않는다. 그저 제대로 자라 주기만을 바랄 뿐이며, 아이가 태어난 것에 무엇보다도 깊이 감사하고 싶은 마음이다.

문학의 고향

샤를 페로의 동화 「빨간 모자」는 유명한 이야기입니다. 이미 아시는 분도 계시겠으나 줄거리를 말씀드리자면 빨간 모자를 쓰고 다니는 귀여운 소녀가 평소처럼 숲속의 할머니 집을 찾아가자 늑대가 할머니로 분장해 있다가 빨간 모자를 우적우적 잡아먹어 버렸다는 이야기입니다. 정말로 그것뿐인 이야기입니다.

동화에는 대개 교훈, 모럴과 같은 것이 존재합니다만 이 동화에는 전혀 없습니다. 따라서 그런 의미에서는 모럴이 없는(Amoral) 이야기입니다. 프랑스에서는 아주 유명한 동화이고, 그런 예로 자주 인용된다고 합니다.

동화만이 아닙니다. 모럴이 없는 소설이란 게 있기나 할까요. 소설가도 모럴을 생각하지 않고 소설을 계속 쓸 수 있다고는 상상하기 힘듭니다.

대부분의 동화는 모럴에서 시작합니다만 이들 가운데 전혀 모럴이 없는 작품이 존재합니다. 게다가 300년이나 그 생명력을 유지하며 많은 아이들과 어른들의 마음속에 엄연히 살아 있습니다.

샤를 페로는 「신데렐라」나 「푸른 수염」, 「잠자는 숲속의 공주」와 같은 널리 알려진 동화를 남겼는데 나는 이런 대표작과 함께 「빨간 모자」를 정말이지 애독했습니다.

아니, 「신데렐라」나 「푸른 수염」은 동화의 세계를 그린 작품으로 사랑했는데, 오히려 어른들의 살풍경한 마음을 가진 나는 왠지 「빨간 모자」에서 잔혹한 아름다움을 느끼고 강렬히 이끌렸습니다.

무척 사랑스럽고 마음이 상냥하며 모든 미덕만을 갖춘 못된 구석이라고는 전혀 없는 가련한 소녀가 숲속에 사는 할머니에게 병문안을 갔다가 할머니로 분장한 늑대에게 우적우적 잡아먹혀 버립니다.

우리들은 갑자기 이 대목에서 내쳐져 홀로 남겨진, 뭔가 잘못된 느낌이 들어 당혹감에 어쩔 줄 몰라 합니다. 하지만 느닷없이 한 방 얻어맞고, 툭 잘린 공허한 여백에서 아주 고요하면서도 투명한, 일종의 애달픈 '고향'을 보는 것은 아닐까요.

그 여백 속에서 펼쳐져 나의 눈에 스며드는 풍경은 가련한 소녀가 단지 늑대에게 우적우적 잡아먹히고 있다는 잔혹하고 꺼림칙스러운 풍경이지만, 그것이 나의 마음에 감동을 주는 방식은 다소 감당할 수 없는 절실한 것이기는 해도 결코 불결하거나 불투명한 것이 아닙니다. 뭔가 얼음을 꽉 껴안고 있는 애달픈 슬픔, 아름다움입니다.

또 하나 다른 예를 들어 볼까요.

이것은 '교겐'에서 상연하는 이야기 중 하나인데 다이묘가 다로카자[1]를 데리고 사찰에 불공을 드리러 갔습니다. 갑자기 다이묘가 사찰 지붕의 오니가와라[2]를 보고 그만 울기 시작해서 다로카자가 그 연유를 여쭙자 다이묘는 저 오니가와라가 너무나 자기 마누라를 꼭 닮아서 보면 볼수록 슬펐다라고 말하고 그저 우는 것입니다.

정말로 단지 이뿐인 이야기입니다. 사륙판의 책으로 대여섯 줄밖에 안 되며 '교겐'에서도 가장 짧은 것 중 하나이지요.

이것은 동화가 아닙니다. 교겐은 진지한 예능인 노의 막간극으로서 한숨 돌리는 잠깐의 재미를 선사하는 공연으로, 관객을 와하고 웃기며 기분을 전환시켜 주면 그것으로 충분합니다. 하지만 이 교겐을 보고 와하고 웃고 말지 어떨지. 하긴 이런 어중간한 단막극 같은 교겐을 실제 무대에서 할 수 있을지 어떨지 모릅니다만 결코 무심하게 웃을 수만은 없겠지요.

이 교겐에도 모럴—혹은 모럴에 상응하는 웃음 따위는 없습니다. 절에 기도하러 왔다가 도깨비 형상의 용마루 기와를 보

1 교겐에서 주역의 보조 역할을 하는 인물.
2 용마루 양 끝에 있는 도깨비 형상의 큰 기와.

고 마누라가 생각나서 울었다라고 하는, 과연 명확한 골계로 일단 웃지 않을 수 없는데 동시에 갑자기 내쳐지지 않고는 있을 수 없습니다.

나는 웃으면서도 어쩐지 이상하지 않나, 대체 어떻게 하면 좋지…라는 기분이 되어, 도깨비 형상의 용마루 기와를 보고 운다는 이 사실이, 홀로 내쳐진 뒤의 감정 전부를 사로잡아서 평범함이나 당연함 따위를 훌쩍 뛰어넘는, 놀랄 만한 엄숙함이 밀려드는 통에 그만 관념의 눈을 닫는 듯한 기분이 들었습니다. 도망치려 해도 도망칠 수 없습니다. 우리들이 그걸 깨달았을 때에는 도무지 제압되지 않을 수 없습니다. 숙명과 같은 것이라기보다도 더 묵직한 느낌이 드는 어쩔 도리가 없는 상황입니다. 이것 또한 역시 우리들의 '고향'일까요.

그래서 나는 이렇게 생각하지 않을 수 없습니다. 즉 모럴이 없다거나 내친다는 것은 문학이 아닌 것처럼 생각되지만, 우리들이 살아가는 길에는 이와 같은 절벽이 있는데 거기서는 모럴이 없다는 것 자체가 모럴이라고.

말년의 아쿠타가와 류노스케의 이야기입니다. 가끔 아쿠타가와 집에 왔던 농민 작가—이 사람은 정말로 소작농 생활을 하고 있는 사람인데, 언젠가 원고를 가지고 왔습니다. 아쿠타가와가 읽어 보니, 어떤 농민에게 아이가 생겼는데 빈곤 때문에 만약 키운다면 부모 자식 모두 쓰러질 수밖에 없어서 오히려 키우지 않는 게 모두를 위해서도 그 자신을 위해서도 행복할 거라는 생각에 태어난 아이를 죽이고 석유통엔가 넣어 묻어 버렸다는 이야기가 써 있었습니다.

아쿠타가와는 이야기가 너무 암울해서 어찌할 수 없는 기분이 되었는데 그의 현실 생활에서는 가늠하기 쉽지 않은 이야기여서, 대체 이런 일이 정말로 있을까 하고 물었던 것입니다.

그러자 농민 작가는 무뚝뚝하게 그것은 내가 했던 일을 쓴 거라 말했고, 아쿠타가와가 깜짝 놀라 멍하게 있자 "당신은 나쁘다고 생각하나 보지"라며 다시 무뚝뚝하게 물었습니다.

아쿠타가와는 그 질문에 답할 수 없었습니다. 무엇에 대해서든 다 말할 수 있는 다재다능한 그가 대답할 수 없었다는 점, 그것은 성실한 생활 태도와 문학과 말년의 그가 비로소 보조를 맞췄다는 것을 말해 준다고 생각합니다.

농민 작가는 이렇게 말문을 막히게 하는 어려운 '사실'을 남기고 아쿠타가와의 서재에서 사라졌습니다. 이 손님이 사라지자 그는 갑자기 내쳐져 홀로 남겨진 기분에 사로잡혔습니다. 단지 홀로 내쳐졌다는 기분이 들었던 것입니다. 그는 문득 2층으로 올라가 아무런 까닭 없이 대문 쪽을 바라보았다고 합니다. 하지만 농민 작가의 모습은 이미 보이지 않았고, 초여름의 녹음이 우거져 있을 뿐이었다는 이야기입니다.

이 수기(手記)라고도 말하기 어려운 원고는 아쿠타가와가 죽은 후에 발견된 것입니다.

여기에서 아쿠타가와가 홀로 내쳐진 기분에 사로잡히게 한 것은 역시 모럴을 넘어선 것입니다. 아이를 죽이는 이야기가 모럴을 초월하는 이야기라는 의미가 아닙니다. 그 이야기에 전혀 중점을 둘 필요가 없습니다. 여자들의 수다든 동화든 뭘 가져오더라도 상관없지요. 어쨌든 하나의 이야기가 있는데, 그건 아쿠타가와가 상상도 할 수 없는 사실이기도 하고 대지에 뿌리를 내리고 있는 생활이기도 했습니다. 아쿠타가와는 그 뿌리내린 생활에 홀로 내쳐진 것이지요. 그의 생활이 뿌리내려 있지 않았기 때문인지도 모릅니다. 설령 뿌리가 내려 있지 않았다 해도, 뿌리내린 생활에 내쳐진 사실 자체는 훌륭하게 뿌리내린 생활입니다.

즉 농민 작가가 내친 것이 아니라, 아쿠타가와가 내쳐진 것입니다. 그 사실이 아쿠타가와의 뛰어난 생활을 말해 줍니다.

만약 아쿠타가와처럼 작가가 홀로 내쳐진 생활을 알지 못하면 「빨간 모자」든 교겐이든 만들어 낼 일은 없겠지요.

모럴이 없는 지점, 홀로 내쳐진 곳, 나는 이것을 문학의 부정적인 태도라고 생각하지 않습니다. 오히려 문학의 건설적인 것, 모럴이라든가 사회성과 같은 것은 이 '고향' 위에 서야 한다는 생각이 듭니다.

다른 하나 좀 더 알기 쉬운 예로 『이세모노가타리』[3]에 나오는

3 10세기 무렵에 성립된 작가 미상의 125편의 단편으로 구성된 소설. 각각의 이야기에 앞서 전통 시가 먼저 배치되고 그 시를 둘러싼 이야기가 전개되는 형식이다.

한 이야기를 들어 보지요.

옛날에 어떤 남자가 한 여자를 연모해서 자꾸 말을 걸며 구애했으나 여자는 대꾸도 하지 않습니다. 이윽고 3년이 되어 그렇다면 함께 살아도 좋다는 여자의 말에 남자는 날아오를 듯 기뻐한 나머지 곧 사랑의 도피를 하기로 하고, 둘이서 도성을 빠져나갔습니다. 낡은 나루터를 건너 들판에 다다랐을 무렵에는 밤이 깊었고, 게다가 천둥이 치며 비가 내렸습니다. 남자는 여자의 손을 끌며 들판을 쏜살같이 달려 나갔습니다만, 번개에 아름답게 빛나는 풀잎의 이슬을 보고 여자는 손에 이끌려 달리면서 저건 뭐야?라고 물었습니다. 그러나 남자는 초초한 심정에 대답을 할 겨를도 없습니다. 드디어 황량한 집 한 채를 발견하고 뛰어들어 여자를 벽장 안에 넣고 도깨비가 나타나면 한 방 먹여 주려고 창을 가지고 벽장 앞에 딱 버티고 서서 지키고 있었습니다. 하지만 그럼에도 불구하고 도깨비가 와서 벽장 안 여자를 잡아먹어 버리고 말았습니다. 공교롭게도 그때 천둥이 사납게 계속 쳤기 때문에 여자의 비명도 들리지 않았습니다. 날이 밝아 남자는 비로소 여자가 이미 도깨비한테 잡아먹혔다는 것을 알아챘습니다. 그래서 풀잎의 이슬을 보고 저건 뭐지라고 여자가 물었을 때 이슬이라고 대답하고 함께 사라져 버렸다면 좋았을 걸이라는 노래를 부르고 울었다는 이야기입니다.

이 이야기에는 남자가 단장의 노래를 부르고 울었다는 감정이 더해져 독자는 홀로 내쳐졌다는 생각을 하지 않고 끝납니다.

허나 그럼에도 불구하고 이것도 모럴을 넘어선 지점에 있는 이야기 중 하나겠지요.

이 이야기는 3년이나 구애한 끝에 겨우 소원을 이룰 순간에 보기 좋게 도깨비한테 당하고 말았다는 대조의 교묘함과, 손을 잡고 깜깜한 밤중의 황야를 달리는 와중에 여자가 풀잎의 이슬을 보고 저건 뭐냐고 물었을 때 남자는 오로지 달리느라 대답조차 할 수 없다—이 아름다운 정경을 남자의 비탄과 서로 연결한 문장의 기교로 인해 보석처럼 아름답게 완성되었습니다.

즉 여자를 생각하는 남자의 정열이 격하면 격할수록 여자가 도깨비에게 잡아먹힌다라고 하는 참혹함이 살아나며, 남자와 여자의 사랑의 도피 행각이 아름답게 다가오면 다가올수록 마찬가지로 참혹함이 살아나는 것입니다. 여자가 악독한 성격이거나 남자의 정열이 부족하면 이 참혹함은 있을 수 없습니다. 또 풀잎의 이슬을 가리키며 저건 뭐냐고 여자가 물어도 남자는 대답을 할 겨를도 없다는 하나의 삽화가 없으면 이 이야기의 가치는 거의 사라질 것입니다.

즉 단지 모럴이 없다, 그저 내친다는 것만으로 간단하게 이 처절하며 고요한 아름다움은 생기지 않을 테지요. 단지 모럴이 없다, 내친다는 것만으로 우리들은 도깨비와 악인을 날뛰게 내버려 두어 이야기 몇 개인가를 쉽게 만들 수 있습니다. 그런 간단한 문제가 아니지요.

이 세 이야기가 우리들에게 전해 주는 보석의 차가움과 같은 것은 뭔가 절대 고독 — 생존 그 자체가 잉태하고 있는 절대 고독이 아닐까요.

이 세 이야기에는 도저히 구원받을 길도 없고 위로받을 길도 없습니다. 도깨비 형상의 용마루 기와를 보고 울고 있는 다이묘에게 당신의 부인만 그런 게 아니라고 위로의 말을 해도 돌을 공중에 내던지는 것과 같은 허망한 노력에 불과하겠고, 또 여러분의 아내가 미인이더라도 이 교겐을 이해할 수 없는 성질의 것도 아닙니다.

그렇다면 생존의 고독이나 우리들의 고향이라는 것은 이렇게 참혹하며 구원의 길이 없는 것일까요. 나는 아무래도 참혹하고 구원의 길이 없다고 생각합니다. 이 암흑의 고독에는 아무리 봐도 구원할 길이 없습니다. 우리들 살아 있는 몸은 헤매면 구원의 집을 기대하고 걸을 수 있습니다. 그렇지만 이 고독은 항상 광야를 헤맬 뿐, 구원의 집을 예기할 수조차 없습니다. 그래서 최후에는 참혹한 것, 구원이 없다는 것만이 유일한 구원입니다. 모럴이 없다는 것 자체가 모럴인 것처럼 구원이 없다는 것 자체가 구원인 것입니다.

나는 여기에서 문학의 고향, 혹은 인간의 고향을 봅니다. 문학은 여기에서부터 시작된다고 나는 그렇게 생각합니다. 모럴이 없는 이러한 내치는 이야기만이 문학이라는 것이 아닙니다. 아니, 나는 오히려 이러한 이야기를 그렇게 높이 평가하지 않습니다. 왜냐하면 고향은 우리들의 요람이긴 해도 고향으로 돌아가는 것이 어른의 일은 결코 아니기 때문에….

그렇지만 이러한 고향 의식·자각이 없는 곳에 문학이 있을 것이라고는 생각하지 않습니다. 문학의 모럴도 사회성도 고향 위에서 자라는 것이 아니라면 나는 결코 신용하지 않습니다. 그리고 문학의 비평도. 나는 그렇게 믿고 있습니다.

육체 자체가 사고한다

나는 사르트르에 대해서는 잘 모른다. 실존은 근거가 없고 부조리하며 추악하고 괴이한 것이라고 말한다. 인간은 이러한 하나의 실존으로서 표류하며 불안 공포의 심연에 있다고 한다.

"우리들은 기계적인 인간도 아니려니와 악마에 홀린 것도 아니다. 더 나쁜 것은 우리들이 자유롭다는 것이다." 실제로 자유라는 것은 막중한 부담이고, 행위의 자유라는 것을 직시한다면 인간은 그 더러움에 당연히 정나미가 떨어진다. 여기까지는 다들 알고 있는 바이지만 사르트르는 구원을 '무'에서 찾는다. 이것이 사르트르의 도박이다. 이러한 사상은 사상 자체가 도박이어서 그 자신의 일생을 건다. 사르트르의 매력은 사상 자체의 도박성에도 있다고 나는 생각한다.

사르트르는 소설이 아주 능숙하다. 이 소설을 그의 철학에 대한 해설로 보는 것은 잘못이다. 해설처럼 수준이 낮지 않다. 그의 사상은 육체화되어 소설 자체, 즉 이론과 떨어져서 실존하고 있는 것이다.

단편 「내밀」(1938)에 나오는 륄뤼의 남편은 성불구자다. 륄뤼는 남편과 싸우고 헤어져서 다른 남자와 호텔에 머문다. 그 남자는 기교가 뛰어나 륄뤼는 불타오르지만, 능수능란한 남자는 부담스러워 푹 빠지는 것도 싫고 륄뤼는 성불구자인 남편이 좋은 것이다. 그래서 호텔에 머물지 않고 하루만에 남편이 있는 곳으로 되돌아가고 만다.

이 소설은 윤리 같은 것을 한 구절도 말하지 않는다. 그저 육체가 생각하고 육체가 말하고 있다. 륄뤼의 육체가 성불구자의 육체를 이상한 방식으로 사랑하고 있다. 그 육체 자체의 언어가 말하고 있다.

우리들의 윤리의 역사는 정신이 육체에 대해 생각해 왔던 것이나, 육체 자체도 또한 생각하고 말할 수 있다는 것, 그러한 입장이 있어야 한다는 것을 사람들은 잊고 있다. 모르고 있었다. 생각해 본 일도 없었던 것이다.

사르트르의 「내밀」이 철두철미하게 그저 육체 자체의 사고만을 말하려고 하는 것은 일견 이지(理智)가 없는 듯하지만 사실 이지 이상으로 지적이며 혁명적 의미가 있다.

나는 이제까지 사르트르를 알지 못했다. 하지만 별개로 나 자신 육체 자체의 사고, 정신의 사고를 떠나 육체 자체가 무엇을 말하는가, 그 언어로 소설을 써야 한다. 인간을 다시 바라보는 것이 필요하다. 그것은 나만이 아닌 것 같다. 동서양을 막론하고 대체 인간의 정체라는 것, 모럴이라고 하는 것을 육체 자체의 사고에서 찾아야 한다는 생각이 우연히 일어난 것은 아닐 거라고 생각한다.

오다 사쿠노스케 군 등도 사고하는 육체 자체를 명확히 노리고 있는 것처럼 보인다. 그러므로 그의 글에는 모럴이 없다. 언뜻 보면 지성이 없다. 모럴이라는 것은 그다음에 와야 하는 것이기 때문에, 그 자체에 모럴이 없는 것은 당연하며 배덕이나 악덕 같은 자의식도 필요 없다. 사고하는 육체 자체에 그러한 것이 없기 때문이다. 지성적이지 않은 이 경우만큼, 지적인 것은 없다. 지성 이후의 것이기 때문이다.

앞으로의 문학이 사고하는 육체 자체의 언어를 발견하는 것에 달려 있다는 점, 이 진실의 발견으로 새로운 진실한 모럴이 비로소 있을 수 있음을 나는 확신한다. 하지만 이 길은 안이하게 이루어져서는 안 된다. 오다 군, 안이하게 해서는 안 된다네.

분열적 감상

내게 문학이란 나 개인만의 종교일지도 모른다. 원래 문학은 작가에게는 그 사람 개인의 종교와 같은 것이겠지만, 그렇다 해도 나는 원래부터 왠지 종교적인 자신의 체취를 느끼는 일이 많다. 유쾌하지는 않다.

나는 수년간 인도철학을 공부했으나 본래 승려가 되려는 생각은 추호도 없었고, 구원을 바라는 간절한 마음도 들지 않았다. 본래 나는 열여섯일곱 살 무렵부터 이미 소설 쓰기만을 염두에 두고 소설가 이외의 것이 되려는 생각 따위는 없었기에, 아마도 스님이 되려는 생각도 없었을 것이다. 어쨌든 지금 생각해도 그 원인이 짐작 가지 않을 정도로 그저 막연하게 마치 마력에 끌리듯이 불교 등을 공부했다. 원인은 알 수 없지만 한때 몹시 열심히 불교 관련 책을 찾아서 읽었다. 조금도 익혀지지 않았다.

내 수준이 얼마나 엉터리였는지는 다음과 같은 일을 회상해 보면 또한 알 수 있다. 역시 불교를 공부하고 있었던 무렵의 일인데 어느 날 한 장의 전단지를 봤다. 회교도의 선전물이었고 터키 정부인지 어딘지의 후원으로 1년 반 아랍어와 터키어를 가르쳐 주는데, 단 거기에서 배운 자는 회교도가 되어 메카·메디나의 순례를 가야 한다는 것이었다. 나는 그때 자칫하면 회교도가 될 뻔했다. 코란 한 권을 읽어 본 적도 없었으므로 교리 같은 것은 물론 한 줄의 지식도 없는 주제에 내 기분은 아라비아 사막을 넘어 메카·메디나로 향하고 있었다. 회교 광신자의 아라비아 순례라고 하면, 일사병으로 쓰러진 자가 무수하며 겹겹이 쌓이는 시체를 남겨 두고 앞으로 앞으로 나가는 것이라는데, 나 역시 그 시체 중 하나가 되더라도 개의치 않을 작정이었다. 이유도 원인도, 확실한 것은 전혀 떠오르지 않았다. 그저 나는 하마터면 회교도가 될 뻔했다. 반년 정도 줄곧 나쁜 생각을 이어가고 있었던 것이다.

나의 이러한 막연한 귀심(歸心)이라고나 할까 노스탤지어라고나 할까, 치열함이 타고난 듯 소설 「구로타니 마을」(黒谷村)은 거의 멍한 기분으로 썼다. 이런 멍한 기분으로 쓴 부분은 지금 다시 읽어 보면 모두 막연했던 마음의 그림자를 건드리고 있어 자연스럽게 드러나고 있는 듯하다.

나는 지금 『문예춘추』에 낼 「도망치고 싶은 마음」이라는 소설을 한창 쓰고 있는 중인데, 이 역시 그러한 것으로 아무래도 쓰지 않고는 배길 수 없는 것이다. 다소라도 깊어졌을 것이라고 나는 말할 수 없다. 요컨대 떠다니는 기류와 같은 것으로 깊어져야만 할 성질의 것이 아닌지도 모른다.

나는 수년 동안 이러한 마음의 그림자에 닿지 않는 삶을 보냈고, 관심사는 육체의 문제에 한해 있었다. 지금도 아마 그러하고 앞으로도 그럴 테지만, 과연 내 마음의 그림자와 육체의 문제는 지금 현재는 연결되지 않고 두 개의 존재로 보이며, 하나를 키우기 위해서는 하나를 포기할 필요가 있어 보인다. 하지만 내 마음속에서는 이 두 개가 충분히 관계를 맺고 있다. 그것을 따로따로밖에 표현하지 못하는 것은 나의 문학이 미숙한 탓으로 그 외의 이유는 전혀 없다.

한 가지 나는 지금까지 종합적이고 조직적인 수법만을 배웠는데 생각해 보면 내 마음의 움직임은 필연적으로 분열에 분열로 향한다. 요컨대 내게는 분열이 결국 종합을 의미한다는 것을 알게 되었다. 이 점은 필연적으로 문학의 형식에 영향을 미친다. 아니 오히려 형식 쪽이 마음의 움직임을 좌우하는 것으로 가장 중대하다고 생각한다. 그래서 나는 근본적으로 다시 시작할 필요를 통감하고 있다. 하지만 아직 제대로 된 생각이 완성된 것은 아무것도 없다.

완전히 정리되지 않은 사항을 나열해서 쓸모없을지 모르겠으나 일이 매우 바쁜 와중에 그 이외의 것에는 적극적으로 머리를 굴릴 여지가 없고, 문득 떠오르는 것만을 연달아 썼을 뿐으로 이 문장이 즉 분열의 표본이라고 생각하고 그나마 양해를 구하고 싶다.

고담의 풍격을 배격한다

'고담의 풍격'이나 '사비'(さび)[1]와 같은 것을 나는 인정할 수 없다. 이것은 요컨대 완전히 도피적인 태도로, 이 태도가 성립하는 반대편에는 인간이 본래 지닌 도리가 육체와 욕망과 생사의 갈등 속에 있으며, 사람은 늘 이런 갈등에 휘말려 번뇌하고 있음을 보여 주고 있다. 그런데 '고담 풍격'이라든가 '사비' 같은 것으로 인생을 대하는 태도는 이런 육체와 욕망의 갈등을 그대로 긍정하고 조금도 꾸며 대지 않고, 더욱이 자신은 그로 인해 상처와 고통을 받지 않음으로써 이를 궁극의 경지로 삼으려는 것이다. 자기중심의 뻔뻔함도 이 정도라면 장엄하기조차 해서 유쾌하다.

1 오래된 것에서 느껴지는 한적함, 호젓하고 한가로운 기분·느낌·생각, 그 안에서 느끼는 충만함, 편안함, 소박한 아름다움을 말한다.

'고담적인 태도'가 번거로움을 피해 산속에라도 숨어 고독을 즐기는 것 같은 단지 도피적인 것이라면 몰라도, 현세의 갈등을 그대로 긍정하고 자신은 거기에서 상처도 고통도 받지 않겠다는 뻔뻔한 경지가 되면, 요컨대 그 인생 태도의 근간을 이루는 한 구절은 스스로 한 일에 대해 후회하지 말지어다와 같은 태도일 테다. 스스로 행하는 것을 선이나 미로 강조하지 않는 대신, 악함이든 추함이든 후회하지 않는 것에 이러한 태도의 특색이 있다. 스스로 행하는 것은 다른 사람에게도 이것을 허락하라고 하면 매우 박애처럼 들리겠으나 사실은 그렇지 않고 이것만큼 삐뚤어진 에고이즘은 있을 리 없다. 자기에게 불리한 비판적 정신을 완전하게 제거하려는 것이기 때문에, 이것만큼 소박하며 아주 경멸할 삶의 방식은 달리 없다. 인생의 '고담 풍격'이란 스스로에게 고뇌의 씨앗인 비판적 정신을 묵살함으로써 생긴 풍격에 다름 아니다.

가와카미 데쓰타로 씨가 인간 수업이라고 말했던 것은 이러한 사이비 체념관을 지상으로 하는 경지에 대해 말한 것은 물론 아니나, 원래 이제까지 일본에서 정치가와 실업가 등이 인간 수업이라고 일컬어 소중하게 여겼던 것은 이러한 사이비 풍격이었다. 후회와 내성은 유치한 것이다. 매서운 자기비판으로부터 완전히 눈을 돌리며 '인간이 되었다'라는 듯, 마치 인생의 심오함에 철저한 듯한 장관이고, 참으로 외롭고 조용한 인도의 연각을 눈앞에서 보는 장엄함이지만, 근저에 있어서 이만큼 상대적으로 계산을 따지는 공리적 태도도 드물다. 뉘우쳐야 할 지점에서 뉘우치지 않으려는 지독한 이기주의인 것은 물론이고, 타인에게 용서받기 위해 타인을 용서하자라는 이러한 애들끼리 짜고 치는 듯한 순진한 도덕률이 마치 인생의 심오함을 성대하게 보여 주는 것으로 착각하는 것이 바보 같은 짓이다. 고담이라면 아무래도 구원받은 영혼을 보는 듯한데, 사실은 반대로 가장 공리적인 지독한 계산이 붙어 있다. 작은 성공에 만족해 고통 없이 사는 방법을 택하려는 뜻을 세우는 사람들에게 고담의 풍격이 지닌 눈속임은 구원처럼 보일지 몰라도, 진실로 고뇌하는 영혼에게 고담 풍격만큼 구제받을 수 없는 지독함은 없다. 갈등 속에서 고민하고 발버둥치는 육욕에 인색한 모습은 아무리 추악해도 고민하기 때문에 창백한 슬픔이 있다. 차라리 비통한 구원조차 느껴진다. 그런데 고뇌해야만 하는 데에서도 고뇌에서 눈을 돌린 고담 풍격을 접하고, 거기에서 그려지는 고담적 성욕의 광경을 보자면 고뇌하는 자의 창백한 슬픔이 없는 까닭에 한결같이 지독하다.

마사무네 하쿠초 씨의 「치인어몽」(痴人語夢)을 읽으니 그 시작 부분에 아리시마 다케오의 『어떤 여자』에 관한 이야기가 쓰여 있었다. 「치인어몽」의 주인공 문학청년 '그'는 『어떤 여자』가 다루고 있는 구니키다 돗포의 연애 사건에서 돗포가 여자를 등쳐먹는 모습을 토할 정도로 추악하다고 느낀다. 즉 『어떤 여자』 가운데 "요코를 확실히 차지했다는 의식에 사로잡힌 기베

(돗포)는 지금까지 조금도 요코에게 보이지 않았던 유약한 약점을 노골적으로 드러내 보이기 시작했다. 소설의 기베는 평범하면서 기개도 약하고 정력도 부족한, 요코에게는 무엇 하나 건질 것 없는 남자에 불과했다. 글 한 자 쓰지 않고 아침부터 저녁까지 요코에게 들러붙어서 감상적인 주제에 대단히 제멋대로이고, 하루하루의 생활조차 변변히 못하면서 만사를 요코에게 맡기고 그게 당연한 일인양 둔감한 도련님과 같은 생활 태도가 요코의 예민한 신경을 초조하게 만들었다. … 결혼 전까지는 요코 쪽에서 다가가 보았음에도 불구하고 숭고하게 보일 정도로 극단적 결벽가였던 그였는데 생각지 못하게 탐욕적이고 저열한 정욕을 지닌 자였고, 거기에 그 정욕을 빈약한 체질로 내보이려는 데에 가끔 직면해서는…"

이 부분을 읽은 그(「치인어몽」의 주인공)는 "탐욕적이고 저열한 정욕을 빈약한 체질로 내보이려는 광경을 떠올리자 토할 지경이었다. '청춘의 사랑'이라며 시로 읊거나 소설로 쓰인 것을 읽으면 너무나 아름다운 듯 보이지만 그 정체는 대개 빈약하며 추악한 듯하다. 사자나 표범과 같은 육체를 갖춘 맹수의 '청춘의 사랑'은 상상만 해도 장관이다"라고 느끼고 있는 것이다. 과거에 마사무네 씨가 쓴 것을 보고 이 사고방식은 작중 인물의 것이 아니라 마사무네 씨의 속내에 가장 가까운 것이리라 여겨졌다.

탐욕적인 정욕을 빈약한 체질로 내보이려고 하는 육욕의 모습에 토 나올 지경이라는 감각은 언뜻 결벽의 정신을 연상시키는 듯하나 실은 전혀 그렇지 않다. 고뇌해야 할 것에 고뇌하지 말자는 도피적인 사상에서 온 것으로, 자기 안에 내재하는 추함을 무리해서 건들지 말자는 것이다. 그가 이러한 '추함'을 느끼는 그 자체가 완전히 실체가 없는 공상적 편견에 사로잡혀 있는 것이어서, 진정 고뇌해야만 하는 것을 고뇌하는 인간에게는 추함도 아름다움도 불만도 없고 절실한 행위가 있을 뿐이다. 이러한 경우 공상적인 사변가의 시니컬한 결벽만큼 추하고 저열한 것은 없다. 실체의 탐구자, 혹은 실체와 싸우는 자에게 '행위'에 앞선 추함도 아름다움도 있을 수 없다.

마사무네 씨의 행적은 고행자처럼 그 수십 년의 작가 생활 동안 오로지 줄기차게 고뇌한 것과 같은 외양을 보이고 있다. 하지만 실제로는 마땅히 고뇌해야만 할 지점에서 고뇌하지 말자고 하는 도피적인 고뇌 방식으로만 계속 고뇌해 온 것이라고 나는 이해한다. 그런데 마사무네 씨는 소위 정치가와 실업가라고 하는 '도량을 갖춘 인간'만큼 완벽한 바보가 되기에는 지나치게 총명한 머리를 지녀 매서운 이지를 가지고 있기 때문에, 자기 도피적 인생 태도에 대해 때때로 자기 비판자 측에 서서 적어도 사변 속에서나마 도피적이지 않는 알몸이 되어 기세를 돋우려 한다.

"탐욕적이고 저열한 정욕을 빈약한 체질로 내보이려는 광경을 떠올리자 토할 지경이었다. '청춘의 사랑'이라며 시로 읊거나 소설로 쓰인 것을 읽으면 너무나 아름다운 듯 보이지만 그 정체는 대개 빈약하며 추악한 듯하다"라고 하는 부분까지는 마사무네 식 도피성의 자연스러운 결과로 우선 맞는 말이지만, 그 다음에 "사자와 표범과 같은 육체를 갖춘 맹수의 '청춘의 사랑'은 상상만 해도 장관이다"는 등 엄청 대단한 것처럼 말하는 것도 속을 들여다보면 알맹이가 전혀 없다. 이러한 공상적 사변가가 자기의 도피적인 인생 태도에 완전히 질려서 다소 끼를 부려 허세를 내보이는 것에 불과하다. 빈약한 육체의 정욕이 추하고 맹수의 성욕이 장관이라고 말하는 이러한 소년의 공상과 같은 경박한 사변가의 미의식이 내게는 아니꼬운 것이다. 육체의 고뇌에 정면으로 부딪혀 나가려고 하지 않고 머릿속으로만 도통하고 혹은 머릿속에서 완전히 도통한 마사무네 씨는 여전히 구원받지 못한 육체를 가지고 있다. 게다가 부당하게 그 육체를 추하다고 비하하면서 맹수의 성욕이 장관이라고 하는 경박한 역설로 농을 치며, 그래서 육체의 추함이 구원받은 것처럼 꼴사나운 깨달음에 계속 사로잡혀 있다. 이와 같은 도피성을 띤 가공적인, 그래서 우리들이 결코 도망할 수 없는 육체의 진실의 깊은 고뇌에는 아무런 구애도 받지 않고 왜곡된 사상에 의해 완전히 깨달았다고 생각하는 날조된 우매한 미의식으로 과거의 문학이 얼마나 지나친 해를 끼쳤는지 알지 못한다. 육체를 가지지 않은 고뇌는 진정한 고민이 아니다. 하물며 처음부터 육체를 추하다고 단정하고 그 잘못된 단정에 사로잡혀 거기에서 도피하여 눈을 돌리고 계속 고뇌한다. 그러한 공허한 고뇌 방식은 종교가라 하더라도 생각이 있는 사람이라면 부당하다고 할 것이다. 마사무네 씨의 인생은 과연 계속 고뇌했던 인생일지 모른다. 하지만 진정 고뇌해야만 하는 것에 고뇌하지 않았던 '동정주의자'(童貞主義者) 식의 고뇌에 불과하다. 그의 기질의 매서운 자기비판에 의해 그 동정주의자 식의 추한 괴상함이 다소 구원받은 것으로 생각하게 만들 정도의 꼬인 필력은 있을지라도, 결국 빈약한 육체의 정욕은 추하고 맹수의 성욕은 장관이라고 하는 바탕에 깔린 근거 없는 패러독스로 농치면서 은근히 위로하는 것에 지나지 않았던 것이다. 「치인어몽」 한 편이 곧 이러한 패러독스를 근간으로 한 작품으로, 스스로의 도피성에도 권태로웠던 마사무네 씨가 한껏 맹수의 대단한 기세를 돋울 만한 색기를 내보인 것일 테지만, 결국 제대로 땅에 닿은 육체의 고뇌와는 거리가 멀고 공허하며 상상된 인생의 단편을 살짝 드러내 보여 준 것에 불과하다.

도쿠다 슈세이 씨의 「여행 일기」는 서두에서 말한 '고담의 풍격'과 같은 문장의 대표적인 것이다. 여기에서 고담이라고 하는 것은 감추어서는 안 될 것에 눈을 감고, 고뇌해야만 하는 것에 고뇌하지 말자는 지독함과 완전히 동의적이다. 고뇌하지 않는 까닭에 구원받지 못하는 지독함이 나를 괴롭게 했다.

여하튼 제목에서도 알 수 있듯이 이 작품은 여행 일기로, 도쿠다 씨의 대표적인 작품은 아니라고 하면 그걸로 그만인 이야기이긴 하나 현재의 일본에서는 이러한 문장을 읽고 '고담의 풍격을 맛볼 수 있는 것'이라며 진중하게 대하는 독서인이 대세를 이루고 있다 생각하니, 내 소설이 볼품없는 것도 다 잊고 화가 나는 것이다. 제목대로 줄거리도 포인트도 없어서 읽지 않은 사람이 알 수 있도록 이야기하지 못하는 것이 아쉽다. 그러나 대충 이 작품의 줄거리를 말하면 이제 노경에 달한 아키라(融)라는 소설가가 주인공인데 병상에 있는 형님 부부를 병문안하기 위해 고향에 간다. 여명이 얼마 남지 않은 형님 부부가 자신의 죽음 따위는 이제 어찌 됐든 상관없고 단지 한쪽이 죽을 때까지는 어떻게든 살아서 돌봐 주고 싶다는 등의 심경 따위를 서로 이야기하고, 이윽고 무료해져서 따분해지는 가운데 조카의 권유대로 딸뻘의 나이 차이가 있는 도쿄의 정인에게 전화를 걸어 고향에 구경 오면 어떻겠느냐고 부른다. 여자가 왔기 때문에 조카에게 안내를 맡겨 마을을 보여 주고, 일단 형에게 소개해 주고 싶어서 형을 방문하거나 조카와 산책을 나간 여자가 얼굴이 빨개져 돌아왔기 때문에 술이라도 마시고 온 게지, 아니요 마시지 않았어요라고 문답을 주고받거나 하며, 요리를 먹으러 가기도 하고 온천에 가기도 하고 옛날에 아주 잘생기고 멋졌던 친구의 사진을 일부러 가져와서 여자에게 보여 주기도 하며 이 사람이 이제는 죽었다고 하기도 한다. 요컨대 이러한 식으로 이런저런 이야기를 제대로 '고담적으로' 기록한 것이다.

이 작품의 어디에 특별한 인생의 깊이가 있는지, 있다고 말하는 사람에게 그렇다면 어디에 그 깊이가 있냐고 일일이 정중하게 물어 배우지 않고서는 나는 전혀 납득이 가지 않는다.

우선 인물부터가 어느 한 사람 소위 중국 그림 남화(南畫)의 신품(神品) 풍으로 생동하는 묘사가 아니고, 딸과 같은 여자를 데리고 온천 등을 걷고 있는 노인의 모습에서도 인생의 깊이로 사람을 울리는 필력은 전혀 없다. 그러한 겉으로 드러나는 필력을 죽이고 거창한 묘사를 피하고 있는 점에 맛깔이 있다고 하는 것은 맞지 않다. 간략하게 요점을 짚고 있다고 한다면 간략한 것도 요점만큼의 작용을 하고 있겠으나, 이 작품의 간략한 필치는 전혀 인물을 살리지 못하고 있다. 적어도 농후한 필력을 이용했다고 하면, 이 이상으로 인물을 살리는 것은 용이한 일이라고 생각하기 때문이다. 인물을 살리지 않고서 생생한 인물 묘사 이상의 맛을 내고 있다고 말하는 것과 같은 공상적인 문장론은 의미를 갖지 못한다. 인물을 살리지 않는 묘사보다는 살리는 묘사가 좋은 것은 너무나 지당하다.

이 작품이 기록하고 있는 여러 가지 일들이 특별히 깊은 인생일 리도 없고 나이가 지긋한 주인공이 붉어진 얼굴을 하고 들어온 딸 또래의 정인에게 술을 마시고 온 것일 테지라고 느닷없이 사람들 면전에서 정색하고 문책하기도 하는 그러한 고백적이고 가식 없는 태도가 특별히 깊은 인생을 담고 있을 리도 없을 테다. 오히려 고백의 집요함과 진지함이 부족하다. 아니 양적으로 부족하지 않고 본질적으로 부족하다고 생각한다.

“또다시 수치심이 부족한 자신을 거기서 속속들이 드러내고 말았다.”

사람들 면전에서 여자를 힐문한 다음에 도쿠다 씨는 그저 한 줄만 덧붙인다. 정녕 자신의 오점을 잘 알고 있다는 듯, 그러한 것을 숨길 마음도 꾸밀 마음도 위장하려는 마음도 없다고 하는, 도가 튼 서술 방식이다. 이 정도로 고백해 버리면 나중에는 조금도 오점은 남지 않는다고 하는 듯 보인다. 도쿠다 씨의 심사가 과연 이와 같이 담백할지 정말 의문이다.

무료해서 따분해하던 중 조카가 와서 권하는 대로 도쿄의 정인에게 전화를 걸어 불러들이는 장면은 다음과 같이 쓰여 있다.

“그 사람을 부르시면 어떨까요?”

“아니야, 이번에는 병문안을 온 게야. 이 동네를 같이 와서 보고 싶어 하긴 했네만…”

“그럼 부르면 좋겠네요. 다시 볼 기회도 없을 테니까요.”

아키라는 그럴 때에 좀 성급한 성격이어서 결국 장거리 전화를 신청했는데, 이야기하고 있자니 곧 벨이 울렸고, 가서 수화기를 귀에 대고 “여보세요”라고 하자 곧 미요코(美代子)의 명랑한 목소리가 손에 잡힐 듯 들려왔다.

“…형편이 되면 와 보지 않을 텐가?”

“네, 갈게요.”

약속 시간을 정하고 전화를 끊었다.

정말이지 담담한 서술로, 작품 전체가 이와 같은 스타일로 쓰였다.

본래 대화라는 것은 말한 내용이 마음속 내용 전부가 아니라 말하지 못한 마음도 있고, 언어 이면의 마음도 있고 거기다 이중 삼중으로 얽힌 복잡함이 숨어 있다는 것은 말할 것도 없다. 때문에 말한 것만 쓰인 희곡에서는 일상 그대로의 추세를 보이는 장황한 대화는 안 된다. 마음속을 추측하기 편리한 조합으로 입체적인 대사를 구성한다. 그러나 도쿠다 씨의 「여행 일기」의 경우 대화가 결코 이와 같은 입체적 조합으로 구성되어 있지 않다. 단지 일상 있는 그대로 평면적인 것을 그려서 일부러 이면을 모르게 하듯 추려 낸다. 마치 초등학생의 작문에 가깝게 하려는 고의적 단순함을 자랑하며 독자 앞에 내던진다. 거기다 대화의 이면에 대해서는 전혀 설명을 덧붙이려고 하지 않는다.

과연 대화의 이면에 아무것도 없는 것일까? 그러나 쓰인 이상 억지로 설명하고 반성해야만 할 것은 없다고 도쿠다 씨는 말하고 있는지도 모른다. 하지만 그렇다고 하면 문제는 저절로 달라진다. 겉도 속도 고뇌도 없고 단지 일상생활의 표면만을 더듬어 가서 기록하고 보고하는 이와 같은 글은, 이것은 작문이지 소설이라고 할 수 없다. 소설이란 보고에 머무는 서사문이 아니다. 겉도 속도 없는 대화로 단지 사건의 보고에 머무는 데 그친다면 소설의 경우 이것을 장황하게 연이어 쓸 필요도 전혀 없을뿐더러 "조카가 권하기에 전화를 걸어 여자를 불렀다"와 같이 한 줄만 쓰면 그만이다. 대화의 행간에 속을 내비치는 무엇도 없고 하물며 대화가 있기 때문에 인물의 면목이 또렷해지는 효능도 없다면, 이 한 장면은 쓸데없고 나아가 소설 전체가 초등학생의 작문 정도일 뿐이다.

도쿠다 씨의 눈이 자신의 마음속으로 향해서 이 이상 깊이 들어가는 것을 피한다면 당연히 이것은 초등학생의 작문과 비슷하다.

딸이나 다름없는 연인을 갖는 것, 조카가 권유하는 대로 도쿄에서 연인을 부른 것, 다소 질투를 한 것, 그러한 것이 언뜻 꾸밈없이 거짓 없이 숨김없다는 듯이 쓰여 있다. 하지만 꾸밈 없이, 거짓 없이, 숨김없이 쓰여 있지만, 꾸밈없고, 거짓 없고, 숨김없는 까닭에 이렇게 맨몸으로 빛을 구도하며 방황하는 고난의 행자의 모습은 조금도 없다. 뿐만 아니라 꾸밈없고 거짓 없는 까닭에 구원받은 안도자의 고요한 모습이 있는가 하면 전혀 그렇지도 않다. 고뇌해야 할 것을 고뇌하지 않는 것의 오직 지독함만 있을 뿐으로 자신의 행위를 모두 당연시하며 긍정하고, 마찬가지로 타인의 것도 긍정하고 이로써 타인도 자신의 모습을 그대로 긍정하게 하려 한다. 긍정이라는 교묘한 약속을 암암리에 강요함으로써 상처와 고통을 갖지 않겠다고 한다. 결국에는 내성과 비판조차 오직 새파랗고 미숙한 것으로 생각해 버리려 한다. 「여행 일기」 한 편의 저변에 작동하는 도쿠다 씨의 작가적 태도는 이 이상의 아무것도 아니다.

앙드레 지드와 같이 지긋이 나이가 들어서도 더욱 개체를 앞세워 몸부리치고 발버둥치며 때로는 마치 열일고여덟의 소년을 보는 것처럼 열광하는 모습을 보이기도 하는데, 이것이 작가의 진짜 모습이 아닐까. 나이를 먹어도 육체가 없어질 리 없고 다소 성욕의 감퇴가 있더라도 개체에 얽히고설키는 고뇌까지 없어지리라고는 꿈에도 생각할 수 없다. 일본의 충성스럽고 선량한 작가들이 나이를 먹음에 따라 고뇌하는 횟수를 현저히 줄인다는 것은, 줄인다라는 부당한 행위를 암암리에 이용해서 혹은 알아채지 못하는 전통의 기풍에 의해 그렇게 따르게 하려는 것으로밖에 생각되지 않는다.

에도시대의 미의식 '쓰'(通)[2]라는 말은 당시의 문인이 애호했던 말이며, 전반적으로 일본문학의 전통적인 기풍은 적당한 정도를 보아 끊고 잘 다시 회수해 의리(義理)에 수렴시키려 한다. 기개 있는 마음가짐을 보여 주는 지점을 이상(理想)으로 보는 듯하다. 현재 생활이 어려운 때에 이르러 각자 상당히 니힐리스트가 되면서도 니힐리스트와 같은 미의식 '쓰'만은 잊지 않는 점이 불가사의하다.

마사무네 하쿠초 씨였던가 일본인이 일본 취향을 싫어하는 것은 부당하다고 말했던 것 같으나 일본 취향이라 해도 옛사람

2 세상 물정이나 유곽의 취향에 정통해 인정의 기미를 아는 세련됨.

의 문장에 배어 있는 이러한 '기개 있는 마음가짐'을 싫어하는 것이라고 하면 더할 수 없이 너무나 당연한 일이라고 생각하지 않을 수 없다. 한마디로 서양을 '버터 냄새'라고 말하지만 나이 먹어서 더욱 느끼하며 지독한 체취를 내뿜는다는 의미이기도 해서 버터 냄새야말로 작가가 취해야 할 길일 것이다.

나이가 들면 사리분별이 좋아진다고 하지만 갑자기 타인에 관해 생각하며 욕심이 없어진다는 등의 수렴 방식은 신용할 수 없다. 인간은 살아 있기 때문에 죽을 때까지 가지고 태어난 신체가 하나인 이상, 고작 자기 한 사람을 위해서라도 욕심 내는 삶의 방식을 취해야만 한다. 지독하리만큼 철두철미한 에고이즘에서 나오지 않는다면 훌륭한 그 무엇이 생겨날 리 없다. 사회조직의 변혁도 철저한 에고이즘을 토대로 한 게 아니면 결국 이도 저도 아닌 게 되고 만다고 나는 생각한다. 속내를 들여다보면 누구나 자기 혼자다. 자기 혼자의 목소리를 공허한 이상과 사회적 관심 따위에 앞서가는 방해물로 치부하지 말고, 귀를 기울여 제대로 분별해 들어야만 한다. 자기 속내를 잡음 없이 듣는 것마저 오늘날 우리에게는 매우 지난한 일이라고 생각한다. 일본의 선배 중 이 고난의 길을 일관되게 걸었던 사람은 에도시대 작가 이하라 사이카쿠(井原西鶴)[3] 외에 나는 알지 못한다.

3 1642년에서 1693년까지 살았다고 알려진 소설가. 『호색일대남』을 비롯한 '호색' 관련 작품이 있으며, 에도시대 당대의 상인, 무사 계급의 생활상을 담은 작품도 있다.

'가쇼'의 문화

라쿠고(1인 만담극)의 전통적인 형식을 깬 가쇼(三遊亭歌笑, 1916~1950)와 같은 남자는 나의 반생에서도 우선 긴고로(柳家金語楼, 1894~1949), 또 같은 시기의 고산지(제7대 柳家小三治, 1902~1977)—지금 다른 이름을 쓰나 생각나지 않는다—와 같은 사람이 있었다. 긴고로는 군인 이야기를 다룬 라쿠고, 고산지는 역사물『겐페이 성쇠기』등을 새롭게 읊었다. 내가 처음 그들의 라쿠고를 들었던 때가 중학생 무렵으로, 그들은 나와 거의 동년배인데 어느 정도 나이도 나보다 많지 않을까 생각했다. 하지만 지금의 가쇼에 비하면 그 정도로 시대적인 관심은 불러일으키지 못한 듯하다. 그들의 화술을 비교해 보면 긴고로보다도 가쇼 쪽이 어느 정도 덜 노골적이고 어느 정도 시대의 흐름을 읽는 감각도 있었다. 긴고로는 젊었을 때부터 대머리를 자조적으로 팔았고 가쇼는 추남을 팔았다. 긴고로의 대머리는 외관을 나타내나 추남은 가쇼 라쿠고의 골격을 이루었고, 그게 없으면 가쇼의 라쿠고가 존재하지 않을 정도로 본질적인 문제와 연결되어 있었던 듯싶다.

긴고로와 가쇼를 비교하면 나는 주저 없이 가쇼가 낫다고 보지만 가쇼가 긴고로만큼 전도가 유망했는지 어떤지는 의문이다. 가쇼가 영화에도 출연해 성공하리라고는 전혀 생각할 수 없었기 때문으로, 두 사람 모두 라쿠고의 세계에서는 독특한 타입이었으나 그 정도로 시대 감각이 있었던 것은 아니고 게(芸)[1] 자체로서 결코 일류품이 아니다. 이류품도 아니다. 더 아래다.

긴고로가 라쿠고의 세계에서 새로운 타입으로 등장했던 무렵 게의 세계에서는 보다 차원이 다른 화려한 유행을 불러일으킨 아이돌이 있었는데, 그것이 무성영화였고 영화의 변사였다. 도쿠가와 무세이와 이코마 라이유(生駒雷遊, 1895~1964)가 인기의 최고 자리를 차지하고 있었고, 다른 무리들은 범접 불가로 서양 이야기는 무세이, 일본 이야기는 라이유였다. 중학생인 나는 무세이가 출연하는 영화관을 좇아다녔는데, 당시의 민심을 사로잡아 시대의 유행예술로는 라쿠고의 긴고로 등과는 비교가 되지 않는다. 게의 격도 다르다. 무세이는 유성 영화를 하다가 이후 만담에서 연극, 영화로 변신을 거듭하다 현재는 라디

1 다른 사람이 전혀 흉내 낼 수 없는 연기, 예능의 퍼포먼스 등의 솜씨를 말한다.

오의 일인자이며 글 솜씨도 아주 빼어나다. 모든 면에서 일본의 일류 예능인이나, 이에 비하면 긴고로와 가쇼는 차원이 다른 보잘것없는 삼류 정도에 지나지 않는다.

또 만담계에서는 새로운 바람을 일으킨 요코야마 엔타쓰(横山エンタツ, 1896~1971), 하나비시 아차코(花菱アチャコ, 1897~1974)가 있고 이 중 엔타쓰는 무세이에 필적할 만한 제일급의 존재이고 희극배우로서는 일류 중의 최고, 일류 천재라고 생각한다. 뛰어난 연기에도 불구하고 그 풍채와 일본에서 희극이라는 것의 위치를 생각해 보면 게에 상응해 매우 낮은 대우를 받고 있는 것이 안타깝다. 엔타쓰의 천재성과 시대 감각에 비하면 가쇼 따위는 금붕어와 지렁이 정도의 차이가 있고, 패전 후에 얻은 인기는 분에 넘치는 것일 테다.

그러나 라쿠고 배우가 가쇼를 가리켜 만담가라든가 라쿠고에서 어긋났다라고 하는 것은 우습기 짝이 없는 천만부당한 것으로 라쿠고에서 벗어난 길 따위가 있기나 한가. 라쿠고 그 자체가 사도(邪道)다.

라쿠고가 그 발생 시초에는 오늘날의 가쇼와 스트립과 재즈와 마찬가지로 시대적인 것으로 전혀 쓰(通)도 스이(粋)[2]도 아닌, 아마 당시의 스이와 쓰를 추구하는 노인 양반들한테는 마땅

2 유흥의 멋을 알고 사람의 기분을 잘 추찰하는 기질·태도·맵시.

치 않은 존재였을 테다. 즉 가장 세속적인 것이었고, 풍류를 즐기는 사람들의 눈살을 찌푸리게 한 탕녀와 같은, 오늘날의 팡팡걸같이 현실의 눈높이에서 대중에게 어필하고 있었던 것임에 틀림없다.

그게 점차 하나의 형태로 자리 잡히며 전승하는 동안, 시대적 관심과 감각을 전부 잃어버리고, 그 상실로 인해 시대적 감각이 없는 인간들로부터 쓰라는 둥 스이라는 둥 반대로 불리게 되었던 기형아가 라쿠고다.

메이지(1868~1912), 그리고 다이쇼(1912~1926), 쇼와(1926~1989)라는 터무니없이 비약적인 시대를 지나서 옛날의 틀에서 한 발짝도 더 나아가지 못하고 대중 속에 살아남으려는 억지의 억지로 스이라든가 쓰를 말하는 것은 이미 대중 속에 살아 있지 않다는 확실한 각인인 셈이다. 대중 속에 살아 있는 예술은 언제나 시대적이며 세속적이고 저속해서, 스이나 쓰 같은 시대에 뒤떨어진, 아는 체하는 이들이 싫어하는 존재인 건 당연하다.

라쿠고가 옛날처럼 서민 예술의 양상만을 띠면서 완전히 서민성과 시대성을 잃어버리고 있기 때문에 어느 시대에도 긴고로와 가쇼와 닮은 존재, 즉 시대 감각을 살리려고 하는 반역자는 당연히 앞으로도 항상 생겨날 것이다.

하지만 긴고로든 가쇼든 그들의 시대 감각은 너무나 유치하다. 라쿠고라는 창 안에서 밖을 바라보고 채용한 것에 불과해

산유테이 가쇼(좌), 야나기야 긴고로(우)

결코 시대를 창조하는 일급의 존재가 아니었다. 그러기에 앞으로 라쿠고의 세계에서 가쇼 이상의 신인이 나타날 것은 상상하기 어렵지 않다.

그러나 가쇼에게 하나의 독창성이 있다라고 한다면 그가 지닌 게의 배경에 명확히 골격을 이루고 있었던 추남의 비애였을 것이다. 그것은 기쿠치 간이 갖춘 골격보다도 더 뚜렷한 날것이었고, 그는 그것을 어쨌든 날것이 아닌 웃음으로 뒤바꿔서 성공했다.

그게 가쇼의 강점이었으나 그의 미래에는 이게 또 결정적인 비관적 인자를 이루고 있을 것이라 생각한다. 긴고로의 대머리는 사랑스럽고 영화의 웃음에도 적당하며 삼류의 익살스러운 조연으로서 통하겠으나 가쇼의 얼굴은 영화에는 적당하지 않다. 웃음을 유발하나 동시에 요괴와 같은 분위기가 감도는 얼굴이다. 이 얼굴을 영화에 살리려면 일류의 천재적 기질이 필요하나 가쇼는 그러한 천재성을 타고나지 못했다. 그의 얼굴을 영화에서 살리는 천성이 있다면 그건 이미 일류 중의 일류 예술가이기 때문에. 가쇼에게 이를 바랄 수는 없다. 그는 아까워도 적당할 때 죽었다고 할 수 있다.

대개 서민성을 완전히 떠나 뼈만 남은 기형아가 된 라쿠고이기 때문에, 결코 일류 예술가는 나타나지 않는다.

일류가 될 만한 인간은 처음부터 완전히 시대 속에 뛰어들어 있으며 재즈와 스트립과 같은 가장 세속적이고 저속함 속에서 자라나는 것이 정설이다. 호류지(法隆寺)[3]와 도쇼구(東照宮)[4]가 그러한 시대적인 저속함의 산물이었던 것처럼 라쿠고도 처음

3 일본에 있는 사찰로 세계에서 가장 오래된 목조 건축물이다. 금당, 가람, 탑 등 사찰에 있는 많은 것들이 국보로 지정되어 있고, 1993년에 세계문화유산에 등록되었다. 불교를 적극적으로 일본에 받아들이며 당시 정권을 이끌던 쇼토쿠태자에 의해 607년에 건립된 것으로 전해진다.

4 17세기에 황실 저택으로 교토에 지어진 건축물과 정원을 가리킨다. 총면적은 부속으로 딸린 것을 포함해 약 6만 9000평방미터로, 이 중 약 5만 8000평방미터의 넓이는 정원이 차지한다. 일본 최고의 아름다운 정원으로 일컬어진다. 사카구치 안고는 1942년에 쓴 에세이 「일본문화사관」을 "나는 일본 고대 문화에 대해 거의 아는 게 없다. 브루노 타우트(독일 건축가)가 절찬한 가쓰라리큐도 본 적 없다"라는 문장으로 시작한다. 서양 건축가의 일본 전통문화 찬미를 비판하며 일본문화는 전통이 아닌 일본인들의 삶이 숨쉬는 실제 생활 속에서 발견해야 한다고 말한다.

에는 그와 같이 태어났지만 라쿠고가 일류가 될 수 있는 건 시대와 함께 자라고 있었던 때만의 이야기다.

현대의 대표적인 건축은 호류지와 도쇼구를 모방해서 유겐(幽玄, 그윽함)과 풍류, 스이를 탐색한 데에서는 당연히 생겨나지 않는다. 보다 시대적으로 저속한 것, 실용적인 것이 후일에 호류지와 동일한 위치에 도달한다.

그러므로 무세이와 같은 일류 예능인이 변사라는 저속하지만 가장 절실하게 시대와 맞닿았던 세련되지 못한 데에서 생겨나 성장한 것은 이치에 맞다. 라쿠고와 같이 이미 시대와 동떨어진 것에서 일류가 나타날 전망은 보이지 않는다. 가쇼 이상의 신인은 출현할지 모르나 기껏해야 이류에 머물고 그 이상은 있을 수 없을 것이다. 당연히 그 이상일 수 있는 소질을 지닌 자는 분명히 더 저속하고 시대적인 것에 뛰어들어 살아가려고 할 테니까.

현대에서는 저속함과 선정적인 실용품에 불과했던 재즈와 부기우기가 이윽고 고전이 되어 모차르트와 쇼팽의 미뉴에트나 왈츠와 동일한 위치를 차지하게 된 것이다. 어떠한 우아한 고전도 그것이 과거에 진정 살아 있었던 때에는 저속한 실용품에 불과했다.

라쿠고의 신인에게 일류 예술을 바라는 것은 무리이며 또한 라쿠고의 고전적인 계승자에게 일류 예술을 바라는 것은 더더욱 무리다. 시대와 함께 호흡하지 않았던 일류 예술 따위는 있을 리가 없기 때문이다.

전통 예능인 인형조루리와 가부키, 노도 동일한 것이다. 스이와 쓰라고 하는 것에서 생동감 없는 명인 예술은 생겨날지 몰라도 정말로 민중의 삶과 함께 성장하는 일류 예술은 생겨나지 않는다. 우리들은 재즈와 스트립과 같이 시대적으로 가장 저속한 것 속에서 일류 예술을 기대할 것이다. 무엇보다도 많은 지망자와 절실한 생활 속에서 일류 예술은 생겨나기 때문이다. 일류 예술은 살아 있을 때에는 저속한 실용품에 불과한 것이나 고전이 될 때에는 예술의 이름으로 남는다. 살아가면서 반시대적인 스이와 쓰로 사랑받고 명인의 이름을 얻는 것은 살아 있는 유령에 불과하다.

나란 누구?

나는 근래 한 달 동안에 다섯 번이나 좌담회에 끌려 나가 난감했다. 생각하고 쓰는 소설가가 지껄인다 한들 제대로 된 말을 할 리가 없다. 저 녀석은 좋다든가 싫다든가, 바보 같은 짓이다.

문학가는 쓴 것이 다가 아니더란 말인가.

나는 좌담회에 나가고 싶지 않으나 이시카와 준이 한 발 앞서서 좌담회에는 나가지 않겠다고 선언했기에 동일한 간판을 내거는 것도 멋이 없기 때문에 어쩔 수 없이 나갔으나 제대로 된 건 없었다.

하야시 후미코와의 대담에서는 하야시 씨가 늦게 온 탓으로 올 때까지 위스키를 한 병 다 비워 술에 취했고, 다자이 오사무, 오다 사쿠노스케, 히라노 겐, 나 넷이서, 또 이어서 마찬가지로 다자이, 오다, 나 세 명이 하는 좌담회에서 모두 오다가 두 시간이나 늦어(신문 연재에 쫓겼기 때문에) 시작하기 전에 다자이와 나는 고주망태가 되어 나는 어느 좌담회든 처음 몇 마디만 을 기억하고 있을 뿐이다. 속기의 원고를 읽어 보니 취하면 되레 거짓말을 하고 있어서 이상했다.

상당히 무책임한 허풍, 호언장담이 뚜렷한데 독자는 기뻐했을 테고 나도 독자의 장난감이 되는 것은 원래 좋아하기에, 나는 아주 바보스럽게 행동한 것을 안타까워하지 않는다.

그렇지만 좌담회는 좋아하지 않는다. 그 이유는 문학은 말하는 것이 아니기 때문이다. 문학은 쓰는 것이다. 좌담회뿐만 아니라 좌담을 하는 것, 친구와 함께 말하는 것조차 나는 좋아하지 않는다.

나는 문단이란 곳에 들어가 그 일원이 되어 내가 스물일곱 살 때였던가 『문과』(1931)라는 잡지를 냈다. 발행은 슌요도(春陽堂), 잡지를 주재한 대표자는 마키노 신이치였고, 동인들로는 고바야시 히데오, 가와카미 데쓰타로, 나카지마 겐조, 가무라 이소타, 거기에 나도 포함되어 있었다. 이때 나는 마키노, 가와카미, 나카지마와 가장 많이 마셨다. 문학은 취해 이야기하는 것, 특히 서로 제압하는 것이 당시 유행 풍조로 나에게 그렇게 마시는 방법을 강요한 것은 가와카미였는데 나도 언젠가부터 문학가란 그런 사람인가 생각했다. 고바야시 히데오가 제일 목소리가 큰 논쟁가였고 그다음이 가와카미, 나카지마는 호인이며 호감 가는 청년이랄까. 마키노 신이치는 논쟁에 서툴고 취하면 오로지 자기 자랑이 전문으로, 무엇보다 그저 그런 기분으로 취하지 않는 기분파라서 그저 그런 기분일 때는 침울해 있다. 그가 취했을 때는 금방 안다. 우선 자신을 '마키노 씨'라고 '씨'를 붙여 부르고 자기 소설 자랑을 시작하기 때문이다.

술에 취해 상대의 문학을 제압하는 것을 당시의 용어로 '엥기다'(からむ)라고 말했다. 엥기거나 엥겨 붙거나 술을 마시면 엥기는 자, 엥겨 붙는 자, 그렇지 않으면 문학가가 아니라는 모양새. 나와 같이 원시적이며 소박한 실재론자는 어느새 물들어서 아하, 문학이란 그런 것인가라고 생각했을 정도니 한심하다. 나는 당시 나카지마 겐조와 마시는 것이 좋았다. 왜냐하면 겐조 선생만은 엥기지 않는다. 그는 취하면 한결같이 히죽히죽 자세를 흩트리지 않고 웃는 부처님으로, 말은 엄청 많아도 엥기지 않는다. 요컨대 무의미한 주정뱅이로 술이라는 것은 본래 무의미한 것이기에 그게 당연하다. 술을 마시고 정신이 고양되거나 영혼이 깊어진다니 그런 매우 어리석은 이야기가 있을쏘냐.

요즘 젊은 문학가 역시 '엥기다'식의 술 마시는 방식을 하고 있을까. 아마도 보다 영리해져 있을 것이다. 술은 본래 칠칠찮은 것이기 때문에 점잔 뺄 필요도 멋을 부릴 필요도 없으나 엥기는 것은 하지 않는 게 좋다. 본래 취해서 문학을 논하는 것이 좋지 않다. 술을 안 마실 때에도 문학은 논해서는 안 된다. 문학은 쓰는 것이고 그리고 읽는 것이다. 모든 것을 써라. 그러므로 읽는 것이다. 떠드는 본인은 혼이 빠진 껍데기일 것이다. 이 정도로 확실한 것은 없다.

그러므로 문학가의 좌담회는 본래 수필과 같은 것이어야만 하고, 문학을 말하는 것 등은 아주 좋지 않다. 독자가 그러한 곳에 문학이 널려 있다고 생각하면 큰일이고, 문학은 항상 생각하는 것으로 쓰이고 태어나는 것이기 때문이다.

좌담회는 읽을거리이고 수필과 같고 만담과 같은 것이어야만 한다. 하기야 다른 직업을 가진 사람들의 좌담회에 관해서는 나는 알지 못한다.

문학가가 심각한 표정을 짓는 것은 서재 안에서일 뿐이고 일을 떠났을 때에는 평범한 인간임에 당연하다.

게다가 우선 심각함과 같은 것은 본인의 기분에 따른 것에 불과하기 때문에 문학은 문학 그 자체로 존재하는 이외 아무것도 아니다.

목욕재계하거나 단정하게 앉아 써야만 하는 성질의 것도 아니다. 양반다리를 하거나 나뒹굴며 쓰거나, 요컨대 잘 쓰는 것만이 전부일 뿐 요즘같이 석탄 난로도 스토브도 없는 겨울에는 이불을 뒤집어쓰고 쓰는 이외는 어쩔 도리가 없을 것이다. 그걸 갖다가 추위에 지지 말고 단정하게 앉아서 쓰는 게 심각함과 같은 것으로 생각하면 매우 어리석은 짓이며 정말이지 허풍과 같은 이야기다.

문학이라고 하는 것은 아주 저속한 일이다. 인간 자체가 저속하기에 그 인간에 오로지 초점이 맞춰져 있는 문학이 저속한 것은 당연하다.

재미있는 것을 쓰려고 한다든지 많은 이들에게 호응받고 싶다든지, 그것대로 괜찮지 않은가. 작가 정신이니 "어떻게 살 것인가" 하는 것들은 내 가슴속에서 타오르는 것만으로 족하지, 다른 데 과시할 필요는 없다. 누구에게도 보일 필요는 없고, 남에게 꼭 알려야 할 필요도 없다.

스탕달 선생은 "나의 문학은 50년 후에 이해될 것이다"라고 말했는데, 정말 50년 후에 유행했고 생전에는 그다지 받아들여지지 않았다고 한다. 포는 궁핍으로 죽었고, 다쿠보쿠는 빈곤에 힘들어했다.

그러나 빈곤이란 전혀 심각한 것이 아니다. 다락방의 시인 보들레르는 셔츠만은 언제나 순백의 것을 몸에 걸쳤다. 그러한 것은 요컨대 자장가, 아니 콧노래. 결벽과 같은 것이 아니다. 보들레르 선생은 쾌활했다.

세상에 이해받지 못하는 것이 어디 문학뿐이랴. 사람의 모든 숙명이 그렇지 않은가. 모든 사람이 이해받기를 원하기에 결코 이해받지 못한다. 아니 나 자신이 나 자신을 모른다.

이해받을 수 없는 것은 분명히 서글플지도 모른다. 나도 서글플 때가 있었다. 그러나 문학가, 예술가이기에 특별히 그렇다는 것은 없다. 인간 모두 마찬가지. 그뿐 아닐까.

나는 40년 동안 아무도 읽지 않는 소설을 썼고, 그야말로 전형적인 다락방 시인(나는 3년간 정말로 다락방에서 살았던 적도 있다)이었다. 마키노 신이치는 야반도주를 한 적도 있고, 일가 모두 다른 집에 얹혀살고 있다는데 그 집에 내가 식객으로 갔다. 식객의 식객이라니, 진귀하다. 그렇지만 매우 편하다. 그도 그럴 것이 자신도 얹혀살고 있기 때문에 동정심에 또 식객을 돌보는 것이 대단했기 때문이다. 식객을 하려면, 식객에게 얹혀사는 것이 제일이다. 그러나 실제로 마키노 신이치만큼 식객을 소중히 여기며 보살핀 사람은 없다. 도요시마 요시오 선생이 그러한 점에서 마키노 씨와 닮았다는 생각이 든다. 도요시마 씨는 나에게 말한다. 자네, 놀러 오게나. 한밤중에. 갈 곳이 없을 때에. 그렇게 말한다. 이런 식으로 말할 수밖에 없는 도요시마 씨는 외로운 사람이다. 본성은 아주 탐닉파임에 틀림없으나 방랑자에 다름 아니므로, 마키노 씨도 도요시마 씨도 하이칼라로 세련되고 댄디하며 마음이 극도로 약하다. 하지만 내가 결코 심야에 도요시마 씨를 두들겨 깨우지 않은 것은 목숨이 달린 일이기 때문으로, 선생은 벌떡 일어나서 바둑판을 꺼내 와 내가 아무리 피곤해도 밤을 새우고 날이 질 때까지 놓아주지 않을 것을 너무나 잘 알고 있기 때문이다.

마키노 신이치는 한밤중에 나카토가와 기치지를 흔들어 깨우는 바람에 나카토가와에게 절교의 말을 들은 일이 있지만, 나는 한밤중에 깨운다는 일로 화를 내는 사람을 싫어한다. 오자키 시로는 이번 정월 원자폭탄인 맹주(이토에서 생산하는 뷰탄올이란 녀석)를 마시고 고주망태가 되어, 때마침 이토의 여관에 전쟁을 피해 머물고 있던 고다 로한 선생을 흔들어 깨워 먼저 춤사위를 벌인 후, 일본에서 가장 위대한 소설가는 로한 선생 및 이렇게 말씀드리는 졸자라고 하며 확인을 받고 나서 돌아와서는 다음 날 송구한 마음에 한탄하고 한탄했다고 한다. 그러나 한탄하지 말지어다. 그냥 그것으로 좋지 않은가. 로한 선생은 큰 인물이기 때문에 심야에 깨웠다는 시덥지 않은 일로 화낼 리가 없다. 로한 선생은 훗날 찾아온 사람에게 오자키 시로라는 선생은 내숭을 떨고 있다는 얘기인데, 원래 하룻강아지 아닌가. 그렇다면 범의 탈을 쓴다면 범인가? 하고 말했다고 한다. 유쾌하기 그지없다.

내가 오자키 시로 선생과 어떤 연유로 친구가 되었는가 하면 지금부터 약 10년 전 아니 20년 전쯤일 것이다. 내가 『작품』이라는 잡지에 「고담의 풍격을 배격한다」라는 글을 써서 도쿠다 슈세이 선생을 깎아내렸던 일을 두고, 선배에 대한 예를 모르는 놈이라고 분개한 자가 오자키 시로였다. 그는 다케무라 쇼보를 통해 내게 결투를 신청해 왔다. 장소는 제국대학의 고텐야마. 참 경치가 좋은 곳이야. 그는 신파다. 나는 두말할 것 없이 승낙하여 정해진 시간에 나가니 우선 술을 마시고, 마시면 마실수록 우에노에서 아사쿠사로, 요시와라에서는 둑방의 말고기 집, 밤을 새우고 또 낮이 되어, 결국 나는 집으로 돌아오자 피를 토했다. 참혹하고 또 참혹했다. 나는 오자키 시로의 결투에 완전히 꺾이고 만 셈이다.

선배에 대한 예를 모르는 놈이라고 한다. 정말이지 소설쟁이는 멍청한 소리를 한다. 협객과 같은 말을 한다. 소크라테스를 해치우자 플라톤이나 아리스토텔레스가 곤봉을 가지고 고텐야마에 기세 좋게 들어간들 어쩌겠다는 거지. 일전에 다자이 오사무를 놀렸더니 분해하면서도 당신은 선배니까 봐주겠다고 말했다. 완전히 유쾌 천만. 소설쟁이라는 놈은 이와 같이 종잡을 수 없이 이상야릇하게 고풍스럽고 일관성이 없다. 얼간이 같은 말을 지껄인다. 그렇기 때문에 쓴 것만을 읽을 뿐. 본인은 얼빠진 빈 껍데기다.

나는 무엇을 쓰려 했던 것일까? 하지만, 하지만. 나는 심각한 것은 싫다고 우겨 대고 있었던 것이다. 그렇지만 나는 이론적으로 말하는 방법을 알지 못하기 때문에 뭔가 쓸데없는 잡담으로 얼버무리려는 속셈이었던 것 같다. 그렇지만 이래선 안 된다. 독자보다도 이러쿵저러쿵 나 자신을 속이는 일은 할 수 없는 것. 그렇지만 나 자신이 심각한 존재가 아닌 것만은 사실이다.

나는 다락방이든 얹혀살기든 야반도주든 때로는 숨막히는 느낌이 드는 것도 사실이다. 그도 그렇지 않은가. 빚 재촉에 대담하게 대응해도 마음은 불안하다. 그러나 난센스 이외에 나는 아무것도 없었다. 나는 자만심을 갖고 있었다. 자기 재능에 자신감을 갖고 있었다. 세상에 받아들여지지 않아도 역사 속에 살아 있을 것이라고 말했다. 그것은 전부 거짓이다. 사실은 그걸

믿어서는 안 된다. 하지만 그런 식으로 말하지 않으면 살아 있는 이유가 없는 듯하니까 그런 식으로 말한 것이지, 나는 다락방에서 소설을 쓸 때 사람들에게 읽혀 장난감이 되어도 좋다고까지는 생각하지 않았다. 나는 항상 무료했다. 모래를 씹듯 허무할 뿐. 도대체 나는 뭐란 말인가. 무엇 때문에 살아 있는 것일까. 그러한 자문은 더 이상 물음의 언어가 아니다. 스스로 묻는 것 자체가 나의 본성이고 본질로, 그것이 나라는 인간이었다.

나는 지금도 내치고 있는 것이다. 항상 내치고 있다. 어떻게 되든 상관없지. 나는 모른다, 라고.

스탕달 선생! 50년 후에 이해받고 읽힐 거라니? 농담도 참. 그런 말을 당신 자신은 믿고 있나. 읽힌다는 것은 어떤 일이지요? 사후 50년 후 읽혀 무엇하나. 그건 팬텀(환각). 그것은 유령이다.

인생은 짧고 예술은 길다, 그건 제멋대로다. 하지만 적어도 예술가 자체에게는 예술의 길이와 인생의 길이가 동일한 것이 당연하지 않을까. 인생뿐이다. 예술은 살아가는 것의 동의어다. 내가 죽으면 나는 끝난다. 나의 예술이 남는다 해도 나는 알 바 아니다. 우선 기분이 나쁘다. 내가 죽어도 나의 이름이 남거나 전기(傳記)가 쓰여 깎아내려지거나 칭송받거나 한다. 그렇지만 그저 나를 위해 만약 몇 명인가가 원고료를 받아 아내를 돌보거나 술을 마시거나 한다면 아 그 몇 할인가를 살아 있는 내가 착복하지 못하는 것이 아쉽다. 나는 나의 예술이 남는다든지 사후에 읽힌다든지 그런 기대는 하지 않는다.

나는 내치고 있다. 될 대로 되라고. 나는 행한다. 나는 핑계 대지 않는다. 실행하는 것이 나의 전부다. 나는 나를 알 수 없기 때문에, 나는 행동한다. 그리고 아아, 그런가, 그런 내가 있었던가 라고.

나는 쓴다, 아아, 그런 내가 있었던가 하고. 하지만 나는 나를 발견하기 위해 쓰고 있는 것이 아니다. 나는 편집자가 기뻐할 만한 재미있는 소설을 써 보자라고 생각할 때도 있다. 뭐라도, 아니 그냥 써 보자, 이판사판이다 할 때도 있다. 그때, 그때, 아무렇게나 이런 저런 생각을 한다. 하지만 생각하는 것과 쓰는 것은 다르다. 쓰는 것은 그 자체가 생활이다. 스탕달 선생은 "읽고, 쓰고, 사랑했다"고 하지만 나는 "쓰고, 사랑했으며" 읽는 것도 생각하는 것도 쓰는 것의 주변이다. 어쩌면 사랑했다고 하는 것도 가당치 않다. 나는 그렇게 사랑했을까. 확실히 말이지. 내가 어쨌든 오로지 했던 것은 쓰는 것일 뿐이었으리라.

나는 죄다 되는 대로 마구 썼다. 정말 마구 썼다. 그렇지만 어쨌든 쓸 때는 쓰는 것이 생활의 전부였다. 이건 의심의 여지가 없다.

여성에게 반했을 때에도, 술에 취했을 때에도 나는 대충 얼버무릴 수도 있었다. 무시할 수도 있었다. 나는 돈 때문에 소설을 쓴다. 내게는 알 수 없다. 나는 단정할 수 없을지라도 나 자신은 그림자처럼 붙잡을 수도 없이, 나의 사랑도 술에 몹시 취한 밤도 나는 나의 그림자와 같은 기분이 들었다.

'썼다'라는 것이 단 하나의 생활이었다는 생각이 드는 까닭은 그것이 결코 쾌락이 아니라 오히려 고통임에도 불구하고 쓰는 것을 위해 다른 것을 희생했고, 그걸 후회하지 않기 때문이다. 그러한 차감, 득실 계산이 아닐 것이다.

역시 쓰는 것이 재미있고, 그리고 그것이 쾌락일지도 모른다. 그러나 쾌락이라는 것은 불안한 것인데, 그리고 항상 사람을 배신하는 것인데(왜냐하면 쾌락만큼 사람을 공상에 빠지게 만드는 건 없으니까) 나는 쓰는 것에 배신당한 기억은 없다. 나는 힘이 부족했다. 쓸 수 없었다. 그러한 불안이 없는 것도 아니다. 하지만 썼다. 쓰는 일로 인하여 쓴 것이 실재하고, 쓰지 않는 것은 실재하지 않았다. 그 구별만은, 그리고 그 구별로 내 생활이 실재하고 있었던 것은 아닐까.

하지만 나는 살아 있기 때문에 쓸 뿐이며, 어쨌든 나는 살아 있고 계속 살아갈 것이다. 나는 내가 마구 쓴 소설, 즉 과거의 소설은 이제 아무래도 좋다. 다 쓰고 나면 더는 쓸모가 없다. 나는 그것도 내친다. 자기 멋대로 세상 속으로 나가 멋대로 장난감이 되는 게 좋다. 나는 이제 모르는 일이니까.

나는 항상 '이제부터' 속에 살아 왔다. 이제부터 뭔가를 하자. 이제부터 뭔가 납득, 나는 뭐에 납득당하고 싶은 것일까. 하지만 어쨌든 '이제부터'라고 하는 기대 속에 항상 내 목숨이 달려 있다.

왜 나는 써야만 할까. 나는 알지 못한다. 여러 이유가 모두 진실 같기도 하고 모두 거짓 같기도 하다. 지식도 자유도 무척 불안하다. 모두 그림자 같다. 내 안의 나 자신의 '실재'적인 안정은 느껴지지 않는다.

그리고 나는 나를 긍정하는 것이 전부며, 그것은 말하자면 나를 내치는 것과 완전히 같은 의미다.

나는 소설을 거침없이 써서 내던지고 있기 때문에, 나는 예술은 길고 영원하다와 같은 것은 꿈에도 염두에 두고 있지 않다. 나는 취하면 호언장담하며 마치 대예술가를 자처하기도 하지만 다 터무니없는 말이고, 나는 지금과 이제부터의 그림자 속에서 서성이며 돌아다닐 뿐이다.

나는 최근 나의 소설이 다른 사람에게 읽히는 것도 전혀 재미있지 않고 다락방이든 얹혀살던 시절과 마찬가지인데, 그리고 특히 나이가 마흔이 넘었다는 것도 전혀 느껴지지 않는다. 내 정신은 깊어지지도 않고 고상해지지도 않고 성장하거나 변화하고 있는 어떤 것도 느껴지지 않는다.

나는 단지 서성이고 있을 뿐이다. 그리고 계속 서성이며 죽는 것이다. 그렇게 되면 나는 끝난다. 내가 쓴 소설이 그때부터 어떻게 되든 내게 나의 마지막은 내 죽음이다. 나는 유서 따위를 남기지 않는다. 살아 있는 것 이외에 아무것도 없다.

나는 누구. 나는 어리석은 자. 나는 나를 모른다. 그것뿐.

익살극을 생각한다

일본에서는 뛰어난 익살극이 거의 시도된 일이 없다. 문학 쪽에서도 이부세 마스지라는 특이한 명작가가 존재하긴 하나 대개 비평가도 작가도 편집자도 독자도 엄숙해서 웃기는 짓을 썩 내키지 않는 분위기다.

나는 얼마 전에 잡지 『문체』를 편집하는 기타하라 다케오에게서 제대로 된 희극을 써 보지 않겠나라고 제안을 받았다. 일찍이 나는 희극을 사랑하고 라쿠고든 만담이든 속이 뻔히 들여다보이는 촌극의 각본이든 부탁받으면 언제라도 당당하게 예술로서 통할 수 있는 것을 써 보이겠다고 호언장담한 적이 있는 자이므로 지면을 채워 줄 기분이 되었던 것이다. 기타하라의 의도는 고맙지만 독자들이 희극에 따라와 줄지 어떨지 의문이다. 그렇지만 나는 그사이에 제대로 된 희극을 써서 독자와 만날 생각이다.

웃음은 불합리를 모태로 한다. 웃음의 호사로움도 그 불합리나 무의미 안에 있을 테다. 그런데 무엇이든 합리화하지 않고는 못 배기는 사람들이 존재해서 익살도 역시 합리적이어야 한다고 생각한다. 무의미한 것을 깔깔깔 웃고 즐기지 못하는 것이다. 그래서 희극에는 풍자가 있어야 한다는 식으로 생각한다.

그러나 풍자는 웃음의 호사로움에 비하면 아주 빈곤한 것이다. 풍자를 부리는 사람의 우월함이 있는 한 풍자의 자리는 언제나 위험하고 그 정체는 빈곤하다. 풍자는 풍자 당하는 사람과 대등하며 그 이상은 있을 수 없으나, 그것이 야유라는 정당하지 않은 방법을 이용하여 이미 스스로 부당하게 고고한 태도를 취하고 있는 점에서 입 다물고 있는 풍자의 대상이 언제나 승리를 점하고 있다.

풍자에도 우월함이 없는 경우가 있다. 풍자하는 사람 스스로가 동시에 풍자를 당하는 사람 쪽에 참가하고 있는 경우다. 또 풍자가 허무로 건너가는 다리에 불과할 경우다. 이러한 경우에는 풍자의 정체가 이미 불합리에 속해 있어서 이미 풍자라고 말할 수 없다. 풍자는 본래 웃음의 합리성을 원칙으로 하여, 그곳을 벗어나서는 안 된다. 익살의 세계에서는 경시청 총감이 도둑놈의 두목이거나 정신병원의 원장님이 미친 사람이거나 한다. 이때 경시청 총감과 정신병원 원장에 대한 야유에 머무는 것을 풍자라고 한다. 즉 풍자는 대상에 대한 부정에서 출발한다. 이것은 익살의 법칙에 어긋난다. 오히려 가짜인 것이다.

제대로 된 익살은 인간 존재 자체가 품고 있는 불합리와 모순을 긍정하는 데에서 시작한다. 경시청 총감이 도둑이어서 그것을 부정하고 야유하는 것이 아니라, 그와 같은 불합리 자체를 합리화할 수 없는 까닭에 긍정하고 그대로 받아들여 웃음이라는 호사로운 마술에 의해 유야무야하는 사이에 고스란히 하늘로 날려 보내려고 하는 것이다. 합리의 세계가 주체하지 못한 불합리를 이미 기진맥진하게 했기 때문에 갑자기 불합리를 그대로 받아들여 그만 웃어넘기고 말려는 것이다.

그러므로 익살은 본래 합리정신의 휴식이다. 거기까지는 합리의 법칙으로 어떻게든 잘 풀렸다. 여기서부터 그다음은 아무래도 안 된다. ―그건, 가까스로 버텨 왔던 합리정신의 억눌려졌던 마뜩잖은 표정이 웃음 세계에서는 갑자기 훈도시 하나 달랑 걸치고 벌거숭이 춤을 추고 있는 것과 같은 것이다. 그런 까닭에 웃음의 높고 깊음이란 웃음의 직전까지 합리정신이 불합리를 합리화하기 위해 어디까지 노력했는가, 그래서 마침내 어느 지점에서 가면을 벗고 도망쳐 버렸는가라는 정도에 의한다.

그러므로 익살은 싸움에서 패한 합리정신이 완전히 불합리를 긍정했을 때를 말한다. 즉 합리정신의 악전고투를 경험한 일도 없는 초인과 합리정신의 악전고투에 지치면서도 결코 휴식을 원하지 않는 초인만이 익살의 웃음에 콧방귀도 뀌지 않고 지나치는 것이다. 익살은 언제나 바로 그 순간까지는 웃고 있지 않는다. 거기까지는 합리의 세계에서 악전고투하고 있었던 것이다. 갑자기 내팽개친 것이다. 짜증스럽게 원료 그대로 불합리를 쑥 들이민 것이다.

익살은 어제 웃고 있지 않았다. 그리고 내일은 웃지 않는다. 1초 전에도 1초 후에도 이제 웃지 않지만 익살극을 하는 동안만은 웃음 이외에 아무것도 없다. 눈물도 없고 야유도 없고 무시무시함 따위도 없다. 뒤에서 꾀를 부리는 터무니없는 계략도 전혀 없다. 은근히 뒤에서 까는 쩨쩨한 정신도 없다. 그러므로 익살은 순수한 휴식의 시간이다. 어제까지 부지런히 일해 모은 100만 엔을 느닷없이 확 뿌려 버리는 시간이다. 아까워하지 않고 돈을 다 써 버리는 시간이다.

익살은 낭비라고 하지만 1초 전까지 부지런히 저축한 노력이 있었다는 것을 잊어서는 안 된다. 매우 근면한 저축가가 에잇 하고 당장 금고를 털어 돈다발을 호주머니에 쑤셔 넣고, 자아, 눈에 핏발을 세우고 거리로 뛰쳐나갔나 싶더니 질풍과 같이 다 써서 죄다 잃어 버리는 것이다.

익살의 세계에서는 맥주도 좋고 샴페인도 좋고 단팥죽도 좋고 파리의 여인이어도 알제리의 여인이더라도 뭐든 좋다. 다 써 버릴 때까지는 취향도 없이 오케이다. 부정의 정신이 없는 것이다. 모든 게 완전히 긍정될 뿐. 도둑도 나쁘지 않고 성인도 좋지는 않다. 학자는 학문을 모르고 뒷골목의 곰탱이도 학자만큼 동일한 식견을 가지고 있다. 즉 도둑도 목사만큼 선량한 사람이라면 목사도 도둑만큼 나쁜 사람인 것이다. 악인 선인의 비판은 없다. 인생의 모순과 자가당착이 완전히 그대로 긍정되고 있을 뿐. 무엇을 하더라도 그저 긍정만이 있을 뿐.

익살의 작가는 누구를 편애하지도 동정하지도 않는다. 또 누구를 미워하는 일도 없다. 단지 긍정하는 것 이외에는 아무런 감상도 없는 목석이다. 불쌍한 고아도 동정하지 않고 억울한 죄인도 위로하지 않는다. 실연당한 놈에게도 도움을 주지 않고 가난한 놈에게도 한 푼도 주지 않는다. 실연당한 놈은 지독하게 실연당할 뿐이고, 고아는 백모에게 끝까지 맞는다. 그런가 하면 실연당한 놈이 연적의 결혼식에서 축사를 말하고, 죽었던 놈이 꽃다발 속에서 목을 내밀고 갑자기 관 값을 깎기 시작한다. 별달리 죽은 자와 연적을 위로하는 정신이 있을 까닭이 없다. 세상만사 그저 삼라만상의 긍정 이외에 아무것도 아니다. 어떠한 불합리도 모순도 그저 긍정 하나뿐이다. 해결도 없고 해석도 없다. 해결과 해석에 맞추려 하면 웃음의 세계의 신세를 지지 않았을 것이다.

프랑스에 『피가로』라는 일본의 『미야코신문』과 같은 신문이 있다. 「세비야의 이발사」 와 「피가로의 결혼」에 나오는 피가로에서 온 명칭인 듯, "왜 내가 웃느냐고 말하는 거죠. 웃지 않으면 울어 버리기 때문에"라고 말하는 피가로의 대사가 신문 표제 부근에 적혀 있다(아마 그랬을 거예요). 「세비야의 이발사」 와 「피가로의 결혼」은 상당한 명작이긴 하나 여기에 인용한 것처럼 웃음의 정신은 내가 헤아릴 수 없는 지점에 있다. 사이카

쿠의 『호색일대남』의 주인공 요노스케의 무사다움과 히라가 겐나이(平賀源内) 선생의 희극에는 그러한 좀스러운 꿍꿍이가 없다.

한마디로 내가 웃음의 정신을 나타낼 만한 것을 찾자면 교겐에 등장하는 다로 카자가 슬쩍 훔친 술을 마시고 취해서 늘 부르던 노래의 구절이라도 인용해 볼까. "다리 아래의 창포는 누가 심었던 승부지.[1] 보로온보로온"이라고 하는 산속 수행자의 틀에 맞춘 기도 구절이라도 읊어 볼까. 그 자체가 불합리다. 사람을 납득시키지도 못하고 뛰어나지도 않다. 그저 헤헤 웃는 편이 좋은 거다. 1초 전과 1초 후에 웃지 않으면 그만인 것이다. 그때는 웃었던 기억도 잊는 편이 좋겠다. 그렇게 언제까지라도 계속 웃고 있을 수 없다는 것을 너무나 잘 알고 있다.

익살 문학은 작가에게는 취향이 전부이며, 결과적으로 독자가 웃는 것이 전부다.

1 '창포'와 '승부'는 모두 일본어로 '쇼부'라고 읽는다.

에고이즘에 대하여

1946년 9월 17일에 발생한 구 재벌 집안의 자녀인 스미토모 구니코가 유괴되었던 사건은 각 방면에서 반향을 불러일으켰다. 동화작가 T씨는 사회 전반의 퇴폐한 도의가 이러한 악의 온상이라고 말하고, 전쟁을 피해 아이들이 집단으로 소개(疏開)하고 있어서 되바라진 것도 한 원인이라고 말한다. 『아사히신문』의 투서란에는 아버지 스미토모 기치에몬 씨가 신슈의 온천에 놀러 가 있어서, 내가 돌아간다고 딸애가 돌아올 리도 없다며 모른 체하고 귀경하지 않았던 것 등 그 자체가 이 사건의 진상을 말하고 있으며, 스미토모 구니코는 스미토모 가문의 딸이기보다도 유괴범의 여동생으로 태어났더라면 행복했을 것이라고 쓰여 있다. 이들은 모두 유괴라는 표면의 사건을 그대로 받아들일 뿐인 비판으로 이 사건의 진정한 성격을 이해하고 있지 못한 듯하다. 모든 사회에서 발생하는 잡다한 일들이 항상 이와 같은 안이하고 저속한 비판으로 의미가 부여되어, 인간의 본성이나 사람의 자식으로 태어난 아이의 숙명, 그 근저에서 생각할 수 있는 노력이 결여되어 있는 것은 패전 자체의 비극보다 더욱 심각한 비극이라고 나는 생각한다. 퇴폐한 도의와 같은 틀에 박힌 말로 정리하는 것은, 특히 문학가가 이런 말로 정리하는 건 죄악이다.

이 사건의 범인은 그가 유괴한 모든 소녀들에게 사랑받고 있었다. 그냥 보통의 "상냥한 오빠"였다고 한다. 그리고 왜 사랑받고 있었나 하면 이 범인은 원래 돈을 요구하지 않았고 순전히 소녀를 사랑하고 돌보았으며 그로 인해 자기를 희생하고 있었다. 자기는 먹지 않아도 소녀는 먹였으며 밤에 노숙할 때에는 소녀를 위해 저녁 내내 모기를 쫓았다고 한다. 이 점에 이 사건의 특이한 성격이 있다. 범행 그 자체는 이기적인 것이기는 해도 소녀에 대한 범인의 입장은 자기희생으로 일관해, 소녀의 기쁨과 만족이 그 자신의 기쁨과 만족이었을 거라 여겨진다. 그는 반년 동안 함께 생활한 기요코에게는 집에 돌아가고 싶으면 보내 주겠다고 했다고 하는데 이미 소녀가 돌아가고 싶지 않을 것이라 간파한 자신감에서 한 말로 본심으로 돌봐 주고 싶기도 했을 것이다. 그는 강제하지 않는다. 기요코는 밥을 지어 주먹밥을 만들기도 했으나, 구니코는 취사를 몰랐다. 그러한 차이에 대해서도 자신의 편리함을 위해 구니코와 기요코에게 같은 일을 시키거나 하지 않고, 소녀들의 개성에 맞춰 자신을 순응시켜 자기희생은 개의치 않을 만큼의 본래 성격을 지니고 있었던 것이다.

이러한 범인에게 걸린 것이 기요코와 구니코가 머리가 나빠서라든가 세상 물정을 몰라서라든가 하는 설명은 의미가 없다. 모든 소녀들이 유괴당해도 되레 만족스럽게 받아들이고 범인을 그리워할 것이다.

가정은 부모의 애정과 희생으로 이루어지는 단체와 같으나 실제는 인습적이고 형식적인 것으로 부모의 자식에 대한 헌신 등은 부모가 망상적으로 확신하고 있을 뿐으로, 오히려 아이들에게 복종과 희생을 요구하는 일이 많다. 대개 부모는 아이들의 개성을 전혀 존중하지 않고 A 아이의 장점을 가지고 B 아이를 훈계하는 것으로 맹목적으로 아이에 대한 헌신과 애정을 확신하고 있을 뿐, 막무가내의 독재자라는 것을 알아야만 한다.

무슨 일이든 간에 진실로 에고이스트가 아니라는 것은 궁극적으로 승리라 해도 이 세상에서는 받아들여질 수 없다. 그들의 자기희생은 현세의 쾌락을 부정하고 있는 것이기는 하지만 그러한 의미에서 스스로 채워지고 있으며 현세의 고통은 반드시 그들의 고통이 아니다. 그러나 그들은 세상의 질서에 박해를 당한다. 그리스도가 그러했다. 석가도 그렇다. 그들의 길은 가시밭길로 아주 고통에 가득 차 있었으나, 궁극적으로는 그들은 "이기는 태도"를 지녔다. 고흐도 고갱도 바쇼도 그렇다. 예술을 위해 그들에게 현세에 부여되었던 것은 헌신과 희생이었다.

모든 위대한 천재들, 승리자들은 에고이스트가 아니었다라고 할 수 있다.

그러나 우리들 범부의 길, 세상의 보통 사람들의 길은 뒤바뀌어서 사회 질서와 공동생활의 이념은 에고이스트가 아닌 점과 자기희생과 같은 것을 근간으로 삼지 않고, 다른 사람들에게 해를 입히지 않는 범위에서 자기 욕망을 만족시키고 현세의 쾌락을 채우는 것을 기본으로 하고 있다. 그리스도 교도는 그리스도의 고통을 스스로 행하는 것이 아니라 그리스도의 희생으로 그들의 현세 행복을 약속받고 있는 것이다. 우리들은 그리스도가 최고의 인격이라는 것을 알고 있다. 그렇다고 해도 우리들 모두가 그리스도와 같은 인격이어야 하는 건 아니고 우리들 일상생활에서 그리스도와 같은 자기희생을 요구받는다면 우리들은 비명을 지를 뿐만 아니라 반항하고 분명히 혁명을 일으킨다. 최고의 인격과 모럴은 우리들의 질서에서 정상이 아니며 그러한 의미에서 죄악과 다를 바 없다. 우리들의 질서는 에고이즘을 기본으로 만들어진 것이며 우리들은 에고이스트다.

나는 수십 년 전에 한 여성을 알았다. 유부녀였는데 수많은 남자를 알고 싶다고 생각해서 대학생 등과 자며 돌아다닌 여자였고, 그사이에 이혼당해 성병에 걸려 갈 곳이 궁해 우리들 아파트의 방 한 칸으로까지 굴러들어 왔다. 자기 욕망을 위한 것 이외에는 다른 사람의 일 따위는 생각하지 않는 여자였기에 남자든 여자든 친구가 없고 갈 곳도 없었다. 우리들의 아파트는 도쿄가 아닌 어느 지방 도시에 있었고, 나는 악연의 여자와 그러한 곳에 멀리 도망 온 사람은(나는) 뭘 위해 사는 걸까라고 생각하며 그 허전함과 절절함에 번민하고 있었다. 나는 매일 도서관에 가서 어쩔 수 없이 책을 읽었다. 스스로를 믿지 못해 뭔가 책 속에 나의 생각들이 쓰여 있지는 않나 하고. 그러나 나는 책을 펴고 멍하니 있을 뿐 책도 읽을 힘이 없었다. 굴러들어 온 여자는 성병을 치료하러 병원에 다니고 있었는데 그 의사를 유혹하려다 실패했다고 하고, 댄스홀에 매일 남자를 찾으러 다니다 매일 허탕치고 돌아와서 혼자 이불 속으로 파고든다. 그 차디찬 이불 속에 파고드는 모습이 마치 노파와 같이 색기라고는 티끌만큼도 없었기에 나는 암담해졌다.

나는 그때 생각했다. 남녀의 육체가 머무는 곳조차 이 여자와 같이 자기 쾌락만을 추구해서는 안 된다. 마농 레스코라든가 『위험한 관계』의 후작부인과 같이 타고난 창부는 아름다움을 위해 남자를 홀리는 모든 기술을 이용하여 남자에게 제공하는 도취의 대상으로서 당연하게 보수를 요구하고 있을 뿐인 타고난 기술자이며, 그 때문에 스스로를 희생해서 절제하기는커녕 스스로의 육욕적 쾌락조차도 희생하고 있는 것이다. 이러한 육욕의 장에서도 창부형의 위대한 자는 에고이스트가 아니다. 에고이스트는 반드시 패한다. 가정이 이러한 타고난 창부에게 패해 사라지는 것은 어떻든 어쩔 수 없다.

예술의 세계도 역시 에고이스트여서는 안 된다. 나는 그 무렵부터 에고이스트라는 것에 여전히 빙의해 있지만 지금도 역시 나는 도무지 모르겠다. 나는 무상의 행위라는 것을 계속 생각했을 뿐으로 지금도 역시 내가 아무것도 모르는 것은 무리가 아니다. 생각하는 세계가 아니다. 행하는 세계인 것이다.

사람들은 도의가 땅에 떨어졌다고 한다. 그렇지만 그들이 좋다고 하는 질서는 대체 무엇이란 말인가. 나그네를 재워 주고 접대했기 때문에 미담이라고 한다. 이 나그네가 연쇄살인범 고다이라 같은 남자여서 친절하게 재워 주었을 뿐인데 그에게 살해당한다면 어찌할 셈인가. 프랑스의 동화에도 있지 않은가. 빨간 모자라고 하는 귀엽고 친절한 소녀가 숲속에 사는 할머니를 병문안 가서 할머니로 변한 늑대에게 잡아먹히고 만 이야기가. 그러므로 친절하게 대하지 말라는 것이 아니라 친절하게 대하려면 고다이라나 늑대에게 살해당할 각오를 하라는 말이다. 친절하게 대했는데 배반당했기에 이제 더 이상 친절은 베풀지 않겠다고 한다. 그런 친절은 처음부터 하지 말라는 이야기다. 친절에는 배반도 보상도 없다. 고다이라나 늑대의 존재가 예상되고 친절을 베푼 덕에 죽임을 당해도 어쩔 수 없다는 자각에서 성립하고 있는 절대적 세계인 것이다.

일단 배반당하면 무너져 버리고 마는 친절을 미담이라고 하고, 도의 퇴폐는 한탄해야만 한다고 한다. 그 자체가 한심한 에고이즘이 아닌가. 밤거리의 여자는 자유와 방자함을 착각하는 어찌할 수 없는 것들이라고 말하나, 가정을 저주하고 자유를 추구해서 뛰쳐나오는 것은 밤거리의 여자에 한하지 않는다. 속세를 등지는 출가자도 마찬가지가 아닌가. 밤거리의 여자가 되는 것은 승려가 되는 것보다도 훨씬 힘든 단계를 뛰어넘을 필요가 있다. 세속을 피하는 출가자를 칭찬하는 사람은 있으나 매춘부는 세상의 지탄을 받을 뿐이다. 여러분들은 죄를 알고 있는가. 죄란 무엇인가. 정조를 잃은 여자는 영혼의 순결도 잃는다고 하지만, 가정에 안주하는 정숙한 부인들, 이해타산의 망령과 같은 악역의 선량한 부인들을 봐라. 영혼의 순결 따위는 없다. 영혼의 문제가 아닌 것이다.

『죄와 벌』의 라스콜리니코프는 매춘부에게 무릎을 꿇고 그녀는 오욕을 뒤집어쓰나 그 영혼은 한 방울의 음탕한 피에도 오염되어 있지 않다, 라든가. 그리고 위대한 죄에 무릎을 꿇는 것이다, 라든가. 나는 그러한 뭔가 명확하지 않은 생각은 하지 않는다. 내가 아는 소냐와 마리아는 모두 음탕한 피로 뒤범벅되어, 기뻐하고 있다. 나의 소냐는 짓밟히거나 학대당하지 않고 『인형의 집』 노라와 같이 뛰쳐나갔고, 하지만 오욕을 향해 스스로를 내던져 왔다. 그야말로 자유와 방자함을 착각하고 있는 것이다.

그렇지만 이 세상에는 진실로 자유로운 것도 진실로 방자한 것도 존재하지 않는다. 자유라는 것이 얼마나 고통에 차 있는지 우리들 예술에 종사하고 있는 자는 절절히 알고 있다. 예술의 세계에서는 모든 자유가 허락되기 때문에, 아니 가능한 한 모든 새로운 것, 아직 알 수 없는 것을 발견해 만들어 내는 것을 자신의 장점으로 삼고 있다. 재능에는 아무런 속박도 없다. 그러나 자기 재능으로 자유로울 수 있었던 예술가 등은 존재하지 않고 진실로 자유를 허락받아 자유를 강요받았을 때(예술은 자유를 강요한다) 사람은 자유를 발견하는 대신에 속박과 한계를 발견한다.

내가 전쟁 중에 촉탁으로 일했던 모 영화사에서는 연출가들이 조합 제도인가 순번 제도인가 그러한 것을 만들어 각자 재능의 빈곤을 구제하는 조직을 만들고 있었던 것 같은데, 순번 제도로 재능 분배가 이루어지게 되면 과연 편할 것이다. 질서란 만사 이와 같은 것으로 재능의 자유 경쟁은 조합 위반이 된다. 예술의 세계에서는 이러한 질서의 어리석음을 알지만 일반 사회에서는 그것을 알지 못한다.

방자함이라는 것도 그렇다. 다른 사람을 배반하는 자는 스스로도 역시 배반당한다. 권모술수, 가능한 모든 모략과 간계에 스스로 상처받고 배반하는 까닭에 배반당하는 전국시대의 호걸들도 보호를 위해 속박당하고 편히 잠들고 싶다고 생각하게 된다. 아무리 비열한 수단을 이용해도 승리하면 된다는 미야모토 무사시의 권법은 쇠퇴하고, 형식주의 야규파의 검법이 구가를 받게 되기에 이른 것으로도 호걸들이 검도 본래의 격심함을 견뎌 낼 수 없었던 것이다. 이렇게 허망한 정의가 탄생한다.

총파업이 다른 것에 피해를 줌으로 해서 반감을 산다. 그러나 요구는 당연한 권리라고 인정하지 않을 수 없다. 에고이즘은 에고이즘에 의해 반역되고 복수당한다. 도의 퇴폐를 한탄하는 에고이즘도 마찬가지인데, 아무리 한탄한들 공자님이라도 자신의 도의가 에고이즘임을 깨닫지 못하면 웃음거리에 지나지 않을 것이다. 밤거리의 여자도 속세를 등진 출가자도 단지 에고이스트에 불과한데, 요컨대 에고이즘은 에고이즘으로 반역당한다. 어쩔 수 없지 않은가. 가정과 질서의 영원한 평화 따위는 있을 수 없다.

예술은 어떠한 때에도 영원한 것, 절대적인 것, 진선미를 위해 싸워 온 정신의 발자취이나, 결코 이러한 질서의 경솔한 동조자는 아니었다.

일본의 부흥에는 도의, 질서의 회복이 급선무라고 한다. 그렇지만 본래 에고이즘의 도의에 쓸데없는 이치는 불필요하므로 전차의 숫자가 많아지면 누구도 서로 밀지 않을 것이고, 물건이 잘 돌면 암거래는 없어진다. 물질의 부흥이 급선무다. 만약 그 전차 안에서 남녀노소가 서로 자리를 양보하는 것과 같은 것이 도의의 부흥이라고 한다면, 전차의 좌석을 양보해도 인생의 좌석을 양보하지 않는 자신을 되돌아볼 것. 하찮은 친절은 쓸데없는 짓이다. 다른 사람에게 친절을 베풀면 고다이라나 늑대에게 살해된다는 점을 자각한 다음에 친절을 베풀 것. 나는 전차의 좌석을 양보하고 선량한 체 도의의 퇴폐를 한탄하는 사람보다도 유괴범 히구치 쪽을 훨씬 사랑한다. 내가 귀경한들 딸은 돌아오지 않는다고 하는 기치에몬 씨의 그야말로 지당하고 당연한 말씀 그대로이며, 도의 퇴폐 따위라고 한탄하기보다 우선 너희들 마음이나 성찰하라. 남에 대한 참견은 나중에 하고 자신을 생각할 일이다.

결코, 이기지 못한다. 다만, 지지 않는다.

인간을 전적으로 긍정하는 '나'

이 책의 저자 사카구치 안고는 1906년에 일본의 서북쪽 지방 니가타에서 태어나 1955년까지 도쿄에서 살았다. 열세 명의 자식 가운데 열두 번째로 태어난 그는 어머니의 난산 끝에 세상과 조우할 수 있었다. 중학교 2학년 때에는 영어 등 몇 과목이 과락 점수를 받아 3학년으로 올라가지 못했다. 초등학교에서 우수생이었던 그는 근시로 칠판 글씨를 제대로 읽지 못해 성적이 떨어진 것이다. 낙오한 아들은 집안의 염려에도 불구하고 공부를 외면하며 밖으로 쏘다니기 일쑤였다. 그런 그에게 한문 선생은 "네겐 헤이고(炳五, 병오년에 태어난 다섯째 남자아이의 의미)라는 이름이 아깝구나. 자기 자신에게 깜깜한 놈이니 안고라고 이름 붙여라"라며 칠판에 '암담한 나'란 뜻의 '안고'(暗吾)라고 썼다 한다. 필명 '안고'는 여기에서 왔고, 안고는 선생님이 붙인 어두울 '암'(暗)자를 편안할 '안'(安)자로 바꾸었다. '안고'(安吾)

란 '맘 편히 사는 나'를 의미한다. 그래서 안고는 학교에서 시험지를 받자마자 백지로 제출하며 반항적 태도도 취했다. 이때 "학교 책상 안쪽에 '나는 위대한 낙오자가 되어 언젠가는 역사 속에서 소생할 것이다'라고 새겨 놓았다"라고 한다. 실제 이 말은 책상 안이 아니라 유도부의 판자문에 새겼다. 반항적인 낙오자를 경외했던 안고는 반골 기질의 시인 보들레르와 이시카와 다쿠보쿠의 영향을 받으며 성장했다.

니가타의 중학교에서 계속 낙제생이 될 것을 염려한 아버지와 형은 도쿄의 사립 중학교 3학년에 안고를 편입시켰다. 이 불교계 중학교에서 안고는 친구들을 통해 종교에 눈뜨고 '구도'라는 상념에 빠져들었다. 이후 도쿄에 있는 도요대학 인도철학윤리과에 입학했고 대학에서 원전을 읽는 모임에 참여하면서 「금후 사찰 생활을 하는 나에 대한 생각」을 원전연구회 동인지 『반야』에 발표했다. 대학 시절에는 수면 시간을 줄이며 1년 반 넘게 불교와 철학 책을 맹렬히 탐독해 신경쇠약에 빠지며 망상에도 사로잡혔다. 산스크리트어와 티베트어 등 어학 학습에 열중하는 사이에 망상에서 조금씩 벗어났다. 안고는 라틴어와 프랑스어도 공부했는데 언어 전문학교인 아테네 프랑세즈를 다녔다. 여기에서 동료들과 프랑스 문학을 읽는 독서회를 가지며 소설가를 꿈꾸었다. 이 무렵에 잡지 『가이조』의 현상 공모에도 응모했으나 당선되지 못했다. '위대한 낙오자' 안고는 1931년에 『초겨울 바람 부는 술집에서—성스러운 주정뱅이가 신들의 마수에 유혹된 이야기』를 발표해 작가의 길로 들어섰다. 그러나 안고는 1945년 일본이 전쟁에 패하기까지 소설가로 두각을 나타내지 못했다. 세상에 그의 이름을 각인시킨 것은 1946년 4월 문예잡지 『신초』에 발표한 평론 「타락론」이었다. "전쟁에 졌기 때문에 추락하는 것이 아니다. 인간이기 때문에 추락하는 것이고 살아 있는 한 추락할 뿐이다"라고 일갈한 이 글은 전쟁에 패해 시름하는 일본인들에게 큰 충격을 주었고 묘한 기운도 불어넣었다. 「타락론」에 이어 불과 두 달 만에 발표한 소설 「백치」 역시 커다란 반향을 일으키며 '사카구치 안고'라는 이름은 에세이스트로, 소설가로 드디어 세상 사람들의 눈에 들어왔다. '위대한 낙오자'를 꿈꾼 작가는 '역사' 속에서가 아니라 살아생전에 되살아났다. 「타락론」은 안고라는 이름과 함께 오늘날의 일본인들 내면에 자리해 있다.

이 책 『불량소년과 그리스도』는 사카구치 안고의 에세이 가운데 18편을 모아 번역한 것이다. 단 이 가운데 에세이인지 소설인지 경계가 모호한 글이 한 편 들어 있다. 가라타니 고진은 사카구치 안고의 작품에 대해 "에세이가 소설적이고, 소설이 에세이적이다"라며 이러한 '장르적 구별'의 '부정'이야말로 사카구치 안고가 말하는 '모든 것에 대한 긍정'이라고 했다. 「이해할 수 없는 실연에 대하여」가 말하자면 소설인데, 에세이로 음미해 보는 것도 사카구치 안고 읽기의 재미가 아닐까. 이 책에 수록된 대부분은 국내에 처음 소개되는 글이다. 전쟁 패배로

좌절하는 일본인들에게 '더 추락하라'고 주문한 「타락론」이 어떻게 탄생했는지를 들여다볼 수 있는 글을 모았다. 아니, 「타락론」이라는 저명한 글과 무관하게 봐도 좋다. 이 책에 담긴 글들은 '위대한 낙오자'를 자처했던 일본 변방 출신의 청년이 작가로 막 들어서면서 쓴 에세이에서 말한 "인간 현실의 모든 것, 공상이든 꿈이든 죽음이든 꾸중이든 모순이든 엉뚱함이든 중얼거림이든 죄다 긍정한다"(「FARCE에 대해서」)라는 것을 여실히 보여 준다. 안고의 '인간 존재에 대한 전면적 긍정'은 "부정을 긍정하고, 긍정을 긍정하고, 더 나아가 또 긍정하여 결국 인간에 관한 모든 것을 영원 영겁 영구히 긍정"하는 것을 말한다. 이 책의 표제작 「불량소년과 그리스도」는 그래서 왕성하게 문학 활동을 구가하던 동료 다자이 오사무가 동반 자살로 생을 마감하자 인간 존재의 긍정을 부정한 죽은 자를 긍정하기 위해 쓰였다. 그런데 그 말투가 시비를 걸듯 거칠다. 동료의 죽음 앞에 선 사람은 숙연해지고 애통하기 마련이다. 다자이 오사무의 죽음에 대한 사카구치 안고의 추도문이라고도 불리는 「불량소년과 그리스도」는 죽은 자를 다그치는 표현을 서슴없이 던지며 다자이 오사무를 내친다. 이 표현에는 사카구치 안고 문학의 저변에 있는 'FARCE'(소극, 익살극, 우스운 이야기, 광대 짓 혹은 희작을 의미하는 프랑스어)의 정신이 흐르고 있다. 다그치는 말투로 자살한 다자이 오사무의 삶을 무한히 긍정하는 '난센스'가 자리하고 있다.

일본뿐만 아니라 국내와 중국 등지에 많은 독자를 확보하고 있는 『인간실격』의 작가 다자이 오사무는 사카구치 안고와 동시대에 동고동락했던 인물이다. 그런 다자이 오사무를 '불량소년'으로 지칭하면서 안고는 죽음에 이르게 된 경위를 술에 취한 뒤 제대로 깨지 못한 '숙취'라는 말을 중심에 두고 호되게 질책한다. 속절없이 죽었다고 원망하고 있지 않다. 언뜻 보면 다자이 오사무를 싫어하는 말투이나, 싫어했다면 추도하는 글을 쓸 리 없다. 그렇다면 죽은 다자이 오사무를 안고는 왜 '불량소년'이라 부르며 다그칠까. 그건 '인간은 어찌되었든 사는 것이 최선'이라는 안고의 일념에서 나온다. 안고는 말한다. 사람은 죽으면 끝. 그렇기에 어떻게든 살아야 한다. 그런데 죽고 말았다. 다자이 오사무와 사카구치 안고는 당시 문단에서 기존 질서에 반하는 문학 활동을 펼친 '불량소년'에 해당하는 부류였다. 그렇기에 '불량소년'은 다자이 오사무만이 아니라 안고 자기 자신을 가리키는 말도 될 것이다. '불량소년'은 불량한 소년으로서 끝까지 강고하게 살아야 한다. 그런데 다자이 오사무는 한 여성과 동반 자살로 생을 마쳤다. 같은 '불량소년'인 다자이 오사무는 어째서 죽었고, 안고는 살아서 이런 다자이 오사무를 나무랄까. 두 '불량소년'은 뭐가 달랐을까. 그들의 차이는 자기 안에 '그리스도'가 있느냐 없느냐에 있다. 다자이 오사무는 우상 혹은 권위로 비유되는 '그리스도'에 기댔다고 안고는 보았다. 또 삶의 고뇌를 잊고자 다자이 오사무는 술에 빠졌고 이튿날에도 '숙취'로 정신을 못 차렸다고 보았다. 이러다가 다자이 오사무는 그만 죽고 말았다. 다자이 오사무와 교류가 잦았던 만큼, 안고로서는 다자이 오사무의 죽음을 안타까워하고 슬퍼해야 한다. 그런데 추도문 성격을 띤 「불량소년과 그리스도」에는 그런 내색을 전혀 보이지 않는다. 다만 다자이 오사무라는 존재를 전적으로 '긍정'하는 'FARCE'만이 있다.

인간은 살아야 한다. 「청춘론」은 인간은 살아 있기에 나이와 상관없이, 살아 있는 인간은 모두 '청춘'을 산다고 말한다. 「청춘론」은 이 책에 수록된 글 가운데 가장 긴 글인데 몇몇 예시 중에서도 인간 존재의 긍정을 잘 보여 주는 일화가 일본의 전설적 검객 미야모토 무사시에 관한 이야기다. 일본 만화 『슬램덩크』 작가가 그린 『배가본드』는 미야모토 무사시의 일대기를 다루고 있다. 17세기 초에 이름을 날린 무사 미야모토 무사시는 일본 최고의 검객으로 오늘날까지 추앙받는 인물이다. 최고의 실력과 더불어 인간적인 면모까지 갖춰 전설에 가깝게 회자되며 소설, 만화, 영화, 드라마 등 각종 문화 콘텐츠의 소재로 활용되고 있다. 사카구치 안고는 「청춘론」에서 미야모토 무사시의 이야기에 많은 분량을 할애해 싸움에서 오직 죽지 않고 살기 위해 갖가지 묘책을 강구하는 그의 '비겁함'을 말한다. 미야모토 무사시를 다루는 거의 모든 작품에서 최고의 명장면으로 치는 사사키 고지로와의 대결(간류지마 결투)을 사카구치 안고는 살기 위해 발버둥치는 무사로 그린다. 결투 시간에 일부러 늦게 나가 상대를 안달하게 만드는 미야모토 무사시의 전략을 간파한다. 무사들의 대결에서 약속 시간을 어기는 건 비겁한 행동일지 모른다. 미야모토 무사시는 늦게 나가거나 빨리 나가거나 하며 대결 약속 시간을 지키지 않았다. 그래도 승자는 언제나 그였다. 사카구치 안고는 미야모토 무사시의 '비겁함'을 살려는 인간의 몸부림으로 보았다. 살려고 지푸라기라도 잡는 심정으로 상대에 따라 '변화'를 꾀한 것은 미야모토 무사시였다고 말한다. 그래서 미야모토 무사시가 살려는 몸부림 없이 검에 도통한 태도로 쓴 말년의 작품 『오륜서』를 일반인들이 대단하다며 읽는 것과 달리 안고는 형편없는 것이라 치부한다.

인간이라면 삶에 매달려야 한다. 뛰어난 무사든 그렇지 않든 평범한 사람이든 누구나 살아 있기를 간절히 원한다. 미야모토 무사시가 대단한 것은 검술의 형식에 구애받지 않고 자신을 변화시켜 간 데 있다. 검을 아무리 능숙하게 다뤄도 승부에서 지면 죽는다. 당시 미야모토 무사시에 못지 않게 검의 달인이었던 사사키 고지로는 단 한 번의 패배로 죽었다. 미야모토 무사시의 검술이 뛰어난 것은 살겠다는 일념에 집중했기 때문이다. 그래서 정통을 주장하지 않고 대결의 상황, 상대의 특징을 파악해 그 허점을 노려 이기려고 한 것이 미야모토 무사시였다고 안고는 말한다. 미야모토 무사시는 살고자 했다. 이것이 미야모토 무사시의 진실이었다. 이에 비해 다자이 오사무는 스스로 죽었다. 그의 자살을 어떻게 '진실'로 받아들일 수 있을까. 「불량소년과 그리스도」의 화난 말투는 삶에서 중도 하차한 다자이 오사무의 죽음을 어떻게든 '긍정'하려고 하는, 그래서 인간 다자이 오사무의 삶을 어떻게든 '긍정'하려고 하는 사카구치 안고의 '추도문'이었다라고 할 수 있다.

또한 여기에 수록한 「나의 장례식」은 사카구치 안고의 유언이면서 그 자신이 스스로의 죽음에 대해 쓴 추도문이라 봐야 할 것이다. 짧고 명쾌한 이 글에서 안고는 "묘지 따위 필요 없다오"라고 말한다. 혹시라도 자기 시신을 앞에 두고 독경하는 스님이 있다면 유령이 되어서라도 머리를 툭 칠 것이고 향을 피우는 친구가 있다면 코를 비틀어 버릴 거라고 한다. 자기 죽음조차도 살아 있는 안고는 유쾌하게 받아친다.

죽음이 있다면 그 반대편에는 삶이 있다. 삶은 어떻게 영원할 수 있을까. 안고는 「연애론」에서 "연애는 인간의 영원함의 문제"라고 했다. 인간의 삶, 인생은 결코 원만하게 풀리거나 다복하지 않다. 그렇기에 사람은 '고독'할 수밖에 없고 '사랑' '연애'는 인생에서 가장 중요하다. 그러나 '사랑'이나 '연애'로 인간의 '고독'이 사라질까. 「연애론」의 말미에서 안고는 "고독은 인간의 고향이다. 연애는 인생의 꽃이다"라고 말했다. '연애'가 아무리 지겨워도 인생의 '꽃'은 이것 이외는 없다고 단언한다. 그렇다고 인간의 삶은 연애로 평생 채울 수는 없을 것이다. 연애가 빈 곳에는 인간의 '고독'이 자리한다. 이 '고독'을 안고는 '인간의 고향'이라 표현했다. 「문학의 고향」은 바로 '인간의 고향'을 찾는 글이다.

인간은 대개 구원받지 못하는 삶 앞에 놓여 있다. 명쾌하고 투명하며 밝은 세계란 존재하지 않는다. 그래도 명쾌함을 추구하고 투명함을 추구하고 밝은 세계를 추구해야 한다. 「문학의 고향」은 착한 소녀가 할머니로 분장한 늑대에게 잡아먹힌다는 동화 「빨간 모자」, 가난 때문에 태어난 아이를 죽인 소설을 쓴 농민 작가에게 과연 이런 일이 실제로 있을지 반문하는 아쿠타가와 류노스케와 그 이야기는 자기가 한 일이라고 말하는 농민 작가, 사랑을 위해 도피 행각을 벌이는 남녀가 들판에 내려치는 번개를 피해 겨우 한 채의 낡은 집에 다다랐는데 결국 장롱 속 귀신에게 여자가 잡아먹힌다는 이야기를 담고 있다. 이들 일화의 세계에는 모럴이 없다. 그리고 이 이야기에서 안고는 '구원'을 찾는다. 사카구치 안고는 인간을 따뜻하게 포옹하지 않고 들판에 홀로 '내치는' 이런 모럴이 없는(Amoral) 이야기에서 '문학'과 '인간'의 '고향'을 바라본다. 사람을 망연자실하게 하는 모럴이 없는 이야기는 인간 세상에 전혀 없지 않다. 이 세계는 살아 있는 인간 속에 늘 도사리며 고개를 들고 나타나는 '절대 고독'의 세계라고도 할 수 있다. 인간은 절대 고독 위에서 살고 있는 것이다. 모럴이 없는 현실을 사는 인간의 고독한 영혼에 손을 내미는 것이 '문학'이다. 그렇다면 '문학'은 고상한 것일까.

「나란 누구?」에서 안고는 '문학'이 하는 일은 저속하다고 말한다. 문학은 인간을 말하는 것인데 인간 자체가 저속하기 때문이라 한다. 「청춘론」에서 말한 미야모토 무사시는 현재 검객의 성인으로 추앙받고 있으나 살아생전에는 비겁하게 싸웠다. 정정당당하지 못했다. 그래도 그는 승리했기 때문에 사사키 고지로보다 더 뛰어난 검객으로 오늘날 회자되고 사람들 속에 살아 있다. 그렇다면 세상은 무법천지일까. 그렇지 않다. 「청년에게 호소한다—어른은 교활하다」는 청년의 순결을 말하고 있다. 어른들처럼 계산하지 않고 도당(徒黨)을 꾸려 집단의 이익을 도모하지 않고 묵묵히 홀로 부랑자를 돌보던 청년의 죽음을 안고는 높이 산다. 청년들이 자기 자아를 왜곡하지 않고 '올바른 것'과 '아름다운 것'을 만들면 어른들의 '교활한' 세계는 파괴될 것이라고 한다. 그러나 올바르고 아름다운 것의 추구는 머릿속으로 사고하는 것이 아니라 실제 자기가 서 있는 위치에서 자기의 '책무'를 다하는 데 있다.

그렇다고 주어진 '책무'가 교활한 어른들의 세계로 왜곡되어서는 안 된다. 인간 존재는 '불안정'하다. 정치나 제도 등 인간이 만든 세계는 '불안정'하다. '올바른 것'과 '아름다운 것'은 누가 만들어 놓은 속에서 안주해 있으면 찾을 수 없다. 자신이 살아가는 '생활' 속에서 스스로 '발견'해야 한다. 1947년 3월에 쓴 글에서 안고는 다음과 같이 말한다.

나는 하나의 불안정한 존재입니다. 나는 단지 찾고 있습니다. 여자든 진리든 뭐든 좋습니다. 상상에 맡깁니다. 나는 다만 분명히 찾고 있는 것입니다. 그러나 진리는 실재하지 않습니다. 즉 진리는 단지 발견되는 것입니다. 인간은 영원히 진리를 찾지만 진리는 영원히 실재하지 않습니다. 발견되어서 실재하지만, 실재함으로 인해 실재하지 않는 대용품입니다. 진리가 지상에 실재하고 진리가 지상에서 행해질 때에는 인간은 이미 인간이 아니게 되지요. (「나는 변명한다」)

보편적 '진리'를 의심한다는 것은 인간 존재 자체를 신뢰하지 않는 것과 동일할까. 「불량소년과 그리스도」에서 안고는 "인간은 결코 누구의 자식이 아니다. 그리스도와 마찬가지로 모두 외양간인가 변소인가 어딘가에서 태어난다. 부모가 없어도 아이가 자란다. 거짓말이지. 부모가 있어도 아이는 자란다"라고 하며 "패하지 않는 것이 싸운다는 것이다" "싸우고 있으면 지지 않지요. 결코, 이길 수 없지요. 인간은, 결코, 이기지 못합니다. 단지, 패배하지 않는 겁니다"라고 말했다. '싸운다'는 것은 올바른 것과 아름다운 것을 추구하며 자기 자리에서 책무를 다하는 것, 즉 살아 있는 것이다. 살아 있으면 패배하지 않는다. '불안정'한 '나'일지라도 자신이 살아가는 것, 이것이 인간 존재를 전적으로 긍정하는 자세일 것이다.

이제 번역자의 설명은 더 필요 없다. 독자 자신의 눈으로 '안고'(맘 편하게 사는 나)를 읽을 시간이다. 안고의 목소리에 귀

기울이다 보면 나를 긍정할 수 있는 실재하지 않는 '진리'를 자기의 '진리'로 '발견'하게 될 것이다. '나'에 대한 전적인 긍정이 '인간을 전적으로 신뢰'하는 것과 맞닿아 있지 않을까. 왜냐하면 '나'는 수많은 인간 중 단 하나로 '불안정'하게 존재하는 인간이기 때문이다. 자기 삶을 긍정하고, 현재의 지점에서 '책무'를 수행하며 삶을 지탱하고 살아간다면 설령 승자가 되지 못할지라도 패자 역시 되지 않는다. '승자'가 우월하고 '패자'가 열등하다는 사고를, 안고를 읽는 독자라면 허용해서는 안 된다. 둘의 관계는 언제든지 변한다. 미야모토 무사시가 패하지 않은 것은 비겁해서가 아니라, 결투의 장에 '변화'를 가져왔기 때문이다. 어쩌면 승자와 패자도 실재하지 않는 '진리'가 아닐까. "모럴이 없다는 것 자체가 모럴인 것처럼 구원이 없다는 것 자체가 구원인 것입니다"라고 「문학의 고향」에서 안고가 말하듯이 '진리'는 어느 한쪽에 고정되어 있지 않다. 내가 발견하는 것이다. '생존'의 발견이다. 안고의 글을 읽는 시간에는 힘이 난다. '살아야겠다'는 생각이 돋아난다. '살아야겠다'는 욕구에 '나'를 내맡기면 '나'와 나를 둘러싼 인간 존재를 전적으로 긍정할 수 있다.

이 번역은 고전비평공간 '규문'의 동료들과 함께 사카구치 안고를 읽으면서 시작했다. 마지막까지 번역문을 읽고 안고를 음미한 혜원, 지영, 정옥 선생님, 번역서로 낼 용기를 주신 선민 선생님, 안고를 애독하며 적극 동참해 주신 완수 선생님과 함께

한 시간은 행복했다. 선생님들의 신뢰와 견인이 없었더라면 이 책이 독자들에게 다가가기는 쉽지 않았을 것이다. 사카구치 안고의 문장은 길고 짧음이 뒤섞여 질주한다. 번역문에서 그 리듬을 충분히 살렸다고 보기 어렵다. 번역은 한국어와 일본어 사이에서 길을 잃는 행위와 같다. 불안정한 순간에 수시로 맞닥뜨린다. 선생님들의 따뜻한 우정이 회복제로 작용했다. 감사의 마음을 전한다.

『과거의 목소리』에 이어 그린비에서 이 책을 낼 수 있어서 기쁘다. 박순기 선생님께서 적극 추천해 주신 덕분이다. 여러모로 부족한 번역문을 흔쾌히 받아 주신 그린비와 선생님께 감사드린다.

2020. 11. 22.

이한정

초출

「청년에게 호소한다—어른은 교활하다」
「青年に愬う — 大人はずるい」,『東籬』 제2호, 1946년 6월

「청춘론」
「青春論」,『文学界』 제9권 제11호/제12호, 1942년 11~12월

「연애론」
「恋愛論」,『婦人公論』 제3권 제4호, 1947년 4월

「남녀 교제에 대하여」
「男女の交際について」,『教祖の文学』 草野書房, 1948년 4월

「이해할 수 없는 실연에 대하여」
「不可解な失恋に就て」,『若草』 제12권 제3호, 1936년 3월

「불량소년과 그리스도」
「不良少年とキリスト」,『新潮』 제45권 제7호, 1948년 7월

「욕망에 대하여—프레보와 라클로」
「欲望について — プレヴォとラクロ」,『人間』 제1권 제9호, 1946년 9월

「나의 장례식」
「私の葬式」,『風雪』 제3권 제6호, 1948년 6월

「부모가 버려지는 세상」
「親が捨てられる世相」,『週刊朝日』 춘계증간호, 1952년 3월

「부모가 되어서」
「人の子の親となりて」,『キング』 제30권 제5호, 1954년 4월

「문학의 고향」
「文学のふるさと」,『現代文學』 제4권 제6호, 1941년 8월

「육체 자체가 사고한다」
「肉体自体が思考する」,『読売新聞』 제25099호 1946년 11월

「분열적 감상」
「分裂的な感想」,『文芸通信』 제3권 제8호, 1935년 8월

「고담의 풍격을 배격한다」
「枯淡の風格を排す」,『作品』 제6권 제5호, 1935년 5월

「'가쇼'의 문화」
「"歌笑"文化」,『中央公論』 제65권 제8호, 1950년 8월

「나란 누구?」
「私は誰?」,『新生』 제3권 제2호, 1947년 3월

「익살극을 생각한다」
「茶番に寄せて」,『文体』 제2권 제2호, 1939년 4월

「에고이즘에 대하여」
「エゴイズム小論」,『欲望について』, 白桃書房, 1947년 11월

불량소년과 그리스도

초판1쇄 펴냄 2021년 2월 25일

지은이 사카구치 안고
옮긴이 이한정
펴낸이 유재건
펴낸곳 그린비
주소 서울시 마포구 와우산로 180, 4층
대표전화 02-702-2717 | **팩스** 02-703-0272
홈페이지 www.greenbee.co.kr
원고투고 및 문의 editor@greenbee.co.kr

주간 임유진 | **편집** 홍민기, 신효섭, 구세주 | **디자인** 권희원 | **마케팅** 유하나
물류유통 유재영, 한동훈 | **경영관리** 유수진

책값은 뒤표지에 있습니다. 잘못 만들어진 책은 구입처에서 바꿔 드립니다.
ISBN 978-89-7682-854-5 03830

이 저서는 2019년도 상명대학교 교내연구비를 지원받아 연구되었음.